KB051926

신주로 사건수첩 I

사카구치 안고 지음
박현석 옮김

玄 人

신주로 사건수첩 Ⅰ
(明治開化 安吾捕物)

사카구치 안고
(坂口安吾)

목 차

무도회 살인사건

히카와(氷川)에 있는 가이슈1) 저택의 검은 판자 울타리 안으로 들어간 것은 가구라자카(神楽坂)의 검술사인 이즈미야마 도라노스케(泉山虎之助). 이 남자, 때는 이미 메이지 18, 9년(1885, 6년)이라는 개화의 시대임에도 불구하고 술에 취하면, 이즈미야마 도라노스케는 미남 배우라고 큰소리를 치면서 아낙네의 뺨을 핥으려 하는 나쁜 버릇이 있었다.

도라노스케는 어렸을 때 가이슈 밑에서 검술을 배운 적이 있었다. 그 무렵의 가이슈는 찢어지게도 가난, 아직 막부에 중용되지 못했기 때문에 검술과 난학2) 등으로 밥벌이를 하고 있었다. 배우기를 2, 3년, 가이슈가 관직에 올라 바빠졌기에 야마오카 뎃슈3)에게 맡겨졌다. 당시 도라노스케는 지금으로 치자면 초등학교 4, 5학년쯤의 어린아이, 그 뒤로부터 줄곧 야마오카 밑에서 검술을 배워 지금은 가구라자카에 도장을 열

---

1) 가쓰 가이슈(勝海舟, 1823~1899). 에도 말기, 메이지 초기의 정치가. 검술과 서양학문을 배웠으며 해군 양성에 힘썼다. 메이지 유신 전에는 막부의 신하였으나, 유신 이후 새로운 정부를 위해 일했다.
2) 蘭学. 에도 중기 이후부터 네덜란드 서적을 통해 서양학문을 연구하던 학문.
3) 山岡鉄舟(1836~1888). 에도 말기, 메이지 초기의 정치가, 사상가. 가이슈, 다카하시 데이슈와 함께 막부 말기의 3슈로 불렸다.

었지만 그다지 번창하지는 못했다.

도라노스케는 가이슈 저택 현관의 등나무 의자에 앉아 머리를 감싸쥐고 생각에 잠겼다. 이것이 이 사내의 이상한 버릇으로 고민거리가 있어서 가이슈의 저택을 방문할 때면 현관의 등나무 의자에 앉아 머리를 감싸쥐고 새삼스레 생각에 잠겼다. 그 때문에 등나무 의자는 다리가 빠질 것처럼 되어 흔들거렸다. 그의 덩치가 크기 때문이었다.

4, 5분쯤 그렇게 앉아 있다가 도라노스케는 벌떡 일어났다. 그리고 자신이 왔음을 알렸다. 하녀가 물러나고 그 대신 가이슈의 몸종인 고이토가 나와서 이쪽으로 오세요, 하며 안내를 했다. 우선 12첩4)과 6첩짜리 객실이 있는데 거기에는 의자, 테이블이 놓여 있다. 하타모토5)의 저택으로 쓰였을 때는 여기가 정식 객실이었다. 장식공간에 가와무라 기요오6)가 용을 그린 유화가 걸려 있었다. 이 객실 다음의 작은 방이 '가이슈 서옥'으로 예전의 서재. 난슈7)나 고토8)와 종종 밀담을 나눈 역사적인 방이다. 이들을 오른쪽으로 보며 기다란 복도를 5간9)쯤 가면 6첩과 8첩짜리 방이 지금의 서재였다. 3첩짜리

---

4) 畳. 다다미를 세는 단위. 다다미 1첩은 약 0.5평.
5) 旗本. 에도 시대 쇼군 직속의 무사로, 쇼군을 직접 만날 자격이 있었다.
6) 河村清雄(川村清雄, 1852~1934). 메이지 시대의 서양화가.
7) 南洲. 사이고 다카모리(西鄕隆盛, 1828~1877)의 호. 에도 말기, 메이지 초기의 군인, 정치가.
8) 오오쿠보 고토(大久保甲東, 1830~1878). 에도 말기, 메이지 초기의 정치가.
9) 間. 거리의 단위. 1간은 약 1.8m.

다실과 흙으로 만든 광이 딸려 있었다.

오늘은 다행히 다른 손님이 없었다. 가이슈의 몸에 밴 기품이 드러나 있었으나, 당사자는 책상다리를 하고 앉아 거친 말투였다.

"도라, 왔는가? 어떤가? 요즘 검술사는 바쁘신가?"

"부모자식 일곱 명, 그럭저럭 굶주림은 면하고 있습니다."

"가구라자카에 주정뱅이 검객이 나타나 사람들을 덮친다고 하던데. 자네를 닮았다는 얘기야."

"가당치 않은 말씀."

"여자의 목에 들러붙어 뺨을 핥아대기에 가구라자카는 밤 8시가 되면 여자들의 통행이 끊긴다고 하더군. 이왕 핥아줄 거면 이웃집의 신주로 씨가 핥아 줬으면 좋겠다고 가구라자카의 아가씨와 새댁들이 기원하고 있다던데. 도라가 목에 들러붙기에는 원각사의 염라대왕상10)이 제격이라며 안마사 오긴이 굉장히 화를 내더군."

"참으로 부끄럽게도 얼마간 짚이는 데가 있기는 합니다만, 떠돌고 있는 얘기처럼 그렇게 심하지는 않습니다. 사실은 그 유키 신주로(結城新十郎) 나리의 일로 선생님의 지략을 좀 빌리러 왔습니다."

"무슨 일이라도 있었는가?"

---

10) 곤냐쿠엔마라고 불린다. 오른쪽 눈이 없다.

"이야말로 천하의 대사건으로 신문에는 사건 게재 금지. 밀정이 방방곡곡으로 달려갔으며 정부는 지금 어전회의 중입니다."

도라노스케의 이야기는 언제나 허풍이 심했지만, 어전회의라니 이번에는 좀 달랐다. 가이슈가 이상히 여기며,

"어디서 전쟁이라도 났는가?"

"사실은 어젯밤 8시경에 정상(政商)인 가노 고헤이가 가장무도회 석상에서 누군가에게 살해당했습니다. 어젯밤의 모임에는 각료를 비롯하여 각국의 대사와 공사 그리고 쓰시마 덴로쿠, 간다 마사히코도 참석했었습니다."

천하의 가이슈도 태연자약하기는 했지만, 입을 다물고 잠깐 생각에 잠겼다. 천하 희대의 두뇌, 칼날과 같은 판단력, 쏜 살같이 빠른 눈, 현미경적인 심안(心眼)을 가지고 있었지만 일은 참으로 중대했다.

비밀 중의 비밀이지만 당시의 정부가 국운을 걸고 계획한 어려운 사업이 있었다. 당시의 일본에는 공업다운 공업이 없었다. 연 생산량이 겨우 1천 톤 되는 제철소조차 없었다. 십수 년 전부터 기차가 달리기 시작했지만 그 기관차도 여전히 해외에서 수입을 하고 있었다. 문명의 이기라는 것을, 국내에서는 전혀 만들어내지 못했다. 문명국에 진입하기 위해서는 공업을 일으켜야 했으며, 그러기 위해서는 우선 커다란 제철소가 필요했다. 그러나 자본이 없었다. 일본의 큰 부르주아들은 무역이

나 해운 같이 빠른 시간 안에 이익을 챙길 수 있는 사업에는 애를 태우며 몰두했지만, 대자본을 투자하여 설비를 갖추고 기술의 정화(精華)를 모은 뒤 오랜 세월에 걸친 연구를 거듭해야만 하는 중공업에는 눈길 한 번 돌리지 않았다.

이것을 우려한 당시의 정부는 문명국 진입을 위한 교두보로써 우선 커다란 제철소를 짓기로 결의했다. 자본이 없었기에 X국으로부터 500파운드를 빌려야겠다고 생각했다. 500파운드는 곧 5,000달러다. 지금의 시세로 따지자면 3,000억 엔 정도 되는 어마어마한 돈이었다.

그런데 일본이 중공업을 일으키는 것을 기뻐하지 않는 나라도 있었다. Z국이 그 대표였다. 훗날 자신들의 시장을 잠식당할 우려가 있었기 때문이었다.

이에 총리대신(1885년까지는 태정대신이라고 했다. 그 전후가 마침 사건수첩의 시기에 해당하기 때문에 관명을 사실대로 분명히 적으면 비밀 속의 사실이 밝혀져 버린다. 따라서 태정대신을 전부 통틀어서 일률적으로 총리대신이라 부르기로 하겠다. 이 외에도 그 이름 하나로 비밀 속의 사실을 알 수 있는 결정적인 단서가 되는 경우에는 실제 명사를 사용하지 않고 지금 쓰이는 명사를 사용하도록 하겠다.)은 생각했다. 커다란 제철소를 국가사업으로 시행하면 국제적으로 시끄러워진다, 반관반민(半官半民)도 역시 좋지 않다. 민간인이 하도록 하는 방법밖에 없는데 다행스럽게도 뜻을 같이하는 사람 중에 대정상(大政商) 가노 고헤이라는 사람이 있었다. 이에 그 사람의 개인 사업으로 시행토록 하기로 했다.

그러나 이것은 표면적인 사실일 뿐, 500파운드라는 빚도 실제로는 정부가 담보를 제공하고 빚의 뒤처리에 대한 책임도 전부 맡기로 한, 분명한 국가사업이었다. X국은 Z국과 세력 대립 상태에 있는 원수와도 같은 사이였기에 일본이 공업을 일으켜 Z국의 동양시장을 얼마간이라도 잠식하는 것에 반대하지는 않았다. 그랬기 때문에 일본과 X국은 비밀리에 교섭을 시작했다.

그러나 500파운드는 참으로 어마어마한 금액이며, Z국과 원수지간이라고는 하지만 국제적 관계란 미묘한 것이기 때문에 별로 득이 될 것도 없는 일로 타국의 분노를 사는 어리석은 짓은 하고 싶지 않았다. X국은 신중하기 짝이 없어서, 500파운드, 당장 빌려드리겠습니다, 라고는 좀처럼 말하지 않았다.

이렇게 해서 6개월 가까이 결론이 나지 않는 동안에 Z국이 이 비밀 교섭을 간파해버렸다. 그 사정을 속속들이 간파해버리고 말았다.

이에 Z국이 의표를 찔러 보복을 하기 위해 어떻게 했는가 하면, 그는 일본에게 충고를 하거나 X국에 항의를 하는 행동은 하지 않았다. 일본은 X국으로부터 종이 · 석유 · 면사(이것도 앞서 말한 총리대신이라는 호칭과 마찬가지로 사실을 쓰면 비밀이 알려지기 때문에 품목의 이름은 엉터리다.)를 사들였는데 그것이 X국의 커다란 수입을 이루고 있었다. 이에 Z는 X에 대한 보복으로 다른 나라의 값싼 원료를 일본에 소개한 뒤 제지, 제유, 제면사 공업을 대대적으로 일으킬 계획을 세웠다.

Z국이 이 비밀스러운 작업의 대화상대로 고른 것은 총리대신 가미이즈미 젠키의 정적이자 차기 정권의 필연적 후보자라 일컬어지고 있는 쓰시마 덴로쿠였다. 덴로쿠는 젠키의 한[11]과 대립하고 있는 커다란 한의 대표적 인물이기도 했다. 이에 Z국의 대사 프랑켄(이 이름도 엉터리. 발음으로 국명을 알 수 있기 때문에 적당히 골랐다.)은 은밀하게 덴로쿠를 불러, 당신에게 500파운드를 빌려줄 테니 대대적으로 제지, 제유, 제면사 사업을 일으켜라, 원료와 제품의 해외 판매 시장도 전부 알선해주겠다, 그러나 정치가인 당신이 사업을 하면 국제적으로 물의를 일으킬 수 있으니 표면적으로는 실업가인 간다 마사히코의 개인사업으로 해두어라, 담보는 이러이러한 것인데 이것은 당신이 총리대신이 된 뒤에 공식적으로 차관계약을 맺는 형식을 취하자, 라고 이야기했다.

덴로쿠는 크게 기뻐했다. 이쪽에서 먼저 하고 싶었던 얘기를 상대편에서 먼저 꺼내주었으니 기뻐하는 것도 당연했다. 곧바로 간다 마사히코를 불러 이야기를 전했다. 간다는 가노 고헤이와 대립하여 천하를 양분하는 대정상, 가노가 가미이즈미

---

11) 藩, 옛 일본의 행정구역 단위.

젠키와 손을 잡은 것에 대해서, 쓰시마 덴로쿠와 손을 잡고 있었다. 이 이야기를 듣고 두말할 필요도 없었다. 간다는 덴로쿠 이상으로 기뻐했다.

이렇게 해서 양자가 대립하기에 이르렀는데 어느 틈엔가 비밀이 새어나가 정계 흑막의 비사는 소식통의 귀에도 들어가게 됐으며 가이슈도 진즉에 그 얘기를 들었다.

이렇게 해서 X · Z 양국이 대립하기에 이르렀는데 싸움을 걸어오면 맞서는 것이 인지상정, X국이 정부의 요청을 받아들여 선뜻 500파운드를 빌려줬는가 하면, 그렇지 않았다. 좀처럼 수락을 하지 않았다. 그 이유에 대해서는 여러 가지 소문이 떠돌았지만, 세상에는 X국의 대사인 차메로스가 가노 고헤이의 딸 오리에(お梨江, 당시 18세)에게 홀딱 반해서 총리대신인 가미이즈미 젠키에게 그 뜻을 슬쩍 내비쳤더니 젠키와 고헤이가 땀을 뻘뻘 흘리며 오리에를 설득하고 끝내는 머리를 숙여 부탁했지만 오리에가,

"어림 반 푼어치도 없는 소리."

라며 가쿠슈인(学習院) 졸업생에게는 어울리지 않는 말로 아예 들은 척도 하지 않았기 때문이라 알려져 있었다.

실제로는 X의 내정이 피폐해 있었기에 Z의 공세에 대응할 수 없는 약점이 있었다는 것이 실상인 듯했다. 그러나 당시 사람들은 오리에 탓으로 알았으며, 그것이 진실인 것처럼 여겨졌다.

그때의 비화로 다음과 같은 이야기가 세상에 전해지고 있다. 아가씨를 설득할 때도 외교 담판을 지을 때와 마찬가지로 때로는 잡담도 해서 친한 척하지 않으면 안 됐기에 젠키가 품속에서 딱성냥이라는 비장의 물건을 꺼내 보이며, 이건 차메로스 대사로부터 받은 외국 성냥인데 일본의 성냥과는 달리 아무데나 그어도 불이 붙는다, 서양에서도 매우 진귀한 물건이다, 라고 말하며 하나를 오리에에게 주고 하나를 자신의 구두 바닥에 그어 불을 붙여 보였다.

"어머, 신기한 물건. 잠깐만요, 아저씨."

라며 반짝이는 눈으로 의자에서 일어난 오리에, 앞으로 가더니 깜짝 놀란 젠키의 대머리를 한 손으로 누르고 있는 힘껏 성냥을 그었다. 오리에의 기대와는 달리 불이 붙지 않았기에,

"어머, 거짓말쟁이."

라고 말하며 오리에는 성냥을 던져버렸다. 젠키는 불벼락 대신이라 불릴 만큼 화를 잘 내기로 유명했지만 지금이야말로 인내력을 발휘해야 할 때, 딱성냥으로 한일자가 그어진 대머리에 김을 올리지도 못하고 벙긋벙긋 웃어 보였다.

교섭이 난항을 겪고 있다는 소문이 떠돌기도 하고 99퍼센트 협상 단계에 들어갔다는 소문이 떠돌기도 할 때였다. 가노 고헤이가 살해당했다는 것이었다. 그것도 자택에서 열린 무도회에서.

고헤이의 자택에서 열린 무도회이니 어쩌면 이것도 딸을 설

득하려는 것이 목적이었을지도 모른다. 프랑켄이 덴로쿠, 간다와 상의를 하고 난 뒤부터 고헤이는 한눈에 알아볼 수 있을 정도로 초조해했다. 매일 밤, 딸의 방으로 남 몰래 들어가 무릎을 꿇고 눈물을 흘리며 손을 모아 애원하고 있다고 소식통 사이에 소문이 났을 정도였다.

"그래서 나는 무도회가 싫은 거야."

라고 가이슈는 수수께끼가 복잡해서 감도 잡을 수 없었기에 그에 대한 분풀이로 무도회를 비난했다.

"사연 있는 인물들이 한자리에 모였다는 게 이상한데. 한자리에 모였다고 이상할 거야 없지만, 고헤이의 자택에서 열린 무도회라는 것이 수상해. 섣부른 소리를 했다간 신주로에게 비웃음을 사겠지. 자네가 알고 있는 사건의 내막을 전부 이야기해 보게. 앞뒤 순서를 틀리지 않도록 그 돌머리에 신경을 쓰는 게 좋을 거야."

"네. 황송합니다."

도라노스케는 엉뚱한 순간에 감사의 인사를 하고 몸을 앞으로 내밀어 의욕을 내비쳤다. 가이슈에게서 지략을 빌려 유키 신주로와 하나노야 인가(花廼屋因果)를 깜짝 놀라게 해주겠다는 오랜 동안의 꿍꿍이가 있었기 때문이었다. 이에 돌머리에 주의를 기울여 앞뒤 순서를 틀리지 않도록 조심하며 조용히 이야기하기 시작했다.

★

　　처음 계획을 세웠을 때 이 가장무도회는 로쿠메이칸에서 열 생각이었다. 고헤이는 시대 풍조에 맞춰서 훌륭한 연회실을 신축했으며 이미 한두 번 사용한 적도 있었지만 각료와 각국의 대사, 공사를 불러 커다란 연회를 열기에는 격이 떨어진다고 비하하고 있었다. 그러나 권하는 사람도 있었기에 자택에서 행하기로 했는데, 로쿠메이칸에는 미치지 못하지만 비하할 정도로 격이 떨어지는 건축이 아니라는 사실은 고헤이도 내심 만족스럽게 생각하고 있는 부분이었다.

　　고헤이의 아내인 아쓰코는 다이묘[12] 화족의 딸로 27세, 후처였다. 말할 필요도 없이 오리에의 생모는 아니었다. 생모는 오리에와 오빠인 만타로를 남겨둔 채 병으로 세상을 떠났다. 만타로는 케임브리지 대학에서 공부를 마치고 얼마 전에 막 귀국했다. 이번 가장무도회도 명목상으로는 그렇지 않았지만, 내실은 만태로의 귀국기념, 한 사람의 일본신사로서 그를 세상에 내보내려는 것이 고헤이의 바람이자 기쁨이었다. 표면상으로는 그렇지 않다 할지라도 사실은 가정적인 사적 목적도 있었기에 로쿠메이칸은 피하고 자택을 사용하는 것이 온당하리라 고헤이도 점점 생각하게 되었던 것이다.

---

12) 大名. 넓은 영지와 커다란 권력을 쥔 무사.

오리에는 그날 아침에 아쓰코의 방으로 불려 갔다. 아쓰코는 언제나 늦잠을 자 정오가 지나야 일어나기 때문에 식구들과 함께 식사를 한 적도 없고 남편인 고헤이가 출근하는 것을 배웅한 적도 없었다.

"너는 오늘밤 무도회에서 어떤 가장을 할 생각이니?"

오리에는 계모가 이렇게 다그쳐 묻자,

"저, 가장 같은 건 하지 않을 거예요."

"그럼, 마스크를 쓸거니?"

"아니요. 마스크는 싫어요. 무도회도 마음에 들지 않아요. 그러니 오늘밤에는 친구들과 승마 연습을 하러 갈 거예요."

당치도 않은 소리를 했다. 아쓰코는 무사의 딸이기에 위엄이 있고 사나워, 당장이라도 목을 벨 것처럼 납빛 눈동자에 날카로운 요기가 서렸다.

"너의 가장을 여기에 준비해 뒀다. 너는 목욕하는 비너스로 가장하도록 해라. 서양 명화의 그림 속에 나오는 인물이다. 만타로가 귀국할 때 점토로 만든 고급 단지를 가지고 들어왔으니 치맛자락을 늘어뜨린 채 단지를 끌어안고 즐겁게 목욕할 장소를 찾아서 강가를 걷는 것처럼 아주 경쾌하게 걷도록 해라. 그리고,"

여기서 아쓰코는 오리에를 찌를 듯한 시선으로 바라보며,

"차메로스 님이 네 손을 잡으시면— 차메로스 님은 회교도의 술탄으로 가장하고 오실 거다. 차메로스 님을 안내하여 정

원의 조용한 나무그늘 밑 잔디로 인도하는 게 좋을 거다. 그리고 단지 속에서 위스키를 꺼내 대사님께 권하도록 해라."

자락이 긴 잠옷을 입은 것과 다를 바 없는 비너스와 알몸에 담요를 두른 것 같은 술탄이 잔디밭에서 주연을 열다니, 기묘한 이야기. 핀이나 중요한 무엇인가를 살짝 벗겨내면 요즘 말하는 스트립처럼 두 사람 모두 간단하게 알몸이 되게 하려는 계산인 듯했다.

아쓰코는 젠키와 고헤이의 앞잡이는 아니었지만 갑자기 두 사람을 거드는가 싶었는데, 무사의 딸이란 위세를 부리며 제 마음대로 명령을 내리는 법이다.

"저는 말이죠. 단지 속에서 코브라를 꺼낼 거예요. 에비―."

오리에는 무사의 딸을 노려보고는 몸을 가볍게 돌려 달아나기 시작했다.

그러나 무사의 딸은 선조 대대로 내려오는 경비(警備)의 혼, 은밀하게 하인을 붙이고 파수꾼을 세우는 본능을 훗날이 되어서도 잃지 않고 있었다. 아쓰코의 여자 심복들이 요소요소에 잠복하고 있었기에 오리에는 결국 탈출 불가능한 상태가 되고 말았다.

그날 고헤이는 일찍 돌아와서 손님들을 접대해야 했지만 아무리 시간이 흘러도 돌아올 생각을 하지 않았다. 손님들이 절반 가까이나 왔을 때가 되어서야 인력거를 급히 달리게 해 허겁지겁 뒷문을 통해 돌아와서는,

"이거, 이거, 유령한테 씌웠어. 그 녀석이 살아 있을 리 없잖아."

땀을 거듭 훔치며 수수께끼와도 같은 말을 중얼거린 뒤 급히 서둘러 밥을 세 그릇 먹고 하코네의 떠돌이 짐꾼으로 분장하여 무도회장으로 달려갔다. 떠돌이 짐꾼이니 땀을 흘리며 달리는 것은 현실감 넘치는 명연기라고 할 수 있겠지만, 본인은 그런 것을 따질 겨를이 없었다.

왜냐하면 손님들에게도 실례지만 파트너에게는 더할 나위 없는 실례였기 때문이었다. 경시총감인 하야미 세이겐(速水星玄)이라는 커다란 민머리가 떠돌이 짐꾼의 파트너인데 가마를 한쪽 편에 내려놓고 고헤이가 오기를 초조하게 기다리고 있었다. 이 커다란 민머리는 대단한 술꾼이었으며 버럭버럭 화를 잘 내고 예의도 없어, 도둑을 잡는 데는 더할 나위 없는 인물이었지만 국제적인 사교장에 데리고 가면 반드시 국위를 실추시키는 방심할 수 없는 사내. 그런 주제에 당사자는 사교장에 나가는 것을 아주 좋아했다. 자네는 사교계에 나가서는 안 돼, 라는 말을 듣는 것이 무엇보다도 괴로웠으며 고민하다 목숨을 끊기라도 할 것처럼 번민하는 모습을 보이기 때문에 어쩔 수 없이 초대를 하게 된다.

고헤이가 달려가 보니 세이겐은 정식 문에 있지 않고 하녀들이 요리를 옮기는 문 한 편에 바구니를 놓고 지나가는 하녀들을 불러 세워 술안주를 앗아 먹으며 기분이 좋았다. 고헤이를

보더니,

"야. 왔다, 왔어. 자네가 앞쪽을 메게. 나는 뒤를 멜 테니. 놈팡이를 태워선 안 돼. 미인, 미인. 알았지? 놈팡이를 태우면 집어던질 테니 그리 알라고."

정말 대단한 경시총감도 다 있다.

영—차, 하는 커다란 민머리의 기합소리와 함께 두 사람은 가마를 짊어지고 무도회장으로 뛰어들었다.

총리대신 젠키는 갑옷, 투구로 몸을 감싸고 지휘용 부채를 한 손에 들고 있었는데 굉장히 차분한 분장이기는 했지만 사실은 차메로스 쪽을 보며 안절부절, 대체 오리에 양은 뭘 하고 있는 걸까, 언제 나올 생각인 걸까 하며 한 곳에 가만히 있지 못할 정도로 애를 태우고 있었다.

차메로스도 내심 초조해 하고 있었는데 그것을 간파하고 마치 놀리기라도 하듯 그의 옆에 찰싹 달라붙어서 아까부터 말을 걸고 있는 것은, 신관(神官)으로 분장한 덴로쿠였다.

프랑켄은 마스크를 썼을 뿐. 그리고 마찬가지로 마스크만 쓴 아쓰코와 함께 춤을 추고 있었다. 간다 마사히코도 와 있을 테지만 무엇으로 분장했는지, 그의 모습은 찾아낼 수가 없다.

젠키가 더 이상 참지 못하고 떠돌이 짐꾼으로 분장한 고헤이를 불러세워,

"오리에 양은 어떻게 된 거지? 아직도 모습이 보이지 않잖

나?"

"네? 그게. 벌써 와 있을 텐데, 못 찾으신 것 아닙니까?"

"멍청한. 나는 30분도 전부터 눈에 불을 켜고 찾고 있었다
고. 이런. 자네, 몸이라도 안 좋은 건가?"

고헤이의 이마에서 진땀이 흐르고 있었다. 숨이 거칠었다.
그러나 고헤이는 살짝 웃으며,

"아니, 가마를 메고 너무 뛰어다닌 탓입니다. 오리에에 대해
서는 바로 알아보도록 하겠습니다."

그는 프랑켄과 춤을 추고 있는 아쓰코에게로 물어보러 갔다
가 돌아와서,

"곧 나타날 거랍니다."

"그런가? 그렇다면 안심이군."

젠키도 기뻐하며 자신의 자리로 돌아갔다.

오리에가 나타난 것은 바로 그 순간이었다. 그녀는 아쓰코의
명령에 따라서 목욕하는 비너스로 분장하고 단지를 든 채 모습
을 드러냈다. 상냥한 웃음으로 차분하게 주위를 둘러보면서
차메로스가 있는 쪽으로 발걸음을 옮겼다. 차메로스와 세 걸음
정도 떨어진 곳까지 갔을 때 갑자기 팔을 만지는 것이 있다는
사실을 깨닫고 단지를 안고 있던 왼팔을 보았다.

"앗!"

몸이 두 동강이 나도록 칼에 맞은 것처럼 작고 날카로운
비명이 오리에의 입에서 튀어 나왔다. 오리에가 본 것은 뱀이

었다. 단지 속에서 기어나와 오리에의 팔에 감긴 것이었다.

오리에는 단지를 뚝 떨어뜨리고 깨진 단지 위로 자신도 비틀비틀 쓰러지고 말았다.

사람들이 한꺼번에 오리에 쪽으로 달려갔다. 차메로스가 오리에를 안아 일으켰다. 사람들이 뱀을 밟아 죽였다. 그리고 저마다 소리를 지르며 떠들어댔다. 그런데 그때,

"이, 이봐. 의사! 의사를 불러!"

크고 굵직하면서도 탁한 목소리가 들려온 것은 오리에를 둘러싼 사람들에게서 멀리 떨어진 곳이었다.

사람들이 그쪽을 돌아보니 가마를 메고 있던 커다란 민머리가 가마를 집어던진 채 안절부절못하고 있었다. 검은 옷에 머리를 기른 승려가 퉁소를 내던지고 또 한 명의 가마꾼을 안아 일으키고 있었다.

가노 고헤이가 살해당한 것이었다. 경시총감의 눈앞에서.

민머리 세이겐이, 어쨌든 경시총감이라는 직분을 잊지 않은 것은 그나마 다행스러운 일이었다.

"여러분. 조용히! 조용히!"

뭐야, 제일 소란스럽게 떠들고 있는 건 바로 당신 아닌가? 어쨌든 세이겐은 혼자서 강물을 막고 있기라도 한 것처럼 커다란 손놀림으로,

"잠시, 그대로! 그대로! 중대한 범죄가 일어났습니다. 잠시 그대로, 조용히 해주시기 바랍니다. 의사와 탐정이 올 때까지

이 자리에서 움직여서는 안 됩니다."

가노 저택이 우시고메 야라이초에 있다는 것은 불행 중 다행이었다. 민머리 세이겐이 믿고 의지하는 사람은 바로 신사탐정 유키 신주로였다. 신사탐정은 가구라자카에 살고 있지 않은가?

세이겐은 가노 저택의 경비를 담당하고 있던 순사 가운데 후루타 시카조(古田鹿蔵)라는 나이 든 순사가 있다는 사실을 알고 크게 기뻐했다.

"자네가 있었다니, 정말 다행이군. 한달음에 달려가서 가구라자카의 신주로 나리를 모셔오게. 얼른, 서둘러. 더 빨리 달리지 못하겠어? 느려 터진 늙은이 같으니라고."

이에 시카조는 열심히 달렸다. 그는 원래 유키 신주로에게 딸린 순사였다. 신주로에게 용무가 있을 때면 바로 달려가는 것이 그의 임무였다.

신주로는 하타모토의 먼 자손, 막부 말기 도쿠가와 가의 중신 중 한 사람을 아버지로 둔 하이칼라한 남자. 서양에서 유학을 하고 돌아온 신지식인으로 이야기꾼 다섯 명을 합쳐놓은 것보다 더 많은 것을 알고 있었다. 거기다 예민하게 사건을 꿰뚫어보는 날카로운 심안을 가지고 있었다.

그의 오른쪽 옆집에 살고 있는 것이 이즈미야마 도라노스케였다. 도라노스케는 도장을 운영하고 있었는데 경시청의 의뢰로 순사들에게 검술을 가르치는 것이 그의 일 중 하나였다.

도라노스케는 미련스러운 집념, 한 가지 일에 집착하는 성격이었는데 특별히 탐정에 집착하고 있었다. 심안에 신경을 집중하여 가만히 생각하는 것이 즐거워 견딜 수 없는 모양이었다. 그랬기에 범죄라는 말만 들으면 자신의 일도 내팽개치고 현장으로 달려갔다. 제자인 순사들을 밀쳐내고 제일 앞에 나서서 심호흡, 배꼽 아래에 힘을 주어 면밀하게 관찰하며 조용히 심안을 움직였다. 그러나 그의 심안은 사팔뜨기와 색맹을 합쳐놓은 것과 같았다.

자기 집으로 돌아와서는 동네 사람들을 모아놓고 보고 온 사건에 대해서 들려주었으며, 자신의 심안으로 헤아린 내용을 들려주었다. 이것이 그의 인생 중 가장 커다란 즐거움이었다. 그런데 신주로가 서양에서 돌아온 뒤부터는 그의 심안에 이설을 제기했으며 족집게같이 진범을 알아맞혔다. 도라노스케에게는 안 된 일이지만, 진심으로 존경하지 않을 수 없었다. 멋진 추리, 사람들이 놓치기 쉬운 급소를 찔렀기에 제아무리 간지(奸智)에 넘치는 범인이라도 신주로의 심안을 속일 수는 없었다. 그런 이유로 신주로는 도라노스케의 안내로 현장에 가게 되었는데 몇몇 어려운 사건을 해결하여 유명해졌다.

서양박사, 일본의 미남자, 신사탐정 유키 신주로의 이름은 방방곡곡에 알려졌으며, 신문의 인기투표 일본 1위, 경시청에서 탐정장(探偵長)으로 와주실 수 없겠느냐고 요청해온 것을 어딘가에 얽매이기 아주 싫어하는 성격이었기에 거절하기는 했지만, 그도 좋아하는 일이었기에 임시직이라는 가벼운 직책으로 커다란 사건이 일어났다는 통보를 받으면 출동하여 신기에 가까운 심안을 발휘하게 되었다. 그 통보를 위해서 달려가 안내를 하는 임무를 맡은 것이 바로 늙은 순사 후루타 시카조였다.

한편 신주로의 왼쪽 옆집에 사는 사람이 바로 하나노야 인가였는데 약간 이름이 알려진 통속 소설가였다. 통속 소설가는 대부분 에도[13]나 오사카 출신들이 많았지만 하나노야는 사쓰마 출신으로, 도바후시미 전투에서는 짚신을 신고 커다란 칼을 휘두르며 돌격, 돌격 하여 우에노의 간에이지까지 돌진해 들어갔던 소총부대의 소대장이었다.

어떤 이유에서인지 이 남자는 소설을 좋아했다. 게다가 도회의 바람이 몸서리쳐질 만큼 좋았기에, 메이지 유신 이후 동료들은 모두 관직에 올라 거들먹거리며 돌아다녔지만 이 사내는 뜻을 품고 어떤 통속 소설가의 제자로 들어가 그 도를 힘써 익히고 소설을 썼더니 외도(外道)의 세상에서 엉뚱한 그의 행동이 의외로 효과를 발휘하여 웃음거리가 되기도 했지만 인기를 얻게 되었다. 시골 풍류객, 신구혼합(新舊混合), 하나노야 인가는 인력거의 차부나 하녀들에게는 풍류객 중의 풍류객으로 감사를 받는 몸이 되어 과분할 정도의 인기를 누리기에

---

13) 江戸. 도쿄의 옛 지명.

이르렀다.

이 남자가 또 도라노스케보다 더 호사가였는데, 특히 탐정에
푹 빠져 있었다. 후루타 순사의 발소리를 똑똑히 기억하고 있
어서 그 발소리가 신주로의 문 안으로 들어가기만 하면 잽싸게
준비를 갖추고 신주로가 나오기를 문 앞에서 기다리고 있다가,

"자. 그럼, 갑시다."

라거나, 회중시계를 잠깐 노려보고는,

"음. 이거 서두르지 않으면 안 되겠는데."

라는 등 부탁을 받아서 안내를 하러 나온 사람 같은 말을 한
뒤, 성큼성큼 뒤따라오곤 했다.

세 사람이 출발하고 나서야 눈치를 채는 것이 도라노스케로
서둘러 허리띠를 졸라매면서,

"이봐. 기다려! 기다리라니까! 비겁한 녀석. 이놈."

나막신을 걸치고 뒤따라간다. 신주로는 파리에서 주문해 만
든 양복에 가느다란 지팡이. 하나노야도 당시의 풍류객이었기
때문에 화려한 양복에 모자를 쓰고 지팡이를 손에, 언제나 담
배를 입에 물고 있었다.

집결한 세 사람은 시카조의 안내로 야라이초에 있는 가노의
집으로 들어갔다.

세이겐이 문 앞까지 나와서 신주로와 힘차게 악수를 하며,

"일본이 제아무리 넓다고 하지만 선상님뿐이 없심더. 부탁
합니더."

너무 경황이 없어서 사투리로 인사를 했다. 그의 눈에는 사건이 너무나도 중대하게 보여서 가만히 있을 수 없을 정도로 가슴이 막혀 오는 것이었다.

"무슨 일이 있었지요?"

세이겐이 사건을 설명한 뒤,

"그렇게 돼서, 참으로 유감스럽게도 고헤이 나리는 제 눈앞에서 목숨을 잃으셨습니다."

신주로가 다정한 눈빛으로 그를 위로한 뒤,

"다른 사람들은 오리에 아가씨가 쓰러진 곳으로 달려갔고 남아 있던 것은 당신들 떠돌이 짐꾼뿐이었나요?"

"아닙니다. 달려간 것은 대충 4분의 1 정도일 겁니다. 4분의 3은 자신이 있던 자리에서 움직이지 않았습니다. 단지 무슨 일인가 싶어 오리에 아가씨가 쓰러진 쪽을 보고 있었을 뿐입니다."

"당신은 가노 씨가 쓰러지는 모습을 보셨습니까?"

"참으로 송구스럽습니다만, 저는 오리에 아가씨 쪽에 정신이 팔려서 범인과 범행 순간을 목격하지 못했습니다. 두 사람이서 짊어지고 있던 가마가 흔들흔들 흔들리며 앞쪽으로 기울기에 문득 보니 고헤이 나리가 가슴인지 배인지를 누르며 앞으로 쿵쿵 고꾸라지듯 쓰러지고 있었습니다. 그 사람은 강인한 사람이기에 그 순간에도 가마를 붙든 한쪽 손을 놓지 않았습니다. 그때 고헤이 나리의 심상치 않은 모습을 깨닫고 허둥지둥 달려오자마자 막 쓰러지려는 고헤이 나리를 안아 부축한 머리 기른 승려가 있었습니다. 두 손으로 안아 부축하려 했기에 손에 들고 있던 퉁소가 소리를 내며 떨어졌습니다. 나중에 삿갓을 벗은 모습을 보니 그 승려는 유화가인 다도코로 긴지였습니다. 오늘 밤의 가장무도회에는 머리 기른 승려가 한 명 더 있었습니다. 그는 정상인 간다 마사히코였습니다."

"그렇다면 그때까지 피해자에게 접근한 사람은 없었습니까?"

"그 4, 5분 전에 총리대신이 고헤이 나리에게로 왔었습니다. 잠깐 용건을 말씀하셨습니다. 그러자 고헤이 나리는 사모님을 눈으로 찾았는데 마침 가까운 곳에서 프랑켄 대사와 춤추고 계신 모습을 보고 그곳으로 가서 한두 마디 주고받는 듯했습니다. 고헤이 나리는 돌아와서 총리께 결과를 말씀드렸습니다. 그러고 보니 그때 고헤이 나리는 얼굴빛이 어딘가 좋지 않은 듯했습니다."

신주로는 고개를 끄덕이고,

"그럼 현장으로 안내해주시기 바랍니다."

세이겐이 안내를 하려 했다. 시카조도 함께 넷이서 안으로 들어가려 하자 세이겐이 놀라 어이가 없다는 듯 도라노스케를 빤히 훑어보며,

"당신은 안 되겠네요. 초라한 허리띠에 맨발. 오늘 밤에는 각국의 대사와 공사들도 참석했습니다. 당신은 국위를 실추시

키고 있습니다."

자신이 들어야 할 말을 자신이 하고 있었다. 도라노스케는 큭 웃음을 터뜨리고,

"총감님은 알몸에 아랫도리만 간신히 가렸으니, 국위를 실추시켰군요."

"아, 이런."

신주로가 끼어들어 중재했다.

"탐정은 여러 가지 모습으로 변장을 하니 그렇게 보아주시면 될 겁니다."

"아, 알겠습니다, 알겠습니다."

세이겐은 만족하고 네 사람을 안내했다. 무도회장 안은 사람들이 벽 쪽에 모여 있고 한가운데는 텅 비었는데, 그 한쪽 바닥에 떠돌이 짐꾼 모습의 가노 고헤이가 죽은 채 쓰러져 있었다. 그의 어깨에서 떨어진 가마가 시체의 일부라도 되는 양 옆에 나뒹굴어져 있었다.

신주로는 시체를 살펴보았다. 고헤이의 옆구리에 꽂혀 있는 한 자루 작은 칼. 수리검으로 쓰는 것이었다. 칼날의 안쪽 끝까지 박혀 있었으나 출혈은 많지 않았다.

도라노스케는 칼의 방향을 눈으로 따라가며,

"몸을 비틀며 쓰러진 것이 아니라면 바로 악단이 있던 방향이로군."

"무슨 방향을 말하는 건가?"

라고 하나노야가 도라노스케의 심안에 도전했으나 도라노스케는 그런 잔챙이와는 상대도 하지 않으려는 모습.

"범인이 수리검을 던진 방향 말이야. 시골 풍류객은 알 리도 없겠지만, 범인은 사람들의 주의가 오리에 아가씨에게 쏠린 순간을 이용해서 수리검을 던진 거야. 그랬기에 총감님도 범인의 모습을 보지 못했어. 총감님이 깨달았을 때 피해자는 옆구리를 쥐고 앞으로 쓰러지며 버둥거리고 있었어."

하나노야가 기쁘다는 듯 웃었다.

"자네, 검술사면서 진검승부는 모르는 모양이군. 막부에는 신센구미라는 살인 조합이 있었는데, 자네는 그 정도의 인물은 아니었던 모양이군."

"진검승부라니 무슨 소리야?"

"수리검이 날 안쪽 끝까지 깊숙이 박히겠느냐는 말이지. 사람의 배는 물론 말랑하지만, 두부에 비하자면 조금 더 딱딱하잖아."

도라노스케는 눈을 부릅뜨고 시골 풍류객을 노려보았으나, 잔챙이를 상대하고 있을 수는 없었다. 팔짱을 낀 채 하고 싶은 말이 있다는 듯한 표정으로 시체 쪽을 응시했다. 수리검이 날아드는 힘. 과연 도라노스케는 그것을 알지 못했다. 그러나 누구도 알지 못하리라. 사람의 옆구리 정도, 날아드는 기세에 따라서는 칼날 안쪽 깊숙이까지 박힐지도 모를 일이었다. 시골 풍류객의 어리석은 말 따위는 신경 쓸 일이 아니었다.

옆구리에 박힌 칼 외에 상처는 어디에도 없었다. 어딘가에서 날아든 작은 칼 한 자루가 순간적으로 목숨을 빼앗은 것이었다. 고헤이는 눈을 부릅뜨고, 입도 벌린 채, 무엇인가 전달하려는 듯한 모습으로 엎드려 쓰러져 죽은 것이었다. 허둥지둥 달려와 부둥켜안은 다도코로 긴지도 고헤이의 말은 듣지 못했다.

신주로가 총감에게 무엇인가를 부탁했다. 민머리 세이겐이 엄숙하게 끄덕인 뒤, 똑바른 자세로 서서 굵고 탁한 목소리로 외쳤다.

"이 자리에 계신 숙녀 및 신사 여러분. 가노 고헤이 나리가 죽음을 맞이한 순간, 즉 제가 고함을 질렀을 때 여러분께서 계셨던 곳에 모두 서주시기 바랍니다."

국위를 실추하지 않도록 열심히 말을 골라서 했다.

이렇게 해서 모두가 그때 위치했던 곳에 각자 선 것을 보니 국가 기밀과 관계있는 사람들, 두 대사, 젠키 총리, 덴로쿠 모두 벽 쪽에 있어서 고헤이가 쓰러진 곳과는 멀리 떨어져 있었다. 탐정들의 시선은 일제히 머리 기른 승려 모습을 한 간다 마사히코를 찾고 있었는데, 그도 고헤이와 멀리 떨어진 벽 쪽에 찰싹 붙어 있었다.

하나노야가 이상하다는 듯 세이겐에게 물었다.

"가노 씨가 쓰러지기 전후에 이 근처에 있던 머리 기른 승려는 다도코로 씨 한 사람뿐이었습니까?"

"그렇습니다. 그 순간 이 근처에 있던 머리 기른 승려는 한 사람뿐이었던 듯합니다."

고헤이의 가족들도 약속이라도 한 듯 그에게서 멀리 떨어져 있었다. 아쓰코는 프랑켄과 함께 악단석 아래 부근에서 춤을 추고 있었다. 그곳은 수리검이 날아온 방향이기는 했으나 고헤이가 쓰러진 곳에서 4간 정도 떨어져 있었다. 머리 기른 승려인 다도코로는 그 중간, 고헤이와 가장 근접한 위치에 있었다. 그는 퉁소를 불며 걸어가는 도중이었다.

반대편의 가장 가까운 곳에 있던 것이 만타로였다. 현장에서 2간 정도 떨어진 곳을 마침 지나고 있었다.

"졸도하신 아가씨 쪽으로 가시려던 참이었군요."
라고 신주로가 묻자,

"아니요, 그저 마침 이곳을 걷던 중이었습니다. 저는 사람들의 소란스러운 모습을 보고 무슨 일이 일어났구나 싶기는 했지만, 동생이 쓰러진 줄은 몰랐습니다."

"당신은 아버님께서 쓰러지시는 모습을 보셨나요?"

"쓰러지는 순간은 보지 못했습니다. 쓰러지고 난 뒤에 머리 기른 승려 분장의 다도코로 씨께 안긴 모습을 보았습니다."

만타로는 자신보다 나이가 조금 많을 뿐인 명탐정을 신뢰하고 있는 듯했다. 그의 눈은 신주로에게 가만히 고정되어 당장이라도 무슨 말인가 하고 싶어 하는 듯했으나, 그 눈을 휙 돌려 버리고 말았다.

자리에 있던 사람들은 신문도 받지 않고, 곧 해산을 허락받았다.

남은 것은 총리와, 특별히 남아줄 것을 부탁받은 악사들이었다.

"당신들은 한 단 높은 자리에 계셨는데 범행을 목격한 분 안 계십니까?"

대답하는 사람이 없었다. 신주로는 고개를 끄덕이고,

"범인은 연기처럼 사람을 죽인 모양이군요. 하지만 피해자가 쓰러지는 순간을 목격한 분은 계시겠지요?"

고헤이가 비틀거리며 몸부림친 순간부터 머리 기른 승려가 곧 끌어안기까지를 본 사람이 3명 있었다.

"피해자가 몸부림치는 모습을 보았을 때 무엇을 하고 있다고 생각하셨습니까?"

"글쎄요. 몸부림친다기보다는 앞쪽으로 고개를 숙이며 웅크리는 것처럼 보였습니다."

라고 한 사람이 대답했다. 다른 한 사람도 거기에 응해서,

"맞아, 맞아. 나도 그렇게 봤어. 어, 저 떠돌이 짐꾼 몸을 웅크리는데, 라고. 그것뿐이었어. 특별히 죽기 전의 어떤 모습처럼 보이지는 않았어."

"하지만 웅크리며 가슴을 쥐어뜯었어. 이렇게, 무엇인가를 가슴에 품는 듯한 모습이었어."

"가슴에? 배 아니었나요?"

"네. 그러니까 무엇인가를 안는 듯한 모습이었습니다. 품는

다고 했지만 알몸이었으니 품는 게 아니었겠죠. 그러니까 가슴을 이렇게 문질렀던 걸까? 저는 분명히 봤습니다. 그러니까 그건 죽음의 고통이었던 걸까?"

그들이 목격한 것은 그것뿐이었다.

신주로는 악사들을 돌려보내고 하녀, 하인, 서생 등 20여 명을 불러모았다. 그들에게 뭔가 이상하게 여겨진 점은 없었냐고 물어보았으나, 오키누라는 어린 하녀가 늦게 돌아온 고헤이의 수수께끼 같은 중얼거림을 기억하고 있는 것 외에 이상한 광경을 본 사람은 없었다.

오키누는 얼굴을 붉히며,

"분명하게 기억하고 있는 건 아니지만, 유령에게 속았다고……."

오키누는 자신의 말에 웃으며,

"하지만 정말 그렇게 말씀하셨어요. 그리고 설마 녀석이 살아 있을 리 없어, 라고 말씀하신 것 같았어요."

"돌아오신 건, 몇 시쯤이었죠?"

"회장의 여러분이 상당히 모이고 난 뒤였어요. 서둘러 밥을 3그릇 찻물에 말아 드시고, ……바쁘실 때는 늘 그러세요. 1, 2분 만에 들이붓듯 드세요. 그런 다음 떠돌이 짐꾼으로 분장하시고 나선 지 30분이나 됐을까 싶었을 때 그렇게 되셨어요."

신주로가 인력거꾼을 불렀다.

"주인께서는 늦게 돌아오셨다고 하던데, 어디로 모시고 갔

없지?"

"가라스모리에 있는 유즈키였습니다. 무슨 일 때문이었는지
는 모르겠습니다. 그저 돌아오실 때, 설마 누군가의 장난이라
고는 여겨지지 않는데 살아 있다면 어째서 오지 않은 거지?
안 올 이유가 없는데, 라고 말씀하셨습니다. 유즈키의 여주인
에게 이런 사람이 오면 전갈을 달라고 말한 듯했습니다."

신문을 마치고 일행이 돌아가려 할 때 연회장의 계단 뒤에서
모습을 드러낸, 꽃과 같은 아가씨가 있었다. 아가씨는 성큼성
큼 일행 앞으로 다가와 대담하게 신주로를 바라보며,

"당신이 명탐정?"

신주로가 눈부시다는 듯 웃었다.

"범인은 밝혀냈나요?"

아가씨가 물었다.

"안타깝게도 손을 댈 길이 없습니다."

신주로가 점잖게 대답하자 아가씨의 눈이 불타오를 듯 번뜩
였다.

"전 기절해서 아버지가 돌아가시는 모습을 보지는 못했지
만, 머리 기른 승려 모습을 한 다도코로 씨가 부축했다고 하던
데요."

"말씀하신 대로입니다."

"머리 기른 승려에게는 언제나 비밀이 있는 법이에요. 옛날
부터 그랬대요. 그 비밀을 찾아보시는 게 좋을 거예요. 하인인

야키치 할아범한테 물어보세요."

이렇게 말하더니 오리에는 자신의 말에 당황한 듯 전광석화처럼 달아나버렸다.

"저 분이 기절하셨던 아가씨인가요? 단지 속의 뱀 때문에, 기절이라."

신주로는 별것도 아닌 일을 중얼거리며 생각에 잠겼다. 문득 생각이 났다는 듯,

"오빠인 만타로 씨도 뭔가 하고 싶은 말이 있는 듯했어요. 저 오누이는 뭔가 하고 싶은 말이 있는 거예요. 어쨌든 야키치 할아범을 불러보기로 하죠."

야키치는 예순 살이 손에 잡힐 듯한, 이 집에서 가장 오래된 하인이었다. 병사한 오리에의 어머니를 지극정성으로 모셨던 충복이었다.

"할아범, 고생이 많지. 일이 난처하게 됐어. 할아범도 마음이 아프겠지? 그런데 아가씨께서 할아범한테 물어보라고 말하고 아주 당황한 모습으로 자리를 뜨셨는데, 유학파 유화가인 다도코로 씨에게 어떤 비밀이 있는 거지?"

야키치는 신주로를 바라보고 있다가,

"오리에 아가씨께서 제게 물으라고 말씀하셨다고요?"

"맞아. 틀림없이 그렇게 말씀하셨어."

야키치는 천천히 끄덕이고 신주로를 날카롭게 응시했다.

"그럼 말씀드리겠습니다. 다도코로 씨는 저희 마님의 정부

입니다. 어제오늘의 사이가 아닙니다. 다도코로 씨가 유학을 떠나기 전부터 그랬습니다. 료스케 도련님도 누구의 씨인지, 하늘만 알고 계실 겁니다."

야키치의 눈은 불꽃같은 분노로 타오르고 있었다. 그리고 또박또박 말한 뒤 인사를 하고 얼른 물러나버렸다.

일동은 한숨을 쉬었다.

민머리 세이겐이 귓구멍을 후비적후비적 후비며,

"못 들을 얘기를 들었군. 이럴 때는 귀가 없었으면 좋겠어. 아아, 괴롭군!"

경시총감의 마음이 이렇게 약해서야.

돌아가려던 신주로가 무슨 생각을 한 건지, 다시 하녀들의 방으로 가서 오키누를 불러냈다. 고헤이가 뒷문으로 돌아와서 밥을 세 그릇 들이부은 뒤, 떠돌이 짐꾼으로 분장하고 나서기까지의 순서를, 그 장소에 따라서 일일이 더듬어 나갔다.

"주인 어르신은 술을 안 드시나?"

"아니요. 아주 잘 드세요."

"연회 전에 찻물에 말아서 3공기나 드신다는 건 좀 묘한데. 기껏 맛있는 술이 맛없어질 텐데."

"아니요. 나리께는 좀 특이한 습관이 있으세요. 중요한 연회에는 식사를 하고 나가셨어요. 너무 취하는 걸 피하기 위해서예요."

"그렇군. 과연 최고의 인물은 마음가짐부터 다르군."

신주로가 감탄한 듯 고개를 끄덕이자 오키누는 자신이 칭찬이라도 들은 양 얼굴이 빨갛게 달아올랐다. 잘생긴 사람은 어디서나 득을 보는 법이다.

　"오늘 밤에는 어떤 음식을 드셨지?"

　"장어구이하고 생선회하고 은어하고 양식의 요리하고, 여러 가지를 준비했지만 찻물에 말아 서둘러 드실 때는 늘 매실장아찌만 예닐곱 개 드실 뿐이에요. 매실장아찌를 좋아하셔서 나리의 매실장아찌는 오다와라의 농가에서 오래 전에 담근 것을 특별히 맛을 보고 가져오고 있어요."

　고헤이의 상에 올리는 매실장아찌의 단지는 명나라 때 만든 고가의 도자기라는 것이었다. 몇 십 년은 지난 듯한 굵직한 알갱이의 매실장아찌가 아직 6개 남아 있었다.

　조사를 마치고 문을 나서자 도라노스케가 기쁨에 부풀어오른 가슴속 생각에 견딜 수 없었는지, 하나노야를 쿡쿡 찌르고 신주로의 뒷모습을 눈짓으로 가리키며,

　"앗핫하. 엉뚱한 쪽을 보고 있어. 앗핫핫하. 더는 봐줄 수가 없군. 나는 이만 실례하겠네. 핫핫핫핫하."

　"꼴사납군. 정말 꼴도 보기 싫은 얼굴로 웃는 사람이야. 턱이 빠져버린 말 같은 얼굴을 하는 사람이야. 당신이 보고 있는 방향이 엉뚱한 쪽일 게 뻔하잖아. 사서 고생을 하는 사람이로군."

　"앗핫핫핫핫핫."

도라노스케는 독버섯을 먹어 웃음이 터진 사람처럼 꼴사나운 표정으로 웃으며,

"먼저 실례하겠네. 핫핫핫하."

기쁨에 들떠 어딘가로 달려갔다.

신주로는 시카조에게,

"가라스모리의 유즈키에 가서 가노 씨가 누구를 만나려 했던 건지 알아봐주시기 바랍니다. 그리고 이건 좀 어려운 일이지만, 가노 부인의 소행을 남김없이 알아봐주셨으면 합니다."

이 말을 듣고 하나노야가 기뻐하며,

"그렇지, 그렇지. 선생님의 심안이 바로 그쪽을 가리킬 줄 알고 있었습니다. 도라 녀석은 다도코로를 의심하고 있는 겁니다. 헛다리를 짚은 거지. 그 사람의 지혜는, 미안한 말이지만, 깊이가 없습니다. 저는 똑바로 보고 있었습니다. 그쪽을 말이죠."

신주로가 터지려는 웃음을 참으며,

"그쪽이라니, 어디 말입니까?"

"네. 그러니까 그쪽이죠. 선생님의 심안이 바로 가리킨 곳 말입니다."

"제가 가리킨 곳이란 어디죠?"

"왜 이러실까, 선생님. 당신이 가리키셨잖아요, 가노 부인의 소행을. 그러니까 프랑켄입니다. 범인은 그예요. 저도 말이죠, 수리검치고는 상처가 깊다, 이상하다고 생각했습니다만, 서양

의 수리검인 줄은 몰랐습니다. 이건 급이 다릅니다. 프랑켄은 굉장한 호남아인데, 서양 수리검의 명수가 아닐까 싶습니다."

★

도라노스케는 가이슈 앞에 단정히 앉아 앞뒤 순서를 틀리지 않게 신경을 써가며 이야기를 마치고 나자 마음이 놓였다.

그러나 지금부터가 문제로 하나노야는 콧방귀를 뀌며 비웃었는데 분하게도 녀석의 잡소리처럼 그의 심안은 엉뚱한 곳을 보고 있는 듯했다. 잘못 봤을 리가 없는데, 체면이 말이 아니군. 이에 언제나처럼 가이슈의 집으로 심안의 잘못된 곳을 바로잡으려 찾아온 것이었다. 도라노스케는 납득할 수 없다는 얼굴.

"고헤이에게 접근한 사람은 총리 외에 아무도 없었습니다. 물론 아쓰코와 프랑켄이 있는 곳으로 스스로 가기는 했었습니다만 이상 없이 돌아왔습니다. 총리가 떠나고 2, 3분 뒤에 비틀거리며 쓰러지려 하는 것을 다도코로가 달려와서 끌어안기는 했습니다만, 비틀거리기 전에 다가온 사람은 없었습니다. 총리가 떠나고 2, 3분, 그때 오리에가 졸도하여 사람들의 시선이 그쪽으로 향한 사이에 수리검을 던진 사람, 다도코로 외에 범인은 없습니다. 수리검이 날아온 방향에서 가장 가까이에 있던 사람은 다도코로였고, 조금 떨어져서 프랑켄이 있었지만, 그의 위치는 다도코로에 가려서 수리검을 던질 수가 없었습니다.

쓰러지려고 하는 고헤이에게 달려가 끌어안은 것은, 그와 떨어져 있었지만 자신은 던지지 않은 것처럼 보이기 위한 속셈. 사람들의 눈을 완전히 속인 것 같지만, 녀석 이때 정체를 드러내고 만 것입니다. 비틀거리며 쓰러지려 하는 고헤이를 보고 있던 것은 다도코로 한 사람, 다른 사람이 던진 수리검이라면 녀석이 던진 사람을 못 봤을 리가 없습니다."

가이슈는 담배합 밑쪽의 서랍에서 나이프를 꺼냈다. 숫돌을 끌어다 물에 적시고 나이프를 갈기 시작했다. 숫돌과 나이프는 그의 방에서 없어서는 안 될 물건. 스스로 손가락이나 머리 부근을 따서 어혈을 뽑아내곤 했다.

"다도코로를 범인이라고 지목한 게 빗나가리라고는 참으로 생각지도 못했습니다만, 그의 친구와 가까이 지내던 사람들을 조사해보니 그는 어렸을 때부터 어른이 될 때까지 여자에게도 지지 않을 만큼 유약한 사람이어서 무술은커녕 권법조차도 배운 적이 없었습니다. 일이 참으로 난처하게 되었습니다."

이것이 한탄의 씨앗이었다. 번민, 또 번민. 가이슈가 갈던 손을 멈추고,

"간다 마사히코가 머리 기른 승려였던가?"

"네, 그렇습니다. 하지만 간다는 멀리 떨어진 벽 쪽에 서서 프랑켄과 같은 나라의 대사관원과 이야기를 나누고 있었습니다."

"그랬겠지."

갈기를 마친 가이슈는 나이프를 거꾸로 쥐어 천천히 뒷머리를 조금 쨋 뒤, 휴지를 꺼내 어혈을 짰다. 머리의 어혈을 한참 짜더니, 이번에는 새끼손가락을 살짝 째서 휴지로 어혈을 짜냈다. 어혈을 짜내며 천천히 심안을 굴리고 있는 모양이었다. 가이슈는 나이프와 숫돌을 정리한 뒤 피를 닦아가며,

"남녀 간의 정사처럼 보이지만 다른 의도가 있다는 게 비범한 거야. 자네는 잘 이해할 수 없겠지. 그날이 되어 아쓰코가 갑자기 차메로스와 오리에를 연결시키려 했다는데, 그게 바로 계략일세. 아쓰코와 프랑켄은 눈이 맞은 거야. 나도 프랑켄을 만나서 서너 번 이야기를 나눈 적이 있네만 호남아로 매우 붙임성 있고 코와 입술, 눈매, 얼굴 전체가 모두 곱상한 미남자야. 그 얼굴은 로베스피에르를 닮았어. 관상이 같은 자는 영혼도 같아. 일본에서는 사이토 도잔이 교활하고 뱃심 좋은 악당이네만, 굉장한 호남아였다고 하더군. 그도 이목구비가 곱상한 미남자였을 거야. 사람이 해온 일을 보면 얼굴도 대충은 짐작할 수 있는 법이야. 아쓰코와 프랑켄은 함께 춤을 추고 있었던 듯한데, 과연 대담한 짓을 하는군. 계획이 들통 날 리 없다는 자신감을 가지고 있었기에 한 행동이야. 하지만 직접 손을 쓴 것은 프랑켄도 아쓰코도 아니야. 머리 기른 승려 모습을 한 간다 마사히코. 고헤이를 찌른 것은 그 사람이야."

가이슈가 어려울 것도 없다는 듯 단언했다. 아직 멈추지 않은 피를 닦으며 그가 설명을 이어나갔다.

"머리 기른 승려 모습을 한 사람이 둘 있었다는 사실을 잊어서는 안 돼. 다도코로는 아쓰코의 정부야. 그가 당일 어떤 모습으로 가장할지는 아쓰코도 알고 있었어. 어쩌면 아쓰코가 권했을지도 모르지. 아마 그랬을 거야. 다른 사람에게 얼굴을 보이지 않고 자신은 남들을 볼 수 있다는 점에서 머리 기른 승려는 가장무도회에서 사람을 죽이기에 아주 좋아. 게다가 퉁소를 들고 있었어. 고헤이를 살해한 수리검을 그 속에 숨겨놓았던 거야. 간다는 해적 출신, 내가 뱃사람이었을 때 인사를 하러 온 적이 있었는데 십팔반무예에 통달했고 모든 일에 대해서 일가견이 있는 사내였어. 돈을 좋아해서 해적질을 하기도 하고 상인이 되기도 한 걸 테지만, 정치를 했다면 총리도 됐을 법한 사내야. 살인 정도는 오이를 비트는 것 정도로밖에 생각지 않고 있어. 지독한 놈이지. 아쓰코가 갑자기 차메로스 쪽에 붙은 것처럼 보인 것은, 첫째로 오리에에게 뱀이 든 단지를 들게 하기 위해서. 둘째는 차메로스, 젠키 등 반대파 사람들을 오리에와 차메로스의 일에 매달리게 해 시선을 돌리기 위해서. 오리에가 졸도해서 사람들의 시선이 그쪽으로 쏠렸을 때, 기다리고 있다가 수리검을 던진 것은 간다야. 마찬가지로 머리 기른 승려 모습을 한 다도코로가 마침 근처에 있었던 건 우연일 뿐, 녀석들의 계획에서는 그저 머리 기른 승려가 둘 있기만 하면 됐던 거였어. 모두가 춤을 추며 움직이기에 같은 장소에 머물러 있는 사람이 없는 무도회의 특성상, 특정한 시간에 누가 어디에 있었는지는 거의 짐작할 수도 없는 법이야. 매순간 주위 사람들이 바뀌니까 말이지. 간다가 그때 프랑켄과 같은 나라의 대사관원과 벽 쪽에서 이야기를 나누고 있었다고 하면, 그것을 뒤엎을 만한 증거는 어디에도 없는 셈이야. 누군가가 다른 곳에서 머리 기른 승려를 본 것 같다고 생각한다 한들, 머리 기른 승려가 둘 있었으니 걱정할 필요는 없지. 이게 고헤이 살해의 진상이야. 증거가 없고 일당 가운데 프랑켄도 섞여 있으니, 젠키가 어렴풋이 감을 잡았다 할지라도 범인을 잡을 수는 없을 거야."

신과도 같은 밝은 헤아림. 도라노스케는 그저 공손히 듣기만 할 뿐, 한마디 한마디에 어두웠던 심안이 밝아지고 씻은 듯이 깨끗해져, 삼가 자리에서 물러났다.

도라노스케가 가이슈의 저택에서 물러나 신주로를 찾아가 니 먼저 와 있던 하나노야가 신주로의 출동을 조마조마하게 기다리고 있었으나, 아직은 나설 때가 아닌 듯 신주로는 서생 인 안고와 서양장기에 몰두하고 있었다.

하나노야는 도라노스케를 보더니 기뻐하며,

"아, 어서 오게, 명탐정. 마침내 범인을 밝혀내신 모양이군."

"핫핫하. 귀공의 심안은 어떻게 되셨는가?"

"그야, 범인은 프랑켄일세."

"핫핫핫하. 하지만 프랑켄을 보고 있었다니 시골 풍류객치고는 아주 그럴듯하군. 남녀 간의 정사처럼 보이지만 다른 의도가 있다는 게 비범한 거야. 자네에게는 감당하기 버거울 테지만."

그때 시카조가 녹초가 된 모습으로 찾아왔다. 이 늙은 순사는 선천적으로 매우 둔한 편이었지만, 명령을 받으면 우직하다 싶을 정도로 끝까지 해내는 장점을 가지고 있었다. 어젯밤 신주로에게서 명령받은 일을 거의 잠도 자지 않고 수행하며 돌아다니다 지금 막 돌아온 것이었다. 무릎걸음으로 신주로 곁까지 다가가서,

"유즈키에서 기다린 건, 나카조노 히로시였습니다."

"아, 가노 씨의 첫 번째 심복, 3년 전에 행방불명된 것으로 알려진 나카조노 말이로군요."

"그렇습니다. 유즈키의 여주인에게는 숨김없이 털어놓았기에 다행히도 알 수 있었는데, 그날 정오 무렵 낯선 사내가 나카조노가 보낸 사람이라며 나타나서는, 지금 막 중국에서 돌아왔는데 일을 아직 완성하지 못했기에 모습을 드러낼 시기는 아니지만 나리께 보고만은 드리고 싶다, 저녁에 유즈키로 가겠다고 말했다고 합니다. 가노 씨는 반신반의, 나카조노는 틀림없이 임무를 띠고 중국으로 떠나기는 했지만, 도중에 현해탄에서 배가 침몰해 살아 있으리라고는 여겨지지 않는데 이상한 일이

라고 말했다고 합니다."

신주로는 고개를 끄덕이고,

"그렇군요. 아마도 그렇게 된 게 아닐까 생각하고 있기는 했습니다만. 그래서 나카조노는 유즈키에 모습을 드러냈나요?"

"아니요. 아직도 나타나지 않았습니다."

"그랬겠지요. 아마 아무리 시간이 흘러도 나타나지는 않을 겁니다. 그리고?"

"유즈키에 대해서는 그것이 전부입니다만, 아쓰코의 소행에 관한 것은 참으로 어려운 문제여서, 다도코로 외에는 좀처럼 정체를 밝혀낼 수가 없었습니다. 하지만 소행에 대해서는 대부분 악평을 듣고 있으며, 프랑켄과는 요즘에 특히 정을 통하고 있다고 말한 자가 있었습니다. 발이 닳도록 돌아다녀서 알아낸 것이라고는 겨우 이것뿐으로……."

신주로가 빙그레 웃으며,

"당신에게는 늘 감사하고 있습니다. 더없이 정확하게 제 다리를 대신해주고 계시기 때문입니다. 덕분에 저는 서양장기를 즐길 수 있는 겁니다. 제 스스로가 돌아다닌다 한들 당신 이상으로 밝혀내지는 못할 겁니다. 그럼 슬슬 출발하기로 할까요."

도라노스케는 펄쩍 뛰어오를 듯이 기뻐 입가에서 자연스럽게 흘러나오려는 웃음기를 억누르며,

"이거, 어디로?"

"가노 씨 댁으로 갑니다."

마침내 참지 못하고 도라노스케가 껄껄 웃으며,

"대체, 거기는 무슨 일로?"

"그렇다면 이즈미야마 씨는 범인을 알아내신 거로군요. 한 발 늦어서 부끄럽지만 저는 지금부터 범인을 밝혀내러 가려는 겁니다."

신주로가 이렇게 싹싹하게 추켜세우자 도라노스케는 더 이상 참을 수가 없었다. 기둥에 기대어 등을 배배 틀며 껄껄, 그르렁그르렁, 스펀지볼이 목 안을 굴러다니듯 기괴한 소리로 끝도 없이 웃었다. 신주로는 안고에게 명하여,

"자네는 가자마키(風卷) 선생님을 모시고 가노 씨 댁으로 뒤따라오도록 하게. 선생님께서 기다리고 계실 거야."

이렇게 말하고 넷이 함께 가노 씨 댁으로 갔다. 오늘은 하야미 세이겐도 경시총감 제복을 차려입고 부하들을 대동하여 신주로가 오기를 엄숙하게 기다리고 있었다. 제복을 입은 모습은 국위를 실추시킨 적이 단 한 번도 없었던 것처럼 늠름하게 보였다. 신주로를 보자 다가가 악수하고,

"지팡이처럼, 기둥처럼 의지하고 있습니다. 이번 범인을 잡지 못하면 정부는 무너질 겁니다. 일본 국내의 민심 동요, 아아, 끔찍해라. 그 책임이 제게 걸려 있다니 감당하기 어렵습니다. 범인은 알아내셨습니까?"

"아마 범인이 이 저택 안에도 있다는 증거를 볼 수 있을

겁니다."

"됐다!"

세이겐은 크게 감동했다. 신주로는 부엌을 향해 똑바로 갔다. 오키누를 불러 어제 봤던, 조그만 매실장아찌 단지를 내오게 했다. 그는 안을 본 뒤 만족한 듯 뚜껑을 닫고,

"누가 이 단지를 만졌지?"

"아무도 만졌을 리가 없는데, 왜 그러시죠?"

"정말 아무도 만지지 않았단 말이야?"

"절대로 만졌을 리 없어요. 그것을 넣어두는 찬장은 나리 전용으로 쓰는 거니, 오늘은 찬장에 손을 댄 사람도 없었을 거예요."

"그랬겠지. 그런데 딱 한 사람, 이 단지를 만진 사람이 있었어. 이 안의 매실장아찌, 어제는 6개가 남아 있었는데 오늘은 8개가 되었어."

놀란 오키누의 얼굴빛이 바뀌었다. 신주로가 위로하는 듯한 얼굴로,

"괜찮아, 네 잘못이 아니야. 그런데 매실장아찌를 담는 커다란 단지는 어디에 있지?"

"나리 것은 전부 같은 찬장에 있어요."

찬장을 열자 제일 아래에 매실장아찌를 담는 커다란 단지가 4개나 있었다.

"이만 아가씨를 뵙기로 하겠습니다."

그들은 오리에의 방으로 안내되었다. 신주로가 정중하게 인사하고,

"어젯밤의 불쾌한 일을 떠올리게 해서 죄송합니다만, 아가씨께서 회장에 늦게 나오신 데는 어떤 이유가 있었습니까?"

"이유라고 말씀드릴 만한 일은 없었어요. 그냥 왠지 내키지 않았을 뿐이에요. 가능한 한 늦게, 가능하다면 참석하고 싶지 않았어요."

"그렇다면 그 시간에 참석하겠다고 약속한 사람도, 데리러 온 사람도 없었겠죠?"

"없었어요. 제 생각대로 시간을 가늠해서 나간 거예요. 데리러 왔다 해도 무시했을 거예요."

참지 못하고 말을 가로막은 것은 도라노스케였다.

"그런 거짓말은 안 통합니다. 당신이 그 시각에 거기에 나오도록 한 인물이 있었을 겁니다. 제 눈을 똑바로 보세요, 제 눈을."

신주로가 피식 웃으며 도라노스케를 만류하려던 순간, 도라노스케가 요란스럽게 왓 소리를 지르며 몸을 뒤로 젖혔다. 오리에가 손을 가만히 뒤로 뻗어 책상 위에 있던 공작 깃털을 쥐어서는 그의 눈 안으로 들이밀었기 때문이었다. 신주로는 도라노스케를 안아 일으키고,

"아가씨에게 명령한 사람은 아무도 없었습니다. 다시 말해서 그 시각에 아가씨께서 졸도하신 것은 우연입니다. 아가씨께

서 졸도하지 않으셨어도 가노 씨는 그 시각에 그처럼 최후를 맞을 운명이었던 겁니다. 이것이 이번 사건의 요점입니다. 저는 그것을 어젯밤부터 확신하고 있었습니다. 아가씨, 감사합니다. 덕분에 범인을 잡을 수 있을 듯합니다."

오리에가 두터운 신뢰가 담긴 시선으로 신주로를 바라보며, "언제 마무리 지어지나요?"

"30분 안에 잡을 수 있을 듯합니다. 아가씨께서도 범인의 이름을 알고 계시겠지요?"

오리에가 분명하게 고개를 끄덕였다.

두 젊은 미남, 미녀의 마음이 더없이 친밀하다는 듯 일치되는 모습을 보고 도라노스케는 불만 가득,

"이런 당치도 않은 일이. 유키 씨. 아아, 이성에 눈이 머는 것만큼 무서운 일도 없구나. 당신 같은 사람조차 이성에 눈이 멀면 심안이 흐려지는 것은 물론, 그래서는 진범의 간계에 그대로 빠져버리는 셈입니다."

신주로가 도라노스케를 달래듯,

"아니요, 아름다운 아가씨를 뵙고 난 뒤부터 저의 심안은 더욱 맑아졌습니다."

신주로는 빙그레 웃으며 이렇게 말하더니 자신도 모르게 얼굴이 빨갛게 달아올랐다. 그것을 보더니 오리에의 얼굴도 붉게 물들었다. 그때 심부름꾼이 와서 가자마키 선생님이 지금 막 도착하셨다고 알렸다. 신주로는 순간 긴장하여,

"자, 모든 비밀이 풀릴 시간이 되었습니다. 아가씨도 연회장으로 함께 가시지요."

모두가 고헤이의 유체가 안치되어 있는 연회장으로 갔다. 친인척, 고헤이의 도움을 받았던 사람 등 많은 사람들이 몰려들어 있었다. 신주로가 가자마키 선생과 인사를 나눈 뒤,

"그럼, 가자마키 선생님께서 시체를 봐주셨으면 합니다만."

가자마키 선생은 유럽에서 연구하여 근대 의술을 배운 서양 의학의 대가였다.

신주로가 관 뚜껑에 손을 대더니,

"아, 이게 어떻게 된 일이지? 벌써 관 뚜껑에 못을 박아놓았는데."

집사가 앞으로 나서며,

"일반적인 경우와는 달리 변사하신 얼굴을 보이는 것은 나리의 명예를 훼손하는 일이라는 마님의 희망에 따라서 오늘 아침에 몇몇 가까운 친척하고만 대면하시게 해드리고 뚜껑을 밀봉했습니다."

"가자마키 선생님께서 조사를 해주실 필요가 있으니, 마님의 허락을 얻어 뚜껑을 열어주셨으면 합니다. 그리고 마님께서도 입회해주셨으면 합니다."

집사가 아쓰코의 방으로 가서 아쓰코를 데리고 왔다. 아쓰코는 약간 야윈 듯 가련한 모습이었다. 신주로가 그녀를 위로한 뒤 말하기 어렵다는 듯,

"그럼, 마님. 뚜껑을 열어도 괜찮겠습니까?"

"그렇게 하세요."

못을 빼내고 뚜껑을 열었다. 관에 채워넣었던 여러 가지 물건들을 빼내고 사체의 옷도 벗겨낸 뒤, 가자마키 선생은 눈과 입과 상처를 면밀하게 살펴보았다. 선생이 신주로를 돌아보며,

"한눈에 봐도 독살의 징후가 뚜렷합니다. 사용한 독은 모르겠으나, 자상에 의한 죽음이 아닌 것만은 틀림없는 듯합니다."

"그렇다면 가노 씨가 비틀비틀 앞으로 버둥거리며 가슴을 쥐어뜯듯 웅크린 건, 칼에 의한 상처 때문이 아니라 독극물의 작용 때문이었군요."

"아마도 그랬을 겁니다. 옆구리에 수리검을 맞았는데 그렇게 버둥대는 것도 조금은 이상한 일입니다. 소리를 지르거나, 돌아보거나, 그와는 조금 다른 반응을 보였을 겁니다."

"이거, 감사합니다. 덕분에 사건의 전모가 분명해진 듯합니다. 아무래도 독살이 아니면 안 된다는 사실, 수리검을 찔러넣은 것은 독살을 숨기기 위한 수단에 지나지 않는다는 사실은 어젯밤부터 확신하고 있었습니다. 독살이 밝혀지면 범인이 저택 안에 있다는 사실을 들켜버리기 쉽기 때문이었을 겁니다. 많은 분들이, 아가씨가 졸도한 것을 어떤 사람의 조종으로 정해진 시각에 행해진 것처럼 생각하고 있는 듯합니다만, 그 시각은 아가씨가 임의로 선택한 것으로 우연에 지나지 않습니다. 어떤 사람의 조종으로 정해진 시각이란, 가노 씨가 유령이 보

낸 사람의 말에 따라서 유즈키로 끌려나갔다가 아무래도 모임 시간에 늦게 집으로 돌아올 수밖에 없었던 계략에 있었습니다. 그것은 가노 씨의 습관을 잘 알고 있는 사람만이 할 수 있는 일입니다. 다시 말해서 가노 씨가 중요한 연회 전에는 식사를 하고 참석한다는 사실, 서둘러 식사를 할 때는 찻물에 만 밥과 매실장아찌만을 2, 3분 만에 들이마신다는 사실을 잘 알고 있는 사람이 꾸민 일입니다. 왜냐하면 범인은 가노 씨가 매우 급하게 매실장아찌를 먹게 만들 필요가 있었는데, 그 매실장아찌에 독을 넣었기 때문입니다."

도라노스케는 매우 불만. 콧방귀를 뀌며,

"그럴 리가 있겠습니까? 아가씨가 졸도해서 사람들의 시선이 쏠린 틈을 노리고 있다가 수리검을 던진 겁니다. 그 틈이 없었다면 수리검을 던질 수 있었겠습니까?"

신주로가 빙그레 웃으며,

"그 칼은 수리검으로 던진 게 아닙니다. 범인은 곧 독이 퍼져 가노 씨가 비틀거리며 쓰러질 것이라는 사실을 알고 있었습니다. 그는 그때를 기다리기 위해서 가노 씨 주변을 맴돌았습니다. 독이 퍼져 쓰러지려 할 때 달려들어 부축하는 척하며 칼을 배에 찔러넣기 위해서. 칼은 머리 기른 승려의 통소 속에 숨기고 있었습니다."

앗 하는 외침이 들려왔다. 사람들 모두가 자리에서 일어났는데 하나노야와 시카조가 다도코로에게 사납게 달려들어 그를 붙잡은 참이었다. 시골 풍류객, 신구혼합, 하나노야 인가의 몸은 볼품없지만, 원래는 소총부대의 소대장, 도바후시미에서 우에노의 간에이지까지 수많은 경험을 쌓은 그 솜씨는 상당한 것. 다도코로를 힘껏 붙잡고는 마치 자신이 추리해서 잡은 것처럼 대만족, 싱글벙글 기뻐하고 있었다. 다도코로는 팔을 뒤로 꺾인 채 이제는 체념한 듯 눈을 감고 있었다. 신주로는 사람들의 술렁임이 가라앉기를 기다렸다가,

"영리한 범인이었습니다. 범인은 당일 밤 사람들의 분장을 미리 알고 있었습니다. 물론 간다 마사히코 씨가 머리 기른 승려로 분장할 것이라는 사실도. 어쩌면 간다 씨가 머리 기른 승려의 모습으로 가장하도록 부추긴 것은 범인이었을지도 모릅니다. 통소에 칼을 숨긴 채 가노 씨가 독 때문에 괴로워하기 시작할 때까지 주변을 맴돈 것은 미리 짜놓은 계획에 의한 것이었으니. 그리고 머리 기른 승려를 두 사람으로 만들어 한 사람이 늘 가노 씨 주변을 맴돈다는 사실을 눈치 채지 못하게 할 필요가 있었습니다. 따라서 다도코로 씨를 머리 기른 승려로 분장하게 한 뒤, 자신은 매실장아찌에 독을 넣고 가노 씨를 속여 유즈키로 불러낸 것입니다."

사람들은 깜짝 놀라 서로의 눈을 마주보았다. 하나노야가 이상히 여기며,

"그렇다면 진범이 따로 있다는 말입니까?"

"칼로 찌른 것은 치명상이 아니라고 하니 독을 넣은 사람이

훨씬 더 거물인 진범이라고 해야 할까요? 그럼 진범의 방을 찾아가보기로 하지요. 하지만……."

신주로는 아쓰코가 자리를 떴다는 사실을 이미 알고 있었다. 그리고 이후 무슨 일이 일어났을지도 어렴풋이나마 짐작할 수 있을 것 같다는 생각이 들었다. 그 기가 센 여자는……, 호소카와 가라샤와 달기 100명을 하나로 합친 것과 같은 여자였다. 꿰뚫어본 사람이 없었다면 만타로까지 살해해서 불륜의 씨앗인 료스케가 집안을 잇도록 했을 것이다. 방의 문은 잠겨 있었다. 문을 부수고 사람들이 들어가보니, 아쓰코는 유일한 친아들인 료스케를 찌르고, 자신도 은장도로 목을 찔러 숨이 끊어져 있었다. 대단한 최후였다.

가이슈는 나이프로 어혈을 짜내며 도라노스케의 보고를 전부 들었다.

"흠, 그런가. 현장에 가보지 않으면 독살은 알 수가 없어. 그건 한눈에 알아볼 수 있는 거야. 그러니 추리는 그렇게 되지. 늘 그렇지만 신주로는 솜씨가 좋군. 머리 기른 승려가 둘 있어야만 한다는 사실, 수리검을 퉁소 속에 숨겼다는 사실은 나도 전부 꿰뚫어보고 있던 일이야."

도라노스케는 가이슈의 가공할 만한 심안에 새삼스레 감탄,

그저 한마디 한마디 삼가 들으며 자기 심안의 어둠을 걷어낼 뿐이었다.

밀실 대범죄

맑게 갠 가을의 화창한 날. 히카와에 있는 가쓰 가이슈의 저택 문으로 들어선 것은 시무룩한 얼굴의 이즈미야마 도라노스케였다. 매우 우울한 일이 있는 모양이었다.

현관에 다다르자 더는 한 걸음도 걸을 수 없다는 듯 현관 옆에 놓여 있는 등나무 의자에 축 늘어져 앉아 한숨을 내쉬었다. 부서지기 시작한 등나무 의자가 흔들리는 것도 깨닫지 못한 모습으로 앉아, 이마에 손가락을 대고 가만히 생각에 잠겼으나 미륵보살처럼 좋은 지혜는 떠오르지 않는 모양이었다. 이리저리 생각하다 때때로 한숨을 쉬었다. 고래가 한숨을 돌리는 것만큼 요란스러운 한숨이었으나 본인은 그 한숨조차 깨닫지 못하는 듯했다. 아주 커다란 번민과 정면으로 맞서고 있는 것이리라.

그는 생각다 못해 자리에서 일어났다. 출발 직전의 특공대와 같은 얼굴이었다. 자신의 사고력에 희망이 없음을 인정하는 것이 이 거구의 사내에게는 죽음과도 같은 괴로움으로 느껴지는 것일지도 몰랐다.

하녀에게 자신이 왔음을 알리자 언제나처럼 가이슈의 몸종인 고이토가 대신 나와서 안쪽 서재로 안내해주었다. 이른 아침이었기에 다른 손님은 없었다.

"이른 아침부터 정밀(靜謐)함을 깬 무례함, 특별히 용서해주시기 바랍니다."

목소리와 함께 눈물이 떨어질 것 같은 비통한 모습으로 사과했다. 평소와 다름없이 과장된 웃음으로 가이슈는,

"돈을 빌려달라는 부탁, 처신에 대한 상의, 내게는 상의를 하러 오는 사람들이 끊이질 않아. 살인을 저지른 자가 숨겨달라며 찾아온 적도 있었어. 이삼일 숨겨주었다가, 여기는 감시꾼이 이미 문 앞까지 와 있어서 위험하니 이러이러한 사람을 의지해서 가라며 주먹밥을 건네준 적이 있었는데, 그 사내는 떠나기 전까지 거동이 심상했으며, 식사도 조용하게 충분히 먹었고, 잠도 푹 자더군. 자네는 어떤가? 어젯밤에는 잠을 자지 못한 모양이로군. 자네만큼 복잡한 심경으로 지혜를 빌리러 온 사람도 없었네만, 탐정은 모두 그런 식인가?"

"네. 범상한 사고로는 도저히 따라잡을 수 없는 기괴한 사건이 종종 일어나곤 합니다. 안쪽에서 고리를 걸어 밀봉되어 있는 창고 속에서 살해당한 사내가 있습니다. 범인이 바깥으로 달아났을 리가 없는데 연기처럼 사라져버렸습니다."

"오늘 아침 신문에서 봤네만, 닌교초의 방물가게를 말하는 거지?"

"네, 바로 그렇습니다. 전대미문의 커다란 범죄입니다."

닌교초에 있는 방물가게 '가와기'의 주인인 도베에가 창고의 2층에 있는 방에서 살해당했는데 발견되었을 때 방의 문 안쪽에 고리가 걸려 있었다는 것이었다. 당시의 신문기사는, 사회면 기사의 보도에 정확성을 기해야 한다는 생각은 없었다. 흥미위주로 꼬리를 붙여 흥에 겨운 대로 쓰는 글이었기에 '상등미인, 풍류재자(才子), 미남점원, 우열을 가리기 힘든 솜씨, 마각을 드러낼 그는 과연 누구'라고 마무리 지은 것이 그 기사였다. 상등미인이란 도베에의 첩인 오마키를 가리키는 말. 이런 기사는 읽어봐야 범인을 짐작할 수 있을 만한 단서는 되지 않을 뿐만 아니라, 엉뚱한 거짓말만 받아들이게 될 뿐이다.

"도베에는 창고 속에서 생활하고 있었는가?"

"창고의 2층 절반을 잘라서 거처로 삼고 있었습니다. 자신의 손으로 재산을 쌓아 창고까지 갖게 된 것을 무엇보다 자랑스럽게 생각했다고 하는데, 늘 창고에 머물며 만족감을 맛보았다고 합니다."

"처자도 창고에서 살고 있는가?"

"아닙니다. 도베에 혼자였습니다. 매우 썰렁한 방으로 아무런 장식도 없이 장부와 오래된 오쿠라(大倉)식 금고가 하나 있을 뿐입니다."

"화장실은 어떻게 했는가?"

"글쎄요. 그건 듣지 못했습니다."

"그런 것도 일단은 조사를 해두어야 하네. 죄의 뿌리는 깊은 법이니까. 일상의 생활, 버릇 등을 소상히 알고 나면 수수께끼의 요점을 분명히 알 수 있는 법이지. 그럼 자네가 보고 온 것을 이야기해보게. 앞뒤 순서를 틀리지 말고 차분하게 말해보게."

"네, 감사함에 행복할 따름입니다."

도라노스케는 자신도 모르게 싱긋, 기운을 차리고 무릎으로 한 걸음 다가가 이야기를 시작했다.

도베에는 요코야마초에 있던 '하나추'라는 노포에서 어렸을 때부터 일을 배우기 시작해 지배인까지 된 사람이었는데, 주인집에 거듭 불행이 찾아와서 주인은 자신의 집에 불을 지르고 불 속으로 뛰어들어 목숨을 끊고 말았다. 그건 간에이지의 전쟁이 있던 해였다. 주인집은 몰락했으나 어렸을 때부터 고용살이를 했던 도베에 자신만은 오랜 세월 요령껏 재미를 보아왔기에 적지 않은 재산을 가지고 있었다. 나이도 서른. 독립해서 새 출발하기에도 적당한 나이였다.

닌교초의 지금 자리에 빈 가게가 있었기에 그것을 사들여 개점했다. 몰락한 주인집의 손님을 누구의 눈치도 볼 것 없이 물려받았으며, 발이 닳도록 돌아다녀 스스로 새로운 손님을 개척하기도 했다. 사업이 번창해서 가게를 멋지게 신축하고 같은 부지에 있던 뒤쪽 가게를 사들여 안채와 커다란 창고를 만들었다. 이때를 기점으로 그는 창고의 2층에 방을 만들어 금고와 장부를 끌어안고 살게 되었으며, 가게는 지배인에게 맡겼으나 그에게는 자신이 고안해낸 방침이 있었다.

근처 요코야마초에는 오래된 방물가게들이 모여 있었다. 오래된 단골손님들을 확실히 잡고 있어서 미동조차 하지 않는 단단한 기반을 자랑하고 있었다. 신규 개점한 가와기에서는 그렇게 얌전히 있을 수만은 없었다. 그 자신도 발이 닳도록 고객을 개척했지만, 앞으로도 그것을 게을리 할 수는 없었다.

방물가게의 고객은 주로 화류계, 뒤를 이어 저택이나 커다란 상점의 부인과 따님 등이기에 그곳에 출입하는 지배인은 남자답고 서글서글해서 여자들 마음에 들 만한 남자가 아니면 안 된다. 그런데 남자답고 서글서글하기에 인기가 좋다. 결국은 손에 손을 잡고, 하는 정도는 그나마 나은 편이며, 드나드는 집안의 여자들과 너무 친해진 나머지 사고를 쳐서 가게의 신용을 떨어뜨리는 경우도 적지 않았다.

이에 도베에는 단골손님을 찾아가는 일을 어엿한 지배인에게 시키기 때문에 일이 어긋나는 것이라고 생각했다. 그 일은 어린아이에게 시키는 것이 가장 좋다고 결론 내리고, 영리하고 붙임성이 좋고 사근사근하고 얼굴도 귀여운 아이를 열한두 살 때부터 가르쳐 열대여섯 살이 되면 단골손님을 하나둘 찾아가게 했다. 이것이 커다란 효과를 거두었다. 화류계에서는 아가씨들의 사랑을 독차지했으며, 저택의 안채에서도 대하기가 편하고 재미있어서 어린아이가 좋다는 평판이었다.

그랬기에 도베에의 가게에서는 지배인인 슈사쿠가 23살, 매우 젊은 나이였으나 그가 유일한 성인이었다. 물론 도베에의 조카로 슈사쿠와 동갑인 요시오가 도베에의 대리로 일하고 있기는 했다.

위의 두 사람을 제외하면 나머지는 18살인 긴지, 17살인 쇼헤이, 15살인 히코타로, 13살인 센키치, 12살인 분조 모두 어린아이였다. 긴지와 쇼헤이는 이미 손님들의 집을 돌아다니는 일의 베테랑이었으며, 요즘에는 히코타로도 다니기 시작했다. 센키치와 분조는 아직 일을 배우는 중이었다. 모두가 도베에의 마음에 맞는 요소를 갖춘 미소년이었는데, 긴지 정도의 나이가 되면 슬슬 유흥도 배우게 된다. 상점의 아이들은 조숙하기 때문에 도베에의 방식대로 하자면 긴지는 슬슬 손님들을 찾아가는 일에 적합하지 않은 나이가 된다.

이것이 도베에가 새로이 고안해낸 닌교초 가와기의 성격이었다.

도베에에게는 자녀가 1명밖에 없었다. 아야라는 이름의 18살이 된 외동딸인데 가슴의 병이 있기에 무코지마의 요양원에 하녀 둘을 붙여 보내서 요양을 시키고 있었다. 아야의 생모는 3년 전에 세상을 떠났고 야나기바시에서 게이샤로 있던 오마키를 첩으로 들여 창고에 이어져 있는 안채의 한 방에서 살게 하고 있었다.

그 외에 오타미, 오시노라는 그다지 용모가 빼어나지 않은 하녀 둘이 허드렛일을 하고 있었다. 이상이 가와기의 가족 모두였다.

창고 안에서 생활하는 도베에게는 매일 아침 7시에 뜨거운 차를 마시는 습관이 있었기에 오시노가 주전자의 끓는 물과 매실장아찌를 창고 안으로 가져다주게 되어 있었다.

그날도 평소와 다름없이 주전자를 들고 창고의 2층으로 올라가보니, 어젯밤 12시에 방 밖에 두고 갔던 야식이 그대로 놓여 있었다. 도베에는 식사를 할 때는 안채로 가서 오마키와 함께 먹었으나 야식만은 창고 안에서 매일 밤 12시에 주먹밥을 먹었다. 어젯밤에도 오시노가 주먹밥을 가지고 갔는데 방의 판자문에 고리가 걸려 있는 듯 열리지 않았다. 그런 일은 거의 없었지만, 벌써 주무시는 건가 싶어 방 밖에 주먹밥을 얹은 쟁반을 내려놓고 온 것이었다. 그런데 그것이 그대로 놓여 있었다.

도베에는 늦게 잠들지만 아침은 일렀다. 6시 반 무렵이면 일어나 세수를 전부 마쳤다. 낮잠을 자는 습관이 있었기에 수면은 그것이면 충분했다. 아침 7시에 주전자를 들고 가면 반드시 일어나 있던 도베에가 전날 밤부터 계속 잠든 채 일어나질 않았다. 문은 안쪽에서 고리를 걸어놓았고 불러도 대답이 없었기에 오시노도 이상하게 생각했다.

안채로 가서 오마키를 깨워볼까도 싶었으나 오마키는 어젯밤에 술을 많이 마시고 잠들어 있다는 사실을 알고 있었기에 도베에의 조카인 요시오에게로 갔다. 그런데 요시오의 방에는 이부자리가 깔려 있어서 잠을 잔 흔적이 있고 뭔가 짐을 싸려다 만 것이 남겨져 있기는 했으나, 방의 주인은 보이지 않고 외박을 한 모양이었다. 별 수 없었기에 지배인인 슈사쿠를 흔들어 깨워 이러한 사실을 전했다. 이에 슈사쿠가 잠이 덜 깬 눈을 비비며 창고로 가보았는데, 오시노의 말대로 문을 두드려도 불러도 대답이 없었다. 이상하다는 생각이 들었기에 오마키를 깨워 문을 부수고 들어가보니, 도베에는 단도에 가슴팍을 찔려 숨이 끊어져 있었다.

문 안쪽에서 고리를 걸어놓았다. 그 밀실에서 사람이 살해당했으니 이 수수께끼는 어려운 문제였다. 이에 신주로를 불러오기로 했다.

신주로 일행은 언제나처럼 하나노야 인가와 이즈미야마 도라노스케까지 3명. 후루타 시카조 순사의 안내를 받아 닌교초로 찾아갔다.

도베에의 상처는 뒤에서 등을 단칼에 찔린 것이었다. 정확히 간 부근을 꿰뚫었으며 칼끝이 서너 치나 튀어나와 있었다. 사체는 단도가 꽂힌 채 쓰러져 있었다. 단도는 도베에가 늘 가지고 있던 물건. 이 가와기야에서 날붙이라고는 오로지 이것 한자루밖에 존재하지 않았다. 도베에는 자신의 칼에 누군가에 의해서 등을 찔려 목숨을 잃은 것이었다. 피바다였다. 금고는 그대로 있었고 물건을 도둑맞은 흔적도 없었다.

"12시에는 이미 살해당했어. 그렇다면 초저녁에 당한 거야. 손님이 와서 이야기를 나누었어. 잠깐 눈을 돌린 사이에 손님이 마침 곁에 있던 단도를 쥐어 뒤에서부터 찌른 걸 거야."

도라노스케가 이렇게 중얼거리자 하나노야가 웃으며,

"그런 건 아무래도 상관없어. 안에서 고리를 걸어놓았다는 게 이상하잖아. 그 점이 심안을 사용해야 할 부분이야."

도라노스케는 하나노야를 노려보았다. 참으로 멀리까지 볼 줄 아는 심안을 가지고 있지도 못한 주제에 입만은 살아서 잘난 척이었다. 그것이 하나하나 도라노스케의 비위를 건드려 견딜 수 없는 것이었다.

신주로는 가족들에 의해서 쓰러진 판자문을 세워놓고 면밀하게 살펴보고 있었다. 밀려 쓰러지는 바람에 고리는 벗겨져 있었다. 고리 자체는 판자문에 그대로 붙어 있었다.

신주로는 두어 자쯤 떨어진 곳에서 대못을 발견했다. 그것은 틀림없이 고리를 걸어 질러두기 위한 대못이었다. 특별히 휘거나 상한 곳은 없었다.

신주로는 판자문의 고리와 고리가 문에 박힌 부분을 살펴보았으나 거기에도 상한 흔적은 없었다.

"문을 밀어 쓰러뜨렸을 때 고리는 간단히 벗겨졌죠? 대못에도 상한 부분이 없고 고리에도 상한 부분이 없네요."

"그렇다면 고리는 걸려 있지 않았던 것 아닐까? 어떤 이유로 문이 잘 열리지 않은 것을, 지레짐작으로 고리가 걸려 있는 것이라고 생각했던 것 아닐까?"

이를 듣고 기뻐한 것은 도라노스케. 피식 웃더니,

"어떤 이유라니, 어떤 이유로 문이 열리지 않았다는 말이지? 그 이유를 정확히 맞혀야 하는 것 아닌가?"

"어떤 이유는 흔히 있는 법이야."

"핫핫하."

도라노스케가 커다란 소리로 웃었다.

신주로는 우선 처음으로 의문을 품었다고 하는 하녀 오시노를 불렀다. 스물한두 살쯤의 근교 농가 출신 아가씨로, 이곳에 온 지 5년이 되었다. 에도 중심지에서 5년 동안 생활했기에 도회에 완전히 익숙해져 있었다.

"너는 미닫이문을 밀어보고 고리가 걸려 있다는 사실을 알게 되었지?"

"네, 그렇습니다."

"고리가 걸려 있다는 사실을 어떻게 안 거지?"

"문 건너편이니 특별히 고리가 걸려 있는 것을 본 것은 아니지만, 이 문은 고리를 걸어놓으면 열리지 않습니다. 그 외에 열리지 않게 하는 장치는 없으니까요."

"고리를 걸어놓아도 조금은 문이 열리잖아. 그 틈으로 들여다보면 고리가 보일 법도 한데."

"그렇게 하지 않아도 문이 열리지 않으면 고리가 걸려 있는 게 틀림없어요."

"네가 주인을 마지막으로 본 게 언제쯤이었지?"

"어젯밤에는 나리의 분부가 있어서, 오늘 밤에 가스케가 오기로 되어 있으니 오면 창고로 안내하라고 말씀하셨기에 가스케 씨가 오자마자 안내를 했어요."

"가스케란 어떤 사람이지?"

"올해 봄까지 이곳의 지배인으로 있던 사람이에요. 5월쯤에 일을 그만두었는데, 그때 나리께 야단을 맞고 쫓겨난 모양이었어요."

"왜 야단을 맞았지?"

"마님을 연모했다는 둥, 술에 취해서 수작을 걸었다는 둥, 그런 소문이 있었어요. 그건 누명이에요. 이렇게 커다란 상점의 지배인을 십 년 넘게 했으면서 쫓겨난 뒤에는 매우 궁핍해서 행상으로 근근이 연명하고 있다던데, 그렇게 성실하고 정직한 점원이 이 니혼바시에 또 있을까요? 모두 요령껏 눈을 속여서 돈을 모아두고 여자를 만들어두는 법이에요. 그 지배인님만은, 여색이야 조금 즐겼을지 모르겠지만 다른 점원들 같은 짓은 조금도 하지 않던 성실한 사람이었어요. 행상을 하며 가난한 생활을 근근이 이어가고 있다는 말을 듣고 나리도 후회를 하셨다고 해요."

"이번 지배인인 슈사쿠는 어떻지?"

"제가 그걸 어떻게 알아요."

칭찬하지 않는 것을 보니 부정적인 의미인 듯했다.

"가스케가 온 건 몇 시쯤이었지?"

"9시를 조금 지난 시각이었어요. 3, 40분쯤 있다가 돌아가셨는데 돌아가실 때, 나리의 분부라며 마님과 요시오 씨를 찾고 계시니 두 사람에게 그렇게 전해서 창고로 가게 해달라고 했어요. 그래서 마님과 요시오 씨에게 말씀드렸으니 2사람 모두 창고에 갔었을 거예요."

"네가 안내한 건 아니로군."

"당연하죠. 마님이시잖아요. 마님과 요시오 씨가 창고에 들어가는 모습은 보지 못했지만 나온 뒤의 일은 저도 알고 있어요. 마님은 부엌으로 오셔서 1되짜리 술병을 덥석 집으시더니 벌컥벌컥, 벌컥벌컥 예닐곱 홉 정도를 연달아 들이키셨어요. 갑자기 취해서는 아주 무서운 얼굴로 창고를 향해 달려 들어가시는 것을 보았어요. 요시오 씨가 그 뒤를 따라갔고 안에서 10분이나 20분쯤 옥신각신하는 것 같았는데 그 뒤부터는 신경을 쓰지 않았어요."

"그 외에 특이한 점은 없었나?"

"특이한 점이라면 지난 사오일 동안 나리는 창고에서 나오시지 않으셨어요. 평소에는 안채에서 마님과 함께 식사를 하셨는데, 지난 사오일 동안에는 식사를 창고로 가져오게 해서 혼자 드셨어요. 그저께 일이었는데, 제가 저녁식사를 창고로 가져갔을 때 지배인님이 불려와 야단을 맞고 있었어요. 제가 들은 건 겨우 한두 마디였지만, 너 같은 지배인이 있으면 우리 가게는 망하고 말거야, 라는 호된 말이었어요."

오시노를 가장 먼저 불러 신문한 것은 뜻밖의 성공이었다. 가와기야 속사정의 윤곽을 거의 그려볼 수 있었다.

지배인인 슈사쿠가 너무 젊다 싶었던 데도 이유가 있어서, 10년 넘게 지배인으로 일하던 가스케가 얼마 전에 쫓겨났기 때문이었다. 여기에 사연이 있으리라는 사실은 가장 먼저 짐작해볼 수 있는 점이었다.

그때 시카조 순사가 찾아와서,

"형사님이 발견하신 것인데, 오마키의 방에 있는 쓰레기통에서 이런 것이 나왔다고 합니다."

4개로 자른 일본 종이였다. 합쳐서 읽어보니 이혼장이었다. 날짜는 10월 5일이었다. 어제였다. 오마키가 취해서 창고로 달려 들어간 이유를 그것으로 알 수 있을 듯했다.

그러나 신주로는 오마키에 대한 신문을 서두르지 않고,

"후루타 씨. 지배인인 슈사쿠를 데려와주시겠습니까. 그리고 전에 지배인으로 있다가 쫓겨났다는 가스케도 여기로 불러주시기 바랍니다."

라고 시카조에게 부탁했다. 우선 주변을 살핀 뒤 마지막으로 중심을 찌르겠다는 신문의 정공법인 듯했다.

★

영리하고 붙임성 있는 미동(美童)만 쓴다는 가와기의 방식대로 슈사쿠는 언뜻 보기에도 세련된 호남아, 생글생글 참으로 사람의 비위를 잘 맞출 듯한 애교가 있었다.

그를 맞아들인 신주로가,

"네가 나리를 마지막으로 본 게 언제쯤이었지?"

"어젯밤 저는 8시부터 비번으로 놀러 나갔기에 나리는 뵙지 못했습니다. 아시겠지만 어제는 5일로 스이텐구(水天宮)님의 제사일입니다. 이날은 밤새도록 이 거리도 혼잡하기에 1일, 5일, 15일의 제사일이면 저희 가게도 밤 12시까지 문을 열어놓습니다. 하지만 점원 전부가 있을 필요는 없기에 5일의 제사일에는 저와 쇼헤이와 분조가 저녁 8시부터 일을 쉬게 되어 있습니다. 그 대신 15일의 제사일에는 저희가 12시까지 일을 하고, 5일에 남아서 일하던 조가 일을 쉬게 되어 있습니다."

스이텐구의 제사일은 도라노몬의 고토히라와 함께 도쿄에서 사람이 가장 많이 나오는 날 중 하나였다. 지금은 번화가도 바뀌어 요즘 사람들은 이해할 수 없을 테지만, 당시는 도쿄에서 사람이 가장 많이 모이는 날이 스이텐구와 고토히라의 제사일이었다. 아사쿠사 관음의 제사일도 당시에는 멀었기에 스이텐구에는 미치지 못했다.

이날은 아침의 동틀 녘부터 늦은 밤까지 혼잡함이 끊이지 않았다. 도쿄 사람들은 말할 것도 없고, 근교 백여 리 부근의 시골에서부터 짚신을 신고 이 떠들썩함을 즐기기 위해 오는 농가 사람들도 수를 헤아릴 수 없었다. 스이텐구에서 닌교초까지의 거리는 밤이면 커다란 촛불이 대낮처럼 환하게 밝혀졌다. 흥행물, 노점, 꽃가게 등이 빽빽하게 늘어서 손님들을 끌었다.

닌교초의 상점이 이날 밤늦게까지 영업을 하는 것은 당연한 일이었다. 그러나 한편으로는 그처럼 흥청거리는 모습을 눈앞에 두고도 전혀 나가서 놀 수 없다는 것도 딱한 일이었기에 반씩 나누어 밤 8시부터 휴식을 준다는 것은 매우 친절한 방법이었다. 이러한 점을 보면 도베에는 배려심 있는 주인이었던 듯했다.

"너는 밤새 제사일의 떠들썩함을 즐겼겠지?"

"아니요. 이미 스이텐구의 제사일에는 10년이나 익숙해져 있어서 제사일이라고 그렇게 돌아다니지는 않아요. 지난 1일부터 15일까지 가네모토라는 요세[14]에서 엔초가 이야기를 들려주고 있어요. 서양의 이야기로 15일 연속물이에요. 이번 달의 가네모토는 전대미문의 대흥행이라고 해야 할 거예요. 엔초, 엔세이, 엔유, 엔우, 마차의 엔타로, 헤롱헤롱 만키쓰, 긴초, 신초의 만담, 마술은 서양 마술 천하일품의 기텐사이 쇼이치와 여자 마술사인 초노스케, 물로 곡예를 하는 나카무라 잇토쿠,

---

14) 寄席. 재담, 만담, 야담 등을 들려주는 연예장. 이하 연예장.

가쿠시의 등신대 인형, 그리고 긴초의 민요를 보여줘요. 그 외에도 여자 악사인 다치바나노스케, 여자 소리꾼인 와카타쓰 등 일류 예인들만 줄줄이 등장하는 공연, 이런 굉장한 공연은 두 번 다시 없을 거예요. 들리는 말에 의하면 아키하바라에서 공연하고 있는 차리네의 서양 곡마단이 커다란 인기를 끌고 있는데, 거기에도 지지 않을 인기 흥행물을 특별히 공연하고 있는 거래요."

차리네의 서양 곡마란, 이탈리아인인 차리네가 이끌고 있는 20명 남짓의 외국인 공연단으로 8월에 입국하여 아키하바라에서 공연, 도쿄 전체가 떠들썩할 만큼 커다란 인기를 끌고 있었다.

붙임성 좋은 슈사쿠가 생글생글 웃으며 말을 이어갔다.

"전 이번 달의 가네모토에는 첫날부터 갔었어요. 명인들이 한자리에 모여서 하나하나가 재미있지만, 특히 엔초가 들려주는 서양의 이야기, 이건 하루도 빼먹을 수가 없어요. 마침 마지막 날인 15일은 제가 남아서 일을 해야 하는 날이지만, 엔초는 맨 마지막에 공연하는 인기 출연자이니 30분만 일찍 가게의 일을 마치면 늦지 않을 거예요."

"가네모토의 공연은 몇 시에 끝나지?"

"대략 12시쯤이에요. 그 뒤로 저는 주즈시에서 한잔한 다음, 파장에 들어간 노점을 구경하다 2시쯤 돌아왔어요."

"쇼헤이하고 분조도 같이 갔었나?"

"아니요. 어린애들은 연예장보다 제사일의 떠들썩함을 더 좋아해요. 제가 1엔씩 용돈을 주었고, 가게에서 받은 용돈과 합쳐 구유정에서 큰맘 먹고 1엔 50센짜리 서양 요리를 먹었다고 하는데, 오늘 아침에는 뚱한 얼굴을 하고 있었어요."

"8시에 놀러 나갔다니 어젯밤의 일은 아무것도 모를 테지만, 2시에 돌아왔을 때 뭐 이상한 점은 없었나?"

"술을 조금 마셨기에 오늘 아침에 깨울 때까지 아무것도 모른 채 잠을 잤어요."

"4일 밤 저녁을 먹을 때쯤에 주인이 불러서 창고로 갔다고 하던데, 무슨 일이 있어서 불렀던 거겠지?"

"그렇습니다. 말씀드리기 좀 어려운 일입니다만 나리께서 비명의 죽음을 맞으신 뒤이니 숨기지 않고 말씀드리겠습니다. 마님과 요시오 씨 사이가 이렇다는 둥 저렇다는 둥 의심을 하고 계셨습니다. 그리고 제게 숨김없이 가르쳐달라고 하셨기에 참으로 난처했었습니다. 간신히 둘러대고 빠져나오기는 했습니다만 저까지 크게 야단을 맞았습니다."

"마님과 요시오의 사이는 어떻지?"

"저희는 모릅니다. 당사자들한테 물어보시기 바랍니다."

"어젯밤 2시에 돌아왔을 때, 요시오의 모습은 벌써 보이지 않았었나?"

"저는 아이들과 가까운 쪽, 요시오 씨는 안채와 가까운 쪽에서 생활하고 있어서 조금 떨어져 있기에 아무런 소리도 듣지 못했습니다."

이혼장이 나온 걸 보니 오마키와 요시오는 실제로 관계를 맺고 있었던 듯했다. 남의 정사에 관한 조사에 있어서는 과연 시골 풍류객, 빈틈이 없었다. 하녀인 오시노와 오타미, 어린 점원들인 히코타로와 센키치와 분조, 이들을 불러모아 빙 에둘러서 이야기를 끌어냈다. 여자는 수다를 좋아하고, 어린 아이들은 정사에 대한 비판력이 아직 없기 때문에 소문 그대로를 가볍게 이야기했다. 종합해보니 오마키와 요시오의 사이는 이미 동네에 소문이 떠돌고 있을 정도였다.

하나노야는 여자와 아이들의 조사를 마치고 와서 콧수염 끝을 쥐고 꼬며 히죽히죽,

"정말 대단해. 모두들 열심히 하고 있어. 요시오는 오마키 외에도 요시초의 고센이라는 예기의 기둥서방을 하고 있어. 민요의 스승이라는 사람에게도 돈을 쏟아붓고 있다더군. 슈사쿠도 요시초의 히나기쿠라는 예기의 기둥서방을 하시고 있어. 그 외에도 여자 소리꾼인 젊은 예기의 뒤까지 봐주고 있어. 더욱 놀라운 것은, 18살인 긴지가 마메얏코라는 어린 기생과 정을 통하고 있다는 사실이야. 17살인 쇼헤이는 소메마루라는 누님의 사랑을 받고 있고. 화수분이야, 화수분. 캐내자면 끝도 없어. 요시오와 슈사쿠가 이전의 지배인이었던 가스케가 걸리적거렸기에 덫을 놓아 내쫓은 것이라는 설도 있어."

여러 가지 사실들을 물어 왔기에 도라노스케는 배알이 뒤틀

려서,

"아무 말이나 다 믿어서는 훌륭한 추리를 할 수 없어."

"그게 바로 검술사의 한심한 점이라는 거야. 나는 말이지, 이 말을 이 집의 어린 점원인 센키치, 분조, 히코타로에게서 듣고 온 거야. 가스케가 오마키에게 몹쓸 짓을 해서 쫓겨난 건 5월 5일, 단오였어. 이날 밤은 남자의 축일이기에 술이 나오지. 곤죽이 되도록 취했는데 남자들과 함께 마시던 오마키가 제일 먼저 취해서 쓰러져 자기 방까지도 가지 못하고 한쪽 방의 맨바닥에서 잠들어버렸어. 그리고 누군가가 옆에 있던 이불을 덮어주었어. 고주망태가 된 가스케가 그 이불 속으로 들어가 오마키를 끌어안고 자려 했기에 오마키가 화를 내며 소리 질렀어. 술자리에 있던 남녀, 가게 사람 모두 우르르 달려 갔기에 어떻게 해볼 수도 없었지. 일을 비밀에 부칠 수도 없었기에 이 지배인을 계속 두었다가는 가게의 기강을 잡을 수 없겠다 싶어서 그날로 가스케를 자르고 내쫓아버렸다는 얘기야. 여기에 센키치, 분조 등 술을 마시지 않은 아이들의 증언이 있어. 정신을 차릴 수 없을 만큼 취한 가스케가 맨바닥에 벌렁 누워 잠들려고 하자 요시오와 슈사쿠가 가스케에게, 여기서 자면 감기에 걸린다, 저쪽 작은 방에 쇼헤이가 취해 이불을 뒤집어쓰고 자고 있으니 지배인님도 같이 이불을 덮고 자라며 오마키가 자고 있는 것을 쇼헤이라며 권했다는 얘기야. 그때 쇼헤이는 자신들 점원들의 방에 가서 먹은 것은 토해내고 잤다고 하더군. 오마키가 술에 취해 자기 방이 아닌 곳에서 잔 것도 미리 계획을 세워두었던 일일지도 몰라."

매우 중요한 사실이었다. 그렇다면 도베에가 비명횡사하기 직전에 가스케를 불러들인 일도 매우 중요한 의미를 갖는다. 가스케를 내쫓은 일을 후회하고 있는 도베에가 그를 불러들여 뭔가 밀담을 나누었으니 오마키, 요시오, 슈사쿠 3사람에게는 만만찮은 위기였다.

그러나 오시노를 불러 확인해보니, 제사일로 가게가 정신없이 바빠서 가게를 떠나 빈둥거릴 여유가 없었기에 뒷문을 통해서 들어온 가스케를 본 사람은 없었을 것이라고 했다. 안쪽에 있는 창고도 가게에서는 떨어져서 또 하나의 공간을 차지하고 있기에 가게 사람들은 창고에도 부엌에도 올 일은 없었을 터였다. 단, 오마키가 살고 있는 안채만은 창고와 같은 공간에 자리하고 있기에 오마키는 가스케를 보았을지도 모르지만, 오마키의 방 안에서 창고로 들어가는 가스케의 모습이 보이는 것은 아니라고 했다.

"그건 됐습니다. 가스케가 오면 누가 그의 모습을 보았는지 알 수 있을 테니. 가스케가 올 때까지 오마키를 불러봅시다."

드디어 수수께끼의 중심으로 메스가 향하게 되었다. 오마키는 스물여덟, 야나기바시에서 게이샤 노릇을 하고 있었는데 도베에가 첩으로 맞아들였고 본처가 세상을 떠나자 집으로 들인 것이었다. 신문 보도에 상등미인이라고 되어 있는 것처럼 요염한 여자, 언뜻 보기에도 바람기가 있어 보이는 통통한 여자였다. 숙취가 남아 있는 데다가 정신적인 타격을 받아서 얼굴빛이 아주 안 좋은 듯했으나 그것을 두꺼운 화장으로 가렸다.

싱긋, 신주로를 향해 요염하게 인사했다.

"아, 마님이시군. 어서 와요. 이번의 일로 상심이 크실 줄 압니다. 어젯밤 가스케가 와서 나리와 이야기를 나누고 돌아간 뒤에 당신과 요시오가 창고로 불려갔다고 하던데요."

"어머, 어젯밤에 가스케가 왔었나요? 그럼 틀림없이 가스케가 나리를 죽인 거예요."

오마키가 깜짝 놀라며 외쳤다.

"어째서 가스케가 나리를 살해했다고 생각하는 거죠?"

"그야 당연히 가스케죠. 가스케 외에 나리를 원망하고 있는 사람은 없으니까요. 그는 음험하고 영악해서 수여우 같은 사람이에요."

"그럼 나중에 가스케를 조사해보도록 하죠. 나리께서 부르셔서 당신과 요시오가 창고로 간 게 언제쯤이었죠?"

"10시 전쯤이었어요. 정확히 기억하고 있지는 못하지만 대충 9시 반이나 10시쯤이었을 거예요. 마침 괜찮은 시각이니 연예장에 가서 엔초라도 구경하고 올까 생각하던 참이었으니까요."

"매일, 연예장에 가나요?"

"아니요. 어젯밤에 처음 생각한 거예요. 전 연예장을 별로 좋아하지 않아요."

"나리께서 어떤 말씀을 하셨죠?"

"그건 요시오 씨의 상속에 관한 얘기였어요. 외동딸인 아야 씨가 가슴의 병을 앓고 있어서 결혼에 대한 이야기도 삼가고 있기에 핏줄을 나눈 요시오 씨에게 아내를 맞아들이게 해서 이 집을 상속케 하겠다는 반가운 얘기였어요."

"그거 참 반가운 얘기로군요. 그리고 또, 무슨 얘기가 있었나요?"

"아니요, 그것뿐이었어요."

"그거 참 기묘한 일도 다 있군. 이 이혼장은 틀림없이 도베에가 당신에게 준 것 같은데 날짜가 여기 이렇게 어제로 되어 있네요."

오마키가 얼굴빛을 바꾸며,

"그런 걸 대체 어디서 찾아낸 거죠?"

"당신 방의 쓰레기통에서요."

오마키가 손가락으로 눈물을 훔치며 울기 시작했다.

"저는 불쌍한 여자예요. 나리를 성심껏 모셨고 나리도 저를 믿으며 아껴주셨어요. 하지만 일반적인 가정에서 화류계 출신 여자는 이유도 없이 미움의 대상이 되는 모양이에요. 있지도 않은 소문을 퍼뜨려서 사람을 모함하려는 분도 계신가 하면, 누구인지는 모르겠지만 이런 끔찍한 물건을 제 방에 버려서 마치 제가 나리께 이혼당해 집도 절도 없는 여자인 것처럼 꾸미려는 사람도 있네요. 이런 일을 당해서는 의지가지할 곳도 없는데, 대체 누가 이런 끔찍한 짓을 한 걸까요?"

"이 집에서 그런 일을 할 수 있을 만한 어른은 요시오와 슈사쿠, 2사람뿐입니다."

"아니요, 이 집안사람이라고 단정 지을 수는 없어요. 바깥에서 숨어들 수도 있고 사람을 시켜서 그런 짓을 하게 할 수도 있으니까요."

"하지만 당신은 창고에서 나오더니 부엌으로 가서 1되짜리 술병에 있던 차가운 술을 따라 예닐곱 홉이나 마셨다고 하던데요. 그리고 창고 2층에 있는 나리의 방으로 달려 들어가 10분에서 20분쯤이나 옥신각신했다고 하더군요."

"그야 저도 술을 마시는 사람이기에 자기 전에 차가운 술을 걸치는 일도 하곤 해요. 특별히 나리께 화를 낼 만한 일이 있었던 게 아니고, 술에 취한 기분으로 나리의 방에 놀러 간 것일 뿐이에요. 하지만 나리는 벌써 문을 잠근 채 주무시고 계셨어요. 저도 취해 있었기에 문을 두드리기도 하며 나리를 부르고 있자니 요시오 씨가 와서, 주무시고 계신데 그렇게 소란을 피워서는 안 된다고 말리셨어요. 그래서 안으로 들어가지 않고 방으로 돌아와서 잤어요."

이렇게 말하면 저렇게 둘러치고, 말로는 천군만마를 지닌 강적임을 알았기에 오마키에게 사실을 물어봐야 제대로 된 답은 들을 수 없을 듯했다. 빠져나갈 수 없는 확증을 잡는다 해도 어떻게든 핑계를 만들어 결코 잘못했다고는 말하지 않을 것처럼 보였다. 신주로는 포기하고 일단은 신문을 마쳤다.

★

잠시 후 시카조가 가스케를 그의 집에서부터 데리고 왔다.

가스케는 서른두어 살쯤, 그도 얼마간 사내다운 면이 있기는 했으나 참으로 우직해 보이는 인물로 그다지 영리하고 서글서글한 것 같지는 않았다.

신주로가 가스케를 가까이 오게 해서,

"자네가 이 집에 들어온 건 언제쯤이었지?"

"네, 이 가게를 시작한 날부터였습니다. 12살 때 도제로 들어온 이후 20년, 지난 5월 5일까지 계속해서 나리를 모시고 있었습니다."

1868년에 개점을 한 당일부터 일했다고 하니 도베에와 고난을 함께 하며 오늘을 쌓아올린 충실한 점원이라 하지 않을 수 없으리라.

"어젯밤 자네가 여기에 온 것은 어떤 이유에서였지?"

"어제 행상에 나섰다가 밤이 되어 마침내 집에 돌아갔더니 집사람이 나리께서 보내신 편지를 받았는데 이건 민간의 파발꾼이 가지고 온 것이라고 했습니다. 그것을 보니, 이 편지를 보는 대로 밤이 늦어도 상관없으니 뒷문으로 해서 와주길 바란다, 오늘은 5일로 스이텐구의 제사일이니 아무리 늦어도 기다리고 있겠다는 내용이었습니다. 아직 8시 반쯤으로 서둘러 가면 9시 무렵에는 이 댁에 도착할 수 있었기에 그 걸음에 달려온 것입니다."

"그래서 무슨 일이었지?"

가스케가 탄식하며,

"사실은 여기로 오는 길에 나리께서 비명횡사하셨다는 말을 듣고 나리의 불행, 그리고 제게 있어서는 일생의 불행, 참으로 돌이킬 수 없는 일이 되었기에 탄식하지 않을 수 없었습니다. 이러한 때에 이러한 말씀을 드리는 것은 남을 헐뜯는 듯하여 망설여집니다만, 나리의 죽음을 생각하면 가슴에 묻어둘 수도 없습니다. 나리의 용건이라는 건, 나리께서 저의 손을 잡으시고, 가스케, 네게는 억울한 짓을 했다만 용서해주기 바란다. 내가 잘못 본 것이었구나. 그러니 다시 한 번 우리 집으로 와서 가게를 맡아줬으면 한다. 좋지 않은 소문이 들리기에 지난 사오일 동안 여기에 들어앉아서 장부를 살펴보니 네가 나간 이후부터 들여오지도 않은 물건을 들여온 것처럼 적어놓기도 하고, 여러 가지로 부정한 일이 있었음을 알 수 있었다. 그건 요시오와 슈사쿠가 하나가 되어 한 짓이다. 어제 이미 슈사쿠를 불러서 여러 가지로 캐물었더니 증거가 있기에 녀석도 거짓말은 하지 못하더구나. 한때는 용서할까도 싶었으나, 그 어린 나이에 벌써 이 정도의 부정을 저질렀을 정도이니 도저히 성실한 지배인이 될 수는 없을 것 같더구나. 그래서 요시오와 슈사쿠 모두 내쫓을 생각이니 내일 정오에 가게로 와주었으면 한다. 아침에 내쫓을 놈들은 내쫓은 뒤 너를 지배인으로 맞아들일 테니, 하는 말씀이셨습니다. 그래서 정오에 이 댁으로 오려고 준비를 하고 있는데 저를 부르러 사람이 오신 것입니다."

"그렇군. 나리께서 돌아가셨으니 자네가 이 집에 다시 오기로 한 것도 없었던 일이 되어 꽤나 난처하게 되었겠구나. 그 외에 다른 말은 없었나?"

"네. 사실은 마님과 요시오의 관계를 사람들이 수군거리고 있던데 너는 어떻게 생각하느냐, 네가 있었을 때 눈치 챈 일은 없었느냐, 라고 물으셨습니다."

"그거 참 엄청난 질문이로군."

"네. 그랬기에 저도 난처해져서 그와 같은 소문이 있다는 말은 들은 적이 있으나, 제 눈으로 보고 깨달은 특별한 일은 하나도 없었습니다, 라고 말씀드렸더니, 나리께서는 쓸쓸하게 웃으시며, 사실은 내 눈으로 틀림없이 보았다, 라고 말씀하셨습니다."

"내 눈으로 틀림없이 보았다고?"

"그렇습니다. 밤이 깊어 화장실에 간 김에 문득 마님의 방 앞까지 갔었는데 방 문이 살짝 열려 있기에 등롱을 비춰 살펴보셨다고 합니다. 그랬더니 안이 텅 비어 있었기에 이게 어떻게 된 일일까 싶으셨다고 합니다. 그래서 등롱을 끄고 2층으로 살금살금 올라가 봤더니 요시오 씨의 방 안에서 틀림없이 두 사람이 정담을 나누는 소리가 들려왔다고 합니다. 네가 돌아가고 나면 두 사람을 불러서 오마키에게는 이혼장을, 요시오와도 삼촌과 조카의 관계를 끊고 오늘 밤을 마지막으로 내쫓을 생각이라고 말씀하셨습니다. 그리고 제가 물러나려고 인사를 드리자, 그럼 가는 김에 오시노에게 오마키와 요시오 두 사람을 함께 창고로 불러달라는 말을 전하라고 말씀하셨습니다. 그 말씀을 오시노에게 전하고 저는 집으로 돌아갔습니다."

"곧장 집으로 갔겠지?"

"아니요. 사실은 뜻밖에도 이 댁에 다시 들어오게 되었기에 너무나도 기뻐서, 제사일이기도 했기에 스이텐구님께 참배를 하고 잠깐 한잔했는데, 오랜만에 마시는 술이었기에 꽤 거나하게 취해서 한밤중에 집으로 갔습니다."

"술을 마신 가게는 어디지?"

"그게, 가난한 살림살이로 마침 가진 돈도 얼마 되지 않았기에 공연장 뒤편에 자리를 편 선술집에서 데운 술을 마셨습니다. 그래서 더욱 심하게 취한 걸지도 모르겠습니다."

"이 댁에 머무는 동안 자네의 모습을 본 사람은 누구지?"

"오시노하고 오타미 두 사람 외에는 누구와도 만난 기억이 없습니다."

가스케의 예상치 못했던 진술에 뜻밖에도 중대한 살인동기를 확인할 수 있었는데, 그것을 더욱 뒷받침해준 것이 어젯밤부터 종적을 감춘 요시오였다. 형사들이 요시오가 숨어 있을 만한 곳인 고센과 민요의 스승의 집을 이미 살펴보고 왔으나 그곳을 찾아간 흔적은 없었다.

신주로가 긴지를 불러서 물어보았으나 그는 가게에 남아 일을 하는 당번으로 바빴을 뿐만 아니라 도중에 요시오가 모습을 감추어 그가 지배인 역을 맡아 여기저기 분주히 돌아다녀야 했기에 가게 밖에서 무슨 일이 일어났었는지는 전혀 알지 못했다고 했다. 함께 일했던 히코타로와 센키치가 그의 말을 뒷받침하는 증언을 했다. 그런데 10시를 넘은 시간에 마메얏코가 가게에 와서 방물을 손에 쥐고 만지작거리다 결국 비녀를 샀다고 했다. 하지만 돈을 낸 것은 아니었다. 긴지가 선물한 것 같다는 말이었다.

일단 신문을 마친 신주로는 다시 한 번 현장을 살펴보았다.

"이 고리에는 결국 못을 질러놓지 않았던 겁니다. 아무래도 그랬던 것 같습니다. 그렇다면 이 고리를 밖에서 벗기는 것도, 밖에서 거는 것도 어려울 것 없는 일입니다. 구부린 철사 같은 것을 이용해 문틈으로 간단히 벗길 수도 걸 수도 있습니다."

신주로는 이렇게 중얼거린 뒤, 현장을 자세히 탐색했다. 문을 열면 공간이 4개로 나뉘어져 있는데, 도베에의 방으로 가려면 4첩 정도의 방을 지나야 하며 그 옆에 가재도구를 놓아두는 방이 있어서 거기에는 불단이네 장식등이네, 언제 썼던 것인지는 모르겠으나 다른 집에서라면 쓰고 버렸을 만한 물건들이 어지러이 던져져 있었다. 나머지 방 하나는 도베에가 침소로 쓰는 곳인 듯, 벽장이 없었기에 이부자리를 개서 구석에 쌓아 놓았다. 그 외에는 아무것도 없었다. 청소는 매일 정성들여 하는 듯 깔끔했으나, 가재도구를 넣어두는 방과 침실 곳곳에 흙이 떨어져 있었다.

"아무래도 누군가가 숨어든 모양이군. 어, 여기에도 흙이 떨어져 있네. 신을 신고 들어온 걸까? 아니면 품속에 나막신을 넣어가지고 온 걸까? 역시 정원에서 안채를 지나 창고로 들어온 사람이 있었어. 그럼, 정원을 살펴보기로 할까."

신주로는 이렇게 말하고 정원으로 가보았으나 여러 가지 흔적이 있어서 특별히 나막신이나 발자국을 식별할 수는 없었다. 창고 뒤편으로 가보니 구불구불한 골목길로, 큰길 쪽은 제사일이면 혼잡하지만 이 골목만은 밤이 되면 어두워서 사람이 지날 것 같지도 않았다. 마침 담장 밖에 쓰레기통이 있었다. 거기에 올라서면 아주 간단히 담을 넘을 수 있을 것 같았다.

그런데 하녀를 불러서,

"문은 몇 시에 잠갔지?"

라고 물어보니,

"스이텐구의 제사일에는 밤새 거리가 북적이고 가게 사람들도 외출이 허락되어 늦게까지 놀다 오기에 뒷문은 밤새 잠그지 않습니다."

라는 대답. 이래서는 누군가 숨어들기 더욱 쉬우리라.

수사를 마치고 일단 돌아가려던 차에 굉장히 요란스러운 외침.

"범인을 잡아왔습니다."

형사와 순사들이 우르르 밀고 들어왔다. 요시오의 팔을 뒤로 돌려 결박해서 자신들 가운데에 낀 채 그를 끌고왔다.

요시오는 시나가와 역에서 기차를 기다리다 잡혀온 것이라고 했다.

"범인이라는 걸 어떻게 아셨죠?"

신주로가 이렇게 묻자,

"잡자마자 지금 막 끌고온 것이기에 아직 취조는 하지 않았지만, 좀 보십시오. 이 사람 옷의 무릎 부근에 피가 묻어 있습니다. 여기, 목덜미에도 이렇게 피가 묻어 있습니다. 바로 자백할 것이 틀림없습니다."

아니나 다를까, 손가락으로 가리킨 곳에 핏자국이 선명하게 찍혀 있었다.

"그렇군요, 알겠습니다. 하지만 여러분이 이렇게 왁자지껄 모여서 노려보면 요시오도 대답하기 어려울 테니 한두 분만 남으시고 다른 분들은 잠깐 자리를 비워주셨으면 합니다. 몇 가지 요시오에게 물어보고 싶은 것이 있으니."

이에 주요한 사람 2명만 남고 나머지는 자리에서 물러났다. 신주로가 옆의 가까운 자리에 요시오를 앉힌 뒤,

"잘 들어봐, 네가 어젯밤에 한 일을 내가 약간 들려줄 테니. 너와 오마키는 도베에게 창고로 불려가서 두 사람의 불의에 관한 호된 꾸지람을 들었어. 오마키가, 아니요, 그건 거짓말이에요, 저를 모함하려는 누군가가 퍼뜨린 말이에요, 라고 말했지만, 도베에는 그 말을 들어주지 않았어. 너희들이 잠자리에서 함께 이러이러한 짓을 하며 이야기 나누는 것을 들었어, 라고 질책하자 오마키는 어땠을지 모르겠지만 너는 한마디도 하지 못했어. 도베에는 특히 너를 향해서는, 아야의 몸이 좋지 않아서 훗날 너를 후계자로 삼아야겠다고 생각했을 정도였는데 괘심하기 짝이 없는 놈, 자업자득이다, 라고 말했겠지. 그런 다음 오마키에게는 이혼장을 건네주고, 네게는 삼촌과 조카의 연을 끊을 테니 오늘 밤 안으로 썩 물러나라고 했어."

요시오는 체념한 상태였다. 기죽지 않고 고개를 끄덕이며,

"네, 말씀하신 대로입니다."

"두 사람은 관계를 끊겠다는 말을 듣고 창고에서 나왔는데, 그 뒤로 너는 어떻게 했지?"

"저는 제 방으로 돌아가서 앞으로 어떻게 하면 좋을지 생각하고 있었는데 마님이, 아니, 오마키라고 부르겠습니다만, 아래서 소란을 피우는 목소리가 들리기에 가보니, 취해서 창고 안에 있었습니다. 좇아가보니 문 앞에서 험담을 퍼부으며 소란을 피우고 있었습니다. 문을 보니 고리가 걸려 있는 듯 열리지 않았습니다. 제가 오마키를 달래서 방으로 데려가자 투덜투덜

불평을 해대며 잠에 든 듯했습니다. 저는 다시 제 방으로 돌아가 어떻게 해야 좋을지 이불을 뒤집어쓰고 생각에 잠겼습니다. 아무리 생각해도 결론이 나질 않았습니다. 한때는 이 집에서 나갈 생각으로 짐을 꾸리기 시작하기도 했지만, 이 가게에서 쫓겨나면 살아갈 길이 막막했기에 짐 꾸리기는 그만두었습니다. 다른 데서는 생활력이 없는 저이니, 아무래도 삼촌께 고개를 숙여 용서를 빌 수밖에 없겠다고 생각했습니다. 그래서 시계를 보니 1시였습니다만, 그렇게 시간을 따지고 있을 입장도 아니었기에 창고의 2층으로 올라가보니 문은 여전히 고리가 걸린 채였고, 하녀도 포기한 듯 야식인 주먹밥이 문 밖에 놓여 있었습니다. 손에 든 촛불로 비춰보니 고리가 걸려 있기는 했으나 못은 질러놓지 않은 듯했기에 틈으로 이쑤시개를 넣어 고리를 들어보니 간단히 벗겨졌습니다. 안으로 들어가보니 삼촌은 그때 이미 살해당한 뒤였습니다. 바로 달아났다면 피가 묻지는 않았을 테지만 제가 불려가서 야단을 맞을 때 떨어뜨린 것인지 제 담배주머니가 시체 옆에 떨어져 있었습니다. 피가 묻지 않도록 조심하고 또 조심해서 그것을 주운 뒤 달아났는데, 방을 나설 때 문득 생각이 나서 다시 한 번 틈새로 이쑤시개를 찔러넣어 밖에서 고리를 걸어놓았습니다. 창고에서 나오자 갑자기 무서워져서 그대로 정신없이 밖으로 나가버리고 말았는데, 마치 제가 범인인 듯한 기분이 들었기 때문이었습니다."

"그야 그랬겠지. 오밤중에 고리가 걸려 있는 것을 벗기고 용서를 구하러 갈 사람은 없으니까. 너는 도베에를 죽일 생각이었던 거야."

"말도 안 됩니다!"

요시오는 펄쩍 뛸 듯이 부정하고 한없이 창백해진 얼굴로 부들부들 떨었으나 곧 냉정을 되찾은 듯했다.

"그렇게 받아들이신다 해도 어쩔 수가 없습니다만, 저는 이미 걱정으로 가득해서 제정신이 아니었기에 아무것도 생각할 수 없었습니다. 연을 끊는 것만은 거두어달라고 청하기 위해 오마키와 함께 가는 것은 좋지 않다고 생각했습니다. 그런 일을 당하게 되면 여자는 심보가 고약하기에 용서해서는 안 된다고 참견할 것이 뻔했습니다. 그랬기에 오마키가 자고 있는 동안에 연을 끊는 것만은 용서를 받고, 오마키가 쫓겨날 때까지 시치미를 뗀 채 몸을 숨기고 있어야겠다고, 그런 생각들로 마음이 가득했기에 한시라도 빨리 삼촌께 사과하고 싶다는 일념으로 제정신이 아니었습니다. 고리를 이쑤시개로 벗겨낸 것은 틀림없이 비상식적인 행동입니다만, 그런 것에는 신경도 쓰지 못할 만큼 오로지 한시라도 빨리 삼촌께 용서를 빌어야겠다고만 생각하고 있었습니다. 결코 제가 저지른 일이 아닙니다. 제가 드린 말씀은 한 치의 거짓도 없는 진실입니다."

"그렇다면 한 가지 더 묻겠는데, 너는 가스케가 도베에게 불려왔었다는 사실을 알고 있었는가?"

"그건 알고 있었습니다. 삼촌께서 저희에게, 저와 오마키를 말하는 겁니다만, 이렇게 말씀하셨습니다. 가스케를 다시 불러서 일을 맡기기로 했으니 너희 둘과 슈사쿠를 내쫓는다 해도 장사에는 아무런 지장도 없다. 어디든 상관없으니 너희는 오늘 밤 안으로 떠나도록 해라. 그리고 슈사쿠는 어디 있느냐, 불러오너라, 라고 말씀하시기에 오늘 밤에는 일을 쉬고 놀러 나갔다고 대답했더니, 그럼 하는 수 없지, 슈사쿠는 내일 아침에 내보내기로 할 테니 너희는 오늘 밤 안에 당장 짐을 싸서 나가도록 해라. 음란한 남녀가 대낮에 집을 나가면 사람들의 비웃음거리가 되어 너희들의 낯짝으로도 견딜 수 없을 테니. 내일 오후부터 가스케가 와줄 게다, 라며 저희가 떠나는 것을 참으로 아무렇지도 않은 일이라는 듯 말씀하셨습니다."

"너는 사체를 보고 창고에서 뛰쳐나간 뒤 어디서 무엇을 했지?"

"제가 범인이라 여겨질 것만 같다는 생각이 자꾸만 들어서 가만히 있을 수가 없었습니다. 아는 사람의 집에 가면 누군가 뒤따라올 것만 같았기에 아는 사람이 없는 스사키로 가서 밤새 놀았습니다만, 오사카에 있는 친구를 찾아가 잠시 몸을 숨겨야겠다는 생각이 들어 시나가와로 가서 기차를 기다리고 있었던 겁니다."

"그래, 고생이 많았군. 오늘 밤에는 유치장에서 편히 쉬도록 해."

"아니, 저는 범인이 아닙니다."

요시오가 미친 듯이 외쳤으나 신주로는 신경 쓰지 않았다. 그는 형사에게 연행되어 관할 경찰서로 끌려갔다.

"이거 사건이 단번에 해결되었습니다."

라며 도라노스케가 훅 한숨을 내쉬자, 신주로는 쌀쌀맞게,

"글쎄요, 어떨지. 그렇게 단순한 문제가 아닙니다. 이면에는 또 이면이 있는 법입니다."

"그런 말도 안 되는. 동기도 그렇고, 혈흔도 그렇고, 모두 분명합니다. 고리를 벗긴 방법, 다시 건 방법까지 스스로 전부 설명하지 않았습니까? 저는 범인이 아닙니다, 라고 말하는 녀석을 범인이 아니라고 결론짓는 멍청한 탐정, 물러터진 탐정이 어디 있습니까?"

"훗, 대단하군! 당신은 물러터지지도 않았고, 멍청하지도 않아. 하지만 말이지, 검술사의 심안과 탐정의 심안은 또 다른 거야. 저걸 좀 봐. 저 창고 안의 흙. 알겠는가? 바로 그거야. 심안을 거기로 가만히 향하지 않으면 이번 범인은 잡을 수 없어."

"쓸데없는 소리 하지 마. 흙 정도는 쥐라도 가져올 수 있으니. 이 멍청한 촌뜨기 풍류객 놈."

"그렇게 화를 내서는 안 되지. 탐정이 화가 나서 흙 정도는 쥐라도 가져올 수 있다……, 쥐가 가져올 수 있겠는가? 그건 두더지겠지. 그래서 당신은 범인을 잡지 못하는 거야."

이튿날 정오에 신주로의 집에서 다시 모이기로 하고 일동은

헤어져 각자 짚이는 곳으로 수색을 하러 나섰다.

★

가이슈는 숫돌을 옆에 놓고 조용히 나이프를 갈고 있었다. 갈기를 마친 뒤 나이프를 거꾸로 쥐어 뒷머리를 살짝 쨌다. 휴지를 집어 어혈을 한껏 짜냈다. 그것이 끝나자 이번에는 손가락을 살짝 쨌다. 그리고 어혈을 한껏 짜냈다. 그렇게 도라노스케의 말을 끝까지 들었다.

"커피가 식겠네. 식으면 맛이 없어."

도라노스케에게 커피를 권한 뒤 자신은 한동안 더 나이프를 거꾸로 쥔 채 여기저기서 어혈을 짜내며 심안을 움직이고 있는 듯했다.

드디어 추리가 끝난 모양이었다.

"누가 보더라도 범인이라 여겨지는 건 요시오와 오마키야. 도베를 살려두면 요시오는 가와기의 상속권을 날려버리게 되고, 오마키는 집도 절도 없는 신세가 되어버려. 죽여버리면 죽은 자는 말이 없으니, 뜻한 대로 영화를 누릴 수 있게 될 거라는 속셈이지. 심야 1시라는 시각에 요시오가 이쑤시개로 고리를 벗겨내고 숨어든 것은, 신주로가 본 것처럼 도베를 죽여야겠다는 마음도 있었기 때문이야. 몰래 들어가보니 도베에는 이미 누군가에 의해서 살해되어 있었어. 요시오는 놀라서 달아났다고 했는데 녀석은 틀림없이 오마키가 죽인 것이라고 생각했을 거야. 오마키는 악녀야. 경찰의 수사가 미쳐서 오마키가 붙들리면 두려운 마음에 애증이 뒤얽혀서 요시오와 함께 죽였다고 말할지도 모를 여자야. 요시오가 겁을 먹고 당황해서 달아난 것은 그런 염려가 있었기 때문이지. 하지만 오마키는 범인이 아니야. 취한 여자가 단칼에 남자를 찔러 죽일 수는 없어. 여자에게 홀려서 방심한 남자라 할지라도 여자의 팔로 단칼에 찔러 죽이기는 어려운 법이야. 하물며 도베에는 오마키에게 이혼장을 건네준 그날의 일 아니었는가. 취한 오마키에게 찔려 죽을 만큼 방심했을 리가 없어."

가이슈는 한쪽 손가락에서 어혈을 짜내더니, 이번에는 다른 손의 손가락을 째서 어혈을 짜내기 시작했다.

"신주로가 본 것처럼 도베에의 옆방에 떨어져 있던 흙이 수상해. 범인은 오마키가 이혼장을 받고, 요시오가 삼촌과의 연이 끊겨 집에서 쫓겨날 것이라는 사실을 알고 있던 사내야. 그걸 알고 있던 건 가스케밖에 없었어. 그 사람이, 하며 세상 사람들은 놀랄 테지만, 진범이란 대체로 그런 법이야. 가스케는 가게에서 쫓겨났기에 도베에에게 원한을 품고 있었어. 우직한 사람인만큼 원한이 더 깊었지. 5개월 동안의 가난한 생활로 심사도 뒤틀려 있었어. 가게에서 다시 일하게 된 것은 기쁜 일이지만, 원래 자리로 돌아간다 한들 기껏해야 지배인이니 성에 차지 않았어. 가난을 겪으면 사악한 마음이 들어서 더

위를 바라게 되기 쉬운 법이야. 도베에를 죽이면 범인으로 의심받게 될 것은 이혼장을 받은 오마키와, 삼촌과의 관계가 끊겨버린 요시오 두 사람일 게 뻔했어. 다시 일하게 되어 기뻐하고 있는 가스케가 의심받을 일은 없었어. 도베에가 쫓아내기로 했던 슈사쿠가, 도베에가 세상을 떠난 이후에도 가게에 남을지 어떨지는 알 수 없지만, 남는다 해도 슈사쿠 혼자서 지배인으로 있어서는 가게를 끌어갈 수 없을 테니 세상의 인망을 얻고 있는 가스케를 세워서 큰지배인으로 삼을 것은 불을 보는 것보다 더 뻔한 일이야. 아야는 가슴에 병이 있어서 머지않아 세상을 떠날 테고, 가와기의 중심은 자연스럽게 가스케에게로 전부 옮겨가게 될 거야. 세상의 인망을 얻고 있으니 가스케가 주인집을 제 마음대로 주물러도 누구 하나 아무런 말도 하지 못할 거야. 가스케는 여기까지 보고 있었던 거야."

가이슈는 나이프와 숫돌을 정리했다.

"가스케는 일단 주인집에서 나왔다가 뒤편의 담장을 넘어 창고로 숨어든 거야. 아마도 오마키와 요시오가 야단을 맞을 때 몰래 들어와서 옆방에 숨은 것 같은데, 오마키와 요시오가 각각 이혼장과 관계를 끊겠다는 말을 듣고 떠난 것을 보고 나서, 도베에를 단칼에 찔러 죽인 거야. 오마키가 술에 취해서 창고로 뛰어들었을 때 고리가 걸려 있었던 것은, 가스케가 안에서 걸어놓았기 때문이야. 그때는 틀림없이 대못을 질러놓았을 거야. 죽인 뒤에 정리를 하고 있었던 거지. 흘린 물건은 없는지, 흔적을 남기지는 않았는지, 우직한 사람인만큼 막상 일이 닥치면 뱃심이 두둑해지기도 하고 주도면밀해지기도 하지. 집 안이 조용해지기를 기다렸다가 몰래 빠져나와서 무사히 자신의 집으로 돌아갔는데, 이름도 없는 노점의 잔술로 심하게 취해서 집에 갔습니다, 라고 굉장히 그럴 듯한 말을 한 거야."

도라노스케는 훅 한숨을 내쉬었다. 사태를 읽어내는 심안의 깊이, 정확함. 놀라운 솜씨에 그저 한숨만 나올 뿐, 감격의 눈물에 목이 멘 듯 망연히 말을 잃었다.

정오가 되어 사람들이 모이기까지는 아직 시간이 있었으나 도라노스케는 가진 자의 여유, 출가하여 속세를 등진 사람의 한적한 마음을 얻지 못했기에 10시 무렵에는 허리에 점심으로 먹을 주먹밥을 매달고 신주로의 서재 쪽을 싱글싱글 웃는 얼굴로 힐끗힐끗 곁눈질하며 유키 집 안의 정원을 어슬렁거리고 있었다.

오늘은 그 외에도 묘한 구경꾼이 한 사람 더, 이른 아침부터 달려왔다. 오리에였다. 아침의 신문에서 신사탐정이 출동했다는 기사를 읽고, 저도 탐정의 심안을 활용해서 범인을 잡을게요, 라며 이른 아침부터 말을 타고 찾아온 것이었다. 신주로의 서재로 달려와서는,

"당신, 말은 안 타시나요?"

"타기는 합니다만, 말을 가지고 있지는 않습니다."

"그럼 닌교초처럼 먼 곳에는 어떻게 가시나요?"

"걸어서 갑니다."

"어머, 세상에. 제가 말을 가져다 드릴게요."

"하지만 동행이 있어서 저만 타고 갈 수는 없습니다."

"알고 있어요. 잘난 척하는 풍류객하고 예의를 모르는 검술사죠?"

"거기에 후루타 씨라는 순사도 있습니다."

"그럼 4마리네요."

라고 말하더니 말에 올라 달려갔다. 잠시 후 마부와 말 4마리를 끌고 돌아와서는 정원의 나무에 한 마리씩 묶어버렸다.

당시는 승마가 매우 유행하고 있었다. 여자들 사이에서도 유행해서 바지를 입고 말에 올라 복잡한 거리를 달렸다. 상류층에서 유행한 것이 아니라 일반 서민들이 젠체하기 위해 유행한 것이었기에 여자는 대부분 음매부들만 타고 다녔다. 그랬기에 승마의 유행은 식자들에게 커다란 경멸의 대상이었으며 필부야인, 천민상놈, 음매의 무리들이 하는 것으로 양식 있는 인사는 거리를 승마로 달리지 않는 것이 일반적이었으나 오리에는 상식의 친구가 아니었다. 승마가 재미있을 것 같았기에 참지 못했으며, 이렇게 재미있는 것도 없다며 크게 기뻐하여 길가는 사람들이 노려보는 것에도 신경을 쓰지 않았다. 양식이 있는 신주로는 오리에가 말을 몰고 왔기에 난처해졌으나, 어떻게 된 일인지 오리에의 말이라면 싫다고 할 수가 없었다.

모두가 모여 막상 출발할 때가 되자 뾰로통해진 것은 도라노스케. 말을 못 타는 것은 아니었으나 자신만이 기모노를 입고 있었기에 불편했다. 하지만 가슴에 접어둔 커다란 추리가 있기에 이번만은 참아야 한다며 한때를 견뎠다.

참으로 생기 없는 늙은 순사를 선두로 세워 이상한 5기의 말들이 지나가니 놀란 것은 거리의 사람들.

"이봐, 저기 좀 봐. 묘한 것이 지나가는데. 곡마단이 선전을 위해서 거리를 돌아다니는 걸까? 차리네에 맞서서 일본곡마를 할 모양이로군. 콧수염을 기른 사람이 흥행주일 거야. 주인공하고 여자 예인은 눈에 띄는데. 이건 차리네도 못 당하겠는걸. 저 커다란 사내는 뭘까? 저 사람도 일본에서 태어난 걸까? 못 봐주겠군. 아하, 알았다. 저 녀석은 구경거리로군. 일본 땅에는 맹수가 없기 때문에 저 녀석이 호랑이 가죽을 뒤집어쓰는 거야. 불 붙은 고리를 넘는 게 저 녀석이야. 그렇다면 저 녀석도 주역이군. 호랑이가 인간의 면상을 하고 거리를 누비다니 신기해."

닌교초에 도착하자 경찰 일행은 이미 유치 중이던 요시오를 끌고 가와기에 모여 신주로를 기다리고 있었다. 가스케의 얼굴도 보였다.

도베에의 시체는 관 속에 안치되어 있었다. 아야가 병든 몸을 이끌고 세상을 떠난 아버지에게 마지막 인사를 하기 위해 찾아왔으나, 무리를 한 데다 비명횡사한 아버지의 모습을 보자 순간 정신을 잃고 말았다. 그대로 열이 나서 한 방에 누워 있었다. 신주로가 문을 닫게 한 뒤 관계자들을 불러모았다. 손을 뒤로 묶인 요시오의 오랏줄을 풀어주며,

"하룻밤 동안 고생이 많았지. 네가 오랜 세월 신세를 진 삼촌 도베에를 잘 모시며, 적어도 오마키와의 일만 일으키지 않았어도 이런 사건은 벌어지지 않았을 거야. 그걸 생각하면 경찰서에서의 하룻밤 정도는 죗값을 치른 것이라고도 말할 수 없을 거야."

이렇게 엄하게 나무란 뒤,

"그럼, 너에게 묻겠는데, 도베에의 사체 옆에서 주운 담배주머니는 어떻게 했지?"

"강물에 던져버렸습니다."

"넌 언제나 담배주머니를 허리에 찔러넣고 다녔나?"

"언제나 그런 건 아니었습니다. 가게에서 일할 때는 허리에 찔러두지 않습니다."

"그날 밤에는 가게에 있다가 도베에가 불러서 창고로 간 거였지?"

"아!"

요시오가 외쳤다.

"말씀하신 대로였습니다. 저는 그날 밤부터 흥분하고 화가

나서 아무것도 생각할 수 없게 되었습니다만, 틀림없이 그날 밤에는 담배주머니를 가지고 창고에 갔을 리가 없습니다. 지금 분명하게 생각이 났습니다."

신주로가 빙그레 웃으며 고개를 끄덕였다.

"너는 담배주머니를 창고에 가져가고 싶어도 가져갈 수가 없었어. 그때 담배주머니는 네 방에서 사라지고 없었어. 범인의 품속에 떡하니 들어가 있었어. 범인은 너의 담배주머니를 품은 채 8시에 이 집을 나섰어. 일단 가네모토로 가서 앞의 공연들은 재미가 없다고 말했어. 잠시 장내에서 빈둥빈둥 시간을 보내다가, 간만에 앞의 공연들부터 구경해볼까 싶었는데 이래서는 봐줄 수가 없어, 연예장이라는 건 앞의 공연부터 보는 게 아니야, 잠깐 밖을 돌아다니다 다시 올게, 라며 전부터 알고 지내던 현관의 신발 지키는 사람에게 나막신을 내달라고 해서 밖으로 나왔어. 창고 뒤편의 쓰레기통에 올라 담장에 손을 얹어 별 어려움 없이 주인집으로 숨어들었어. 나막신을 품에 품은 채 살금살금 정원을 지나 창고로 몰래 들어갔고, 안의 기척을 살핀 뒤 미닫이문을 열어 도베에의 거처 옆방에 몸을 숨겼어. 그때 도베에의 거처에는 가스케가 와 있었는데, 두 사람은 서로 손을 잡고 눈물을 흘리며 굳게 약속을 하고 있었어."

자리에서 일어나 몰래 달아나려던 슈사쿠를 가장 먼저 덮친 것은 하나노야 인가. 추리를 하는 재주는 극히 부족했으나 범인에게 달려들어 붙드는 직감의 빠르기만은 각별했다. 슈사쿠를 붙든 뒤 자신이 추리하기라도 한 것처럼 만족감에 콧수염을 꼬았다. 소동이 가라앉기를 기다렸다가 신주로가 수수께끼를 풀어나가기 시작했다.

"슈사쿠는 4일 밤부터 도베에를 살해할 계획을 세우고 있었습니다. 왜냐하면 거듭된 악행이 들통나서 신용을 잃었는데, 마침 요시오와 오마키의 간통이 밝혀져 연을 끊고 내쫓을 것이라는 사실을 도베에의 입을 통해서 들었기 때문이었습니다. 이튿날인 5일은 스이텐구의 제사일로 밤이 되면 자신은 비번이고 가게는 북적북적 정신없이 바빠서 창고 부근에 올 만한 사람이 없다는 사실을 알고 있었기에 그날이야 말로 안성맞춤이라고 알리바이를 만들어둔 뒤 숨어든 것입니다. 안으로 숨어들었는데 가스케가 불려와 있었습니다. 주인집으로 다시 들어오게 되었고, 그 대신 슈사쿠가 쫓겨날 것이라는 이야기 등을 나누며 주인과 종업원이 정답게 예전의 사이좋은 관계로 돌아가 있었습니다. 슈사쿠도 거기까지는 생각지 못했기에, 이놈 도베에, 하고 더욱 살의를 키우며 가만히 기회를 엿보고 있었습니다. 가스케 대신 요시오와 오마키가 불려와 연을 끊겠다는 말을 들었습니다. 오마키는 이혼장을 건네받았으니 슈사쿠에게 이보다 더 좋은 기회도 없었습니다. 인연을 끊겠다는 말을 한 직후에 살해당한다면 누가 보더라도 범인은 요시오나 오마키일 것이라 의심할 것은 당연한 사실, 절호의 기회라 생각하고 두 사람이 나가자마자 도베에를 살해했습니다. 오마키가 술에 취해서 창고 안으로 달려들었을 때, 슈사쿠는 아직 사체 옆에 있었습니다. 그는 고리를 걸고 그때는 대못을 질러놓은 채 천천히 뒷정리를 하고 있었습니다. 자신에게 불리한 것이 남아 있지나 않을까 찾아보았으며, 도베에의 물건을 살펴보아 자신에게 불리한 서면 같은 것이 있으면 훔쳐가야겠다고 생각한 것입니다. 불리한 것은 남아 있지 않음을 확인한 뒤 가지고 온 요시오의 담배주머니를 사체 옆에 던져놓고 달아났습니다. 태연한 얼굴, 연예장으로 돌아가 엔초의 공연을 보고 생선초밥집에서 한잔 걸친 뒤 2시쯤에 돌아와서도 태연한 얼굴, 유유히 잠을 잔 것입니다. 도베에가 살해당하면 요시오와 오마키의 간통이 세상에 알려질 테고 요시오는 떨어져 있는 담배주머니 때문에 체포될 것이다, 동기도 그렇고, 담배주머니도 그렇고, 증거가 전부 갖춰져 있으니 빠져나갈 수 없으리라, 주인집에 남은 것은 병든 아야 한 사람뿐, 지배인인 슈사쿠를 사위로 맞아들여 대를 잇게 하겠다는 것은 자연스러운 흐름, 슈사쿠는 여기까지 내다보고 있었습니다."

이미 체념한 슈사쿠가 뻔뻔스러운 얼굴을 들어 신주로를 바라보며,

"얘기한 대로입니다. 하지만 저는 훨씬 전부터 일을 꾸미고 있었습니다. 오마키는 요시오보다 제게 먼저 추파를 던졌는데 그때 제 가슴에 문득 번뜩인 생각이 있었습니다. 그래, 내가

좋다고 말하지 않으면 저 색을 밝히는 오마키는 자연스럽게 요시오에게 손을 내밀 거야. 서로 간통하게 만든 뒤 도베에를 살해해서 죄를 뒤집어씌우자. 가와기야를 내 것으로 만들겠다고 생각한 건 1년 반 전의 얘기였습니다. 가스케를 내쫓는 정도는 일도 아니었습니다. 제사일인 5일에 죽여야겠다고 생각한 건 4일이 아니었습니다. 지난달부터 전부 계획을 세워서 1일부터 엔초의 연속 공연을 보러 간 겁니다. 4일에 도베에에게 야단을 맞은 것이 제게는 오히려 불운, 그런 일만 없었다면 오히려 제가 의심받을 일도 없었을 겁니다. 거기다 가스케가 불려왔다는 장면 등이 더해져, 이제 와서 생각해보니 5일은 제게 매우 좋지 않은 날이 되었지만, 장고 끝에 악수를 둔다고 하루 차이로 일이 이렇게 되다니 이는 하늘의 뜻일지도 모르겠습니다. 탐정님, 당신이 잘나서 이렇게 된 게 아닙니다."
라고 말하고 싱긋 웃었다.

거꾸로 든 나이프로 뒷머리를 살짝살짝 째서 피를 짜내며 가이슈는 도라노스케의 보고를 끝까지 들었다.

"흠, 슈사쿠가 그렇게 말했는가? 4일, 도베에에게 야단을 맞은 것이 불운의 시작이었다고. 장고 끝에 악수를 두어 5일이 매우 좋지 않은 날이 되었으니 슈사쿠에게는 그 원한이 매우 크겠지. 대체로 그런 법이야. 하지만 모든 일이 뜻대로 풀리는 경우도 있어. 인생은 돌고 도는 법이지만, 범죄는 일단 발각되고 나면 그것으로 끝이기에 하늘의 뜻이네, 운명이네 하는 말을 떠올리는 거야."

가이슈가 왼쪽 손가락을 살짝 째서 어혈을 짜내기 시작했다.

"4일 밤에 도베에게 야단을 맞아 살의를 품게 된 것이라는 신주로의 견해에 잘못은 없을 테지만, 슈사쿠의 말에 의하면 주인을 살해할 계획은 지난달부터 세웠던 것이고, 4일 밤에 야단을 맞은 것이 오히려 불행의 시작이라고 했어. 슈사쿠의 말은 참된 사실이기는 하지만, 이치에 맞는 것은 아니야. 우연이라는 것은 실로 기묘한 것이야. 슈사쿠에게도 뜻밖이었을 테지만, 신주로의 머리로도 이것만은 어떻게 해볼 수 없었을 거야. 내가 현장에 있었다 할지라도 신주로와 똑같았을 거야. 우연이라는 것은 다시 우연에 의지하는 것 외에, 사람의 지혜로는 알 수 없는 법이야. 내가 가스케를 범인이라고 본 것은 잘못된 판단이었지만, 현장에 없었으니 어쩔 수 없는 일이지. 하지만 가스케처럼 인망이 있고 우직한 사람이 범인인 경우도 흔히 있으니, 잊지 말고 한번쯤은 그쪽으로도 눈을 돌려야 하는 법이야. 방에 흙이 떨어져 있는 데는 어떤 이유가 있을 것이라는 점은 내가 본 대로인데, 그렇다면 범인은 가스케나 슈사쿠 둘 중 하나가 되는 셈이야. 가스케라고 단정 지어버린 것이 내 실수의 근본이었어."

도라노스케는 가이슈의 넓은 통찰력에 더욱 감탄했으며, 그 심안의 날카로움에 혀를 내두르며 공손히 이야기를 듣고 있었다.

마교의 비밀

가을비가 세차게 내리는 아침. 가이슈 저택의 안쪽 서재에 집주인과 마주 앉아 있는 것은 이즈미야마 도라노스케. 손님이 없는 이른 아침을 가늠해서 지혜를 빌리러 온 것인데, 수첩을 여기저기 뒤척이며 꼼꼼하게 적은 메모를 참고삼아서 신중하게 생각에 잠겼다가는 설명을 하고 있었다. 앞뒤 순서를 틀리지 않기 위해서였다.

"이번 사건에 앞서서 작년 말에 돌발했던 기괴한 사건부터 말씀드리지 않을 수 없습니다. 작년 12월 16일, 묘가다니의 키리스탄자카에서 고조라는 젊은이가 목을 물어뜯기고 배가 찢겨 장기가 헝클어진 채 비참한 죽음을 맞이했습니다. 간이 없었기에 업병(業病)에 걸린 사람의 짓이 아닐까 추정되었는데, 생간을 먹으면 업병이 낫는다는 미신이 있기 때문이라고 합니다. 그런데 그로부터 2개월이 지난 올 2월 중순쯤에 다시 비슷한 사건이 일어났습니다. 오토와의 산림 속 수풀에서 사부리 야스, 마사라는 모녀가 목을 물어뜯기고 배가 찢겨 간장을 잃은 채 목숨이 끊어져 있었습니다. 어머니가 35세, 딸이 18세, 두 사람 모두 굉장한 미인이었는데 그들을 조사해보니 구세야마의 천왕회, 세상에서 흔히 헌신교라 말하는 사교의 신도라는 사실이 밝혀졌습니다. 이전의 고조도 역시 헌신교의 신도였기에 이때부터 수사방침이 바뀌게 되었습니다. 세 사람 모두 평신도가 아니라 직책을 가진 간부급으로 전부 늦은 밤에 교회에서 집으로 돌아가다가 살해당한 것인데, 고조는 구세야마에서 오즈카로 돌아가던 도중, 사부리 모녀는 조시가야로 돌아가던 도중이었습니다. 호국사 부근에 업병에 걸린 이들이 모여 사는 곳이 있으니 그 가능성도 포기할 수는 없습니다만, 헌신교에서 냄새가 나기에 은밀하게 조사해보기로 했습니다. 그런데 그것이 참으로 쉽지 않은 일, 천왕회에는 후원회가 있는데 회장이 후지마키 공작, 부회장이 마치다 대장, 그 외에도 천하의 명사들이 모여 있습니다. 확실한 증거도 없이 함부로 구인해서 취조하자니 뒤탈이 두려웠기에 밀정을 풀어 은밀하게 조사하기로 하고 우시누마 라이조라는 무술에 능한 형사를 신자로 가장하여 침투시켰습니다. 이 사람은 당년 30세, 저희 도장에 부사범으로 있던 수제자 가운데 한 명입니다."

"그렇다면 머리가 나쁘겠지. 밀정이란 무술 실력이 너무 좋으면 오히려 참아야 할 일도 참지 못하는 법이니. 헌신교는 그 정도로 결사의 조직이란 말인가?"

도라노스케는 깜짝 놀라 가이슈의 눈빛을 읽어보다, 아무 일 없었다는 듯 이야기를 계속했다.

"2, 3개월 지나자 라이조의 모습이 바뀌어서 상사에게 보고를 하기는커녕 헌신교의 예찬, 선전, 설교를 하게 되었습니다. 저희 도장에서도 기괴한 경문을 외우며 미친 듯이 춤을 추고 설교를 하기에 적잖이 난처해하고 있었습니다. 결국은 경찰에서도 잘렸고 지금은 헌신교에서 목욕탕의 아궁이를 관리하는 일을 하고 있다고 합니다."

가이슈도 웃었다.

"도라도 아궁이 관리를 맡게 될 테니 헌신교에는 다가가지 않는 편이 좋을 거야. 서양의 속담에도 미라를 파러 간 사람이 미라가 된다는 말이 있는데, 도라에게 아주 좋은 훈계의 말이니 잘 기억해두도록 해. 호걸에게 머리를 쓰는 일은 적합하지 않아. 예전에는 무관이 국정을 보았기에 나라가 크게 어지러워진 거야. 탐정도 추리를 하는 머리와 범인을 잡는 호걸은 각각 다른 사람이 해야 할 일이야. 도라는 포박하는 쪽을 맡는 편이 무난할 거야."

"탐정은 숙련입니다. 무술에 있어서도 고인들은 연마, 숙련을 무엇보다 강조했습니다."

도라노스케는 눈을 부릅뜨고 외쳤으나, 곧 눈을 감고 호흡을 길게 가다듬은 뒤 다시 조용히 얘기하기 시작했다.

"새로이 마키타라는 밀정을 보냈는데 라이조가 얼굴을 알아서는 일이 엉망이 되기에 갑자기 뽑아 채용한 미경험자로, 서생 출신이기에 잔꾀는 있지만 문약한 애송이였습니다. 그가 밀정으로 들어간 지도 벌써 반년, 이렇다 할 아무런 성과도 거두지 못한 사이에 세 번째 괴사건이 일어났습니다. 쓰키타 은행의 총재 쓰키타 젠사쿠의 부인인 마치코가 헌신교회에서 돌아오는 길에 목을 물어뜯기고 배가 찢겨 간을 잃은 채 살해당했습니다. 수사도 벌써 나흘째로 접어들었습니다만 알면 알수록 헌신교는 기괴한 일들로 가득하며, 마인과 마수(魔獸)들이 날뛰어 그야말로 사람의 힘을 뛰어넘은 기이한 일들이 현실에서 행해지고 있습니다. 마인은 앉은 자리에서 마수를 부려 길 가던 마치코의 목을 따고 배를 갈라 간을 꺼낸 것이라 여겨지는데, 마인의 괴력이 땅을 뚫고 하늘을 달려 사람의 힘으로는 미칠 수 없는 경지에 이르렀으니, 이유도 없이 마수를 부려 범행을 저지른 것이라 보기 어려운 부분도 있습니다."

"누가 그와 같이 생각했는가?"

"저입니다."

"그랬겠지. 도라가 아니고서는 머리가 그런 식으로 돌지는 않겠지. 마수란 어떤 것인가?"

"네, 바로 그겁니다. 크기는 송아지만 하고, 사납기는 곰이나 승냥이도 미치지 못합니다. 더없이 기괴할 정도로 커다란 개입니다. 그레이트데인이라고 합니다."

"그레이트데인은 서양에서 이름이 알려진 보통의 개야. 그런데 그런 개가 일본의 헌신교에 있다는 사실이 재미있군. 여러 가지 사연이 있을 듯해. 하지만 신통력이 있다고 한들 그 이면에는 반드시 속임수가 있을 거야. 물을 이용한 곡예나 서양 마술과 같은 거겠지. 도라처럼 이것을 마력이라 보고 해결하려 들면, 이면의 속임수를 알아낼 수가 없어. 자네의 주관이 방해가 되기는 하네만, 내 눈에 있는 그대로의 현실이 보이도록 사진기처럼 이야기를 해보게."

가이슈는 손을 뻗어 담배합의 서랍에서 나이프와 숫돌을 꺼냈다.

천왕회는 광대천존, 적렬지존이라는 천지의 두 신을 제신으로 모시고 있다. 이 두 신이 우주천지의 근원으로 일본 신의 조상에 해당한다고 한다. 그 화신으로 세상을 바로잡기 위해 모습을 드러낸 것이 별천왕인데 세상에 더없는 미모를 지닌 여성, 그가 신도들의 숭경을 한몸에 받고 있는 교조다.

별천왕은 속세의 이름을 야스다 구미라고 하며 당년 35세, 남편도 있고 자녀도 있다. 가난한 건설노동자의 딸로 태어나 14살에 얼치기 목수인 야스다 구라요시와 결혼하여 이듬해에 아들 하나를 낳았다. 그 이후부터 잠자리를 거부했으며 천지 두 신의 강림을 눈으로 직접 보게 되었다. 외아들은 후에 센레쓰 만로라 이름을 바꾸었으며, 교회의 2대 교주의 자리에 오르기로 되어 있다.

별천왕의 첫 번째 신자가 된 것은 남편인 구라요시였다. 뒷

골목 나가야15)의 자택을 교회 삼아 약간의 신도를 모았으며, 곧 얼치기 목수인 구라요시가 직접 세운 교회건물로 옮겨 살게 되었는데 그때는 약간의 신도들에게만 이름이 알려져 있는 데 지나지 않았다. 천왕회의 이름이 갑자기 천하에 알려진 것은 수년 전, 세라타 마키타로가 서양에서 돌아와 별천왕을 믿기 시작하면서부터였다.

세라타는 1868년에 지방 부현의 지사를 2군데 역임한 뒤 지방행정, 세법, 선거제도 등의 연구라는 임무를 띠고 서양으로 갔다가 11년 동안의 유학을 마치고 일본으로 돌아왔다. 그리하여 국정의 커다란 기둥이 될 인물이라 여겨졌으나 본업을 내팽개치고 별천왕의 으뜸가는 신자가 되어버렸다. 별천왕의 색향에 미혹되어 농락당한 것이라는 설이 유력했는데, 그것이 인기를 불러 천왕회는 단번에 세상의 이목을 끌게 되었다. 11년 동안 서양에서 배운 정치학과 수완을 천왕회의 포교에 쏟아부었으니 교회가 세를 키운 것은 당연한 일이었다.

또 한 사람, 오노 묘신이라는 40살 남짓의 승려가 참모로 있었다. 선종에서부터 천태종, 진언종 등 3종을 섭렵했으며 전부 그 깊은 뜻을 깨달았으나 불교에 절망했다고 한다. 몬가쿠16) 이후 끊어졌던 폭포에서의 수행을 행하다 십여 차례나

---

15) 長屋. 건물에 칸막이를 하여 여러 가구가 사는 일본 전통의 연립주택. 이하 연립주택.
16) 文覚(1139~1203). 헤이안 말기, 가마쿠라 초기에 활약한 진언종의 승려.

정신을 잃어 천하에 이름이 알려진 괴승이었다. 그는 세계 각국 종교의 교리에 통달했다고 하며, 또 그 오묘한 언변과 낭랑한 음성이 길게 나부끼며 머릿속을 휘감고 품속을 어루만지는 듯하여 묘한 향기가 공중에 떠도는 것 같다고 한다. 그가 별천왕에 귀의한 뒤부터 여자 신도가 눈에 띄게 늘었다고 하는데, 여자들에 대한 그의 매력은 특히 커서 그 위력은 수수께끼라 여겨질 정도였다.

이렇게 되자 가엾은 것은 남편인 구라요시로 교주의 남편에서 점차 밑으로 밑으로 밀려나 평신도 가운데서도 말석, 교회의 하인, 그중에서도 잡일을 하기까지 밀려났다. 목욕탕의 아궁이 담당인 우시누마 라이조와 동격, 교회의 기생충 취급을 받았다.

세라타 마키타로의 정치적 수완에 의해 후지마키 공작을 회장으로 하고 마치다 대장을 부회장으로 하는 후원회가 조직되어 천하 명사의 이름을 늘어놓게 되었는데 이는 신도와는 관계가 없었다. 그저 이름을 빌려준 정도였다.

딱 한 사람, 교회에 돈을 쏟아부어 몰락한 명사가 바로 야마가 후작이었다. 이 후작은 아직 35세, 머리가 매우 좋은 사람이어서 장래를 촉망받고 있었는데 별천왕에 빠지자 완전히 바보가 되어버렸다. 그런데 후작부인인 가즈코가 한층 더 열렬한 광신도로 후작부인에게 이끌려 점차 깊이 빠져들게 된 것이라 일컬어지고 있었다.

야마가 후작은 그 넓디넓은 구제야마의 대저택을 그대로 천왕회의 본전으로 기증해버렸다. 자신은 저택 안의 한쪽 구석에 동생 다쓰야의 별거용으로 예전에 만들었던 소박한 서양식 건물로 옮겨 얼마 남지 않은 주권(株券)으로 초라한 생활을 하고 있었다. 동생 다쓰야는 올해로 25세, 훌륭한 청년신사였으나, 자신이 살아야 할 집에서는 형이 살고 있고, 자신이 받아야 할 재산도 형이 전부 써버려서 어쩔 수 없이 형의 신세를 지며 불만 가득한 나날을 보내고 있었다. 천왕회 본전의 경내에서 유일한 이단자는 그 하나뿐이었으며, 그는 천왕회를 눈엣가시처럼 여기고 있었다.

　　한편 쓰키타 은행 총재인 젠사쿠의 아내 마치코(당년 27세)는 야마가 후작부인의 동생이었다. 자매는 후카보리 백작 집안에서 태어났는데 후카보리 집안은 역일천지의 음양길흉의 괘를 관장하는 집안으로 풍우를 제멋대로 부렸기에 천신의 노여움을 사서, 아들은 대대로 백치로 태어나며 딸은 매우 아름답지만 그녀들을 아내로 맞아들이는 자의 집안에 흉사가 일어난다고 전해지고 있었다. 그 말처럼 자매는 절세미인이었으나 언니는 시댁의 재산을 탕진케 했으며, 동생은 살해당하기에 이르렀다.

　　11월 11일은 적열지신을 모시는 천왕회의 제사일이었기에 본전은 하루 종일 북적였다. 쓰키타 가의 인력거꾼인 다케조는 본전의 문 옆에 인력거를 대놓고 마치코가 나오기를 기다렸는데, 어느 틈엔가 본전의 떠들썩한 소리도 가라앉고 밤이 깊어 인기척조차 들리지 않았으나 마치코는 모습을 드러내지 않았다. 기다리다 못해 본전의 현관을 지키는 문지기에게 물었더니 벌써 한참 전에 돌아가셨다는 대답. 그렇다면 수많은 사람들의 모습에 섞여 주인의 모습을 놓치고 만 것일까 싶어 서둘러 주인집으로 돌아왔다. 하녀에게 물어보았더니, 글쎄요, 아직 안 돌아오신 것 같은데요, 라는 대답. 그때가 벌써 오전 2시였다.

이튿날 아침, 쓰키타 집의 정원 쪽으로 난 문 바깥 길가에 목을 물어뜯기고 허리띠가 풀려 기모노가 벗겨지고 배를 찢겨 간을 잃어버린 마치코의 사체가 나뒹굴고 있었다. 그런데 거기에는 피가 그다지 흘러 있지 않았다. 다른 곳에서 살해당한 뒤 옮겨진 것이라는 사실이 너무나도 분명했기에 혈흔을 따라가보니 쓰키타 집 안의 널따란 정원 속 숲에 둘러싸인 조용한 정자가 피바다를 이루고 있었으며, 여기저기에 마치코의 나막신과 허리띠와 장기의 일부가 흩어져 있는 것이 발견되었다. 의심의 여지도 없는 살인현장이었다. 뜻밖. 마치코는 천왕회의 본전이 아니라 자기 집의 정원 속에서 살해당한 것이었다.

그때 잠에서 깨어나 세수도 하지 않고 헝클어진 머리에 나이트가운을 걸친 사내가 황급히 모습을 드러냈다. 마치코의 남편인 쓰키타 젠사쿠였다. 옥스퍼드 대학을 졸업한 신지식인. 아버지의 유산을 물려받아 활발하게 움직이기 시작한 소장파 실업가, 금융계의 뛰어난 인재였다.

그는 자기 앞을 가로막는 사람이 있으면 그를 밀쳐 넘어뜨려 서라도 무조건 똑바로 나아갈 듯 무시무시한 기세로 경관들에게 다가가,

"경관의 책임자는 누구인가?"

그가 거만하게 일동을 둘러보았다. 아름답게 빛나는 무시무시한 눈빛이었다. 사건이 발견된 지 얼마 되지 않은 시각으로, 쓰치야라는 경위가 막 달려와 지휘를 하고 있었다. 쓰치야가 앞으로 나서며,

"경시청에서는 아직 아무도 오지 않았습니다. 어쩔 수 없이 제가 지휘하고 있습니다. 저는 쓰치야 경위입니다."

"아내의 시체는?"

"검시를 받을 때까지 현장에 그대로 두어야 합니다. 정원 쪽으로 난 문을 나선 길가입니다만, 제가 안내하겠습니다."

쓰치야는 심장이 얼어붙는 듯한 느낌이 들었다. 부인의 죽은 모습도 처참했지만, 그것을 가만히 바라보는 남편의 모습이 도저히 인간이라고는 여겨지지 않았기 때문이었다. 무시무시한 눈이 집어삼킬 듯 아내의 사체를 바라보고 있었다. 다정한 감정의 움직임은 어디에도 없었다. 미동도 하지 않고 바라보기를 1분여, 휙 몸을 돌리더니 쓰치야를 턱으로 불러 정원 안으로 돌아갔다.

"아내를 죽인 자들을 알고 있네. 헌신교의 악마들이야. 아내

가 며칠 전부터 고백했었네. 헌신교의 은신(隱神)에게 목을 물어뜯기고 배가 갈려 간을 잃은 채 죽을 것이라고. 아내가 사교에서 명령받은 헌금을 내가 끝내 거부했기 때문일세. 하지만 여러 가지 방법을 강구해서 헌금을 해왔던 모양일세. 더 이상 방법이 없어지면 아내는 나를 죽여서라도 쓰키타 가의 전 재산을 헌금할 생각이었네. 아내가 살해당했으니 쓰키타 가는 무사안태를 얻은 셈일세. 그러나 내가 죽인 건 아닐세. 핫핫하."

젠사쿠는 거목이 바람에 흔들리는 것처럼 몸을 흔들며 이상할 정도로 깊은 곳에서 울리는 소리로 웃었다.

"헌신교 전원을 붙들어 사교를 없애버리도록 하게. 정말 음흉한 놈들이로군. 마치 내가 죽인 것처럼 보이기 위해서 우리 집으로 끌어들여 죽이다니, 교활하기 짝이 없는 놈들이야. 내가 할 말은 이것뿐일세. 나머지는 자네들의 일이네만, 이렇게까지 가르쳐주었으니 실수를 범하지는 않겠지. 우리 집에서는 가능한 한 빨리 물러나도록 하게. 눈에 거슬려 견딜 수가 없으니."

그는 쓰치야를 노려보고 서둘러 안으로 들어가버렸다.

신주로 일행도 도착하여 바로 수사에 들어갔으나 곧 매우 커다란 장벽에 부딪치고 말았다. 천왕회 신도 모두 입을 굳게 다문 채 누구 하나 일언반구도 대답을 하지 않았기 때문이었다. 간신히 마키타의 입을 통해서 상당히 귀중한 사실들을 여러 가지로 알 수 있었지만, 막상 중요한 부분에 이르면 평신도인 마키타에게서는 정보를 얻을 수 없었기에 확증은 무엇 하나 얻을 수 없었다.

마키타가 은밀하게 수사본부로 불려와 신주로로부터 매우 자세한 취조를 받았다. 마키타는 최고학부의 교육을 받았으며 사립대학의 교사로 초빙되었으나, 밀정에 대한 이야기를 듣고 예전부터 사교에 흥미를 가지고 있었기에 자진해서 이 역할을 맡은 괴짜였다. 밀정이라니 천박한 짓을 한다며 친구들로부터 커다란 경멸의 대상이 되었지만 딱 한 사람 감싸준 것이 쓰보우치 쇼요[17]였다고 한다. 하지만 그가 유능한 인재였기에 이 기괴하기 짝이 없는 수수께끼도 의외로 빨리 풀렸는데, 마키타의 정확한 보고에 더해서 모든 사람들이 놓치고 있던 열쇠를 정확히 포착할 만한 학식과 심안을 신주로가 갖추고 있었기 때문이었다.

마키타는 신주로에게 이렇게 보고했다.

"제가 임무를 부여받은 것은 오늘의 사건을 예기했기 때문이 아니라 가미야마 고조, 사부리 야스, 마사 세 사람의 변사와

---

17) 坪内逍遥(1859~1935). 소설가, 평론가, 영문학자.

관련된 수수께끼를 풀기 위해서였습니다. 그런데 뜻밖에도 이번 사건이 일어났기에 비로소 얼마간 명확한 윤곽을 알게 되었다고 말씀드려야 할 듯합니다. 왜냐하면 교단의 내막은 신도라 할지라도 억측만 할 수 있을 뿐, 그 정체는 철문 너머에 가로막혀 있기 때문입니다. 11월 11일은 마침 적렬지존의 제사일로, 이 지신은 난폭한 신, 일명 적렬혈(赤裂血)이라고도 불리는데, 피를 가장 좋아하는 마신으로 여겨지고 있으며, 그 마신의 분노를 잠재워 평화의 수호신으로 만들기 위해 산제물을 바치는 행사를 '어둠씻기'라고 부릅니다. 어둠씻기라는 말만 들어도 부들부들 떨 만큼 신도들에게는 두려운 행사로 여겨지고 있습니다. 믿음이 부족한 신도를 늑대가 물어 죽게 하여 산제물로 바치는 행사라고 하는데, 본전 안에서는 수시로 믿음이 부족한 자를 잡아다 행하고 있지만 일반 신도에게 공개적으로 행하는 것은 11월 11일, 적렬지신의 제사일, 1년에 딱 하루뿐입니다. 그리고 당일, 일반 신도들이 둘러싼 어둠 속에서 믿음이 부족한 남녀 십여 명이 차례차례 늑대에게 물려죽었는데 그 가운데 포함된 한 사람이 쓰키타 마치코였습니다. 그들은 차례차례로 단말마의 비명을 올리며 피바다 속에서 물려죽었습니다만, 불이 들어온 후에 보니 그들 모두 죽은 것처럼 정신을 잃기는 했으나 어디에도 상처는 없었습니다. 한 방울의 피도 흘리지 않았습니다. 잠시 후 정신을 차리고 부들부들 떨며 자신의 자리로 돌아갔는데 쓰키타 마치코도 예외는 아니어서 곧 정신을 차렸으며 어디에도 상처를 입은 모습은 없었습니다."

"그레이트데인을 키운다던데 늑대는 그것과 관계가 있을까요?"

"그건 관계없는 듯합니다. 신도들 사이에서도 어떤 관계가 있을 것이라 여겨지고 있습니다만, 사실은 세라타 마키타로가 일본으로 돌아올 때 경비견으로 사서 가지고 온 것으로, 어둠씻기 행사에서 물리는 자들의 처참한 비명과 통곡은 계속되었습니다만 맹수의 소리는 들린 적이 없었습니다."

"어둠씻기 행사는 그것으로 무사히 끝났습니까?"

"그렇습니다. 그 외에도 여러 가지 일들이 있었습니다만 무사히 끝난 것만은 틀림없는 사실입니다. 그런데 조금 전에도 말씀드린 것처럼 그 어둠씻기 행사에는 앞서 목숨을 잃은 고조, 사부리 모녀 사건에 대해 암시를 주는 부분이 있었습니다. 그것을 말씀드리기에 앞서 천왕회의 교리를 설명할 필요가 있는데, 이 교회에서는 야스다 구미를 교조로 삼고 있으며 그를 광대천존, 적렬지존의 화신인 별천왕으로 섬기고 있다는 사실은 일반에게 널리 알려진 사실입니다만, 그 외에 쾌천왕이라 불리는 은신이 있습니다. '은신'이란 이 교회에서만 쓰는 특수한 용어로, 이 신의 정체는 알 수가 없습니다. 일설에 의하면 난폭해진 적렬지존의 모습이라고도 하지만, 그것 역시 억측에 지나지 않습니다. 쾌천왕은 어둠씻기 때에만 모습을 드러내는 것으로 알려져 있으니 일반신도는 1년에 1번만 이 신의 출현을 견문할 수 있는 셈인데, 그야말로 모든 신도를 하룻밤 사이에 백발로 만들 수 있을 만큼의 마력을 갖추고 있습니다. 즉, 그 공포로 가득한 어둠씻기 행사의 사회를 보는 것이 바로 쾌천왕입니다. 그는 세라타 마키타로의 질문에 답하여 이렇게 하라, 저렇게 하라고 명령하는데 그 목소리는 분명하게 들려오지만 어디에서 오는 목소리인지, 그것을 발하는 자가 누구인지는 끝내 알아내지 못했습니다. 어떨 때는 짐승이 내는 목소리처럼 무시무시했고, 어떨 때는 가여운 미녀처럼 애절했고, 어떨 때는 어머니를 그리워하는 어린아이처럼 슬퍼서 천차만별, 우는 것도 같고 흐느끼는 것도 같다가도, 산과 바다를 찢어놓을 것처럼 섬뜩해져서 밀정인 저조차도 어디에서, 또 어떻게 해서 나는 소리인지 알 방도가 없었습니다. 그 비밀은 간부도 알지 못하여 오로지 마신이 가진 마력의 실재를 믿고 있으며, 그것이 교단의 기초를 흔들림 없는 것으로 만들어주고 있습니다. 즉, 신도의 불신을 고발하여 그 죄상을 밝히는 것도, 늑대를 불러 물게 하는 것도 전부 쾌천왕의 목소리에 의해서 행해지기 때문으로, 어둠씻기에 대한 공포는 곧 쾌천왕에 대한 공포에 다름 아니며 신도들이 쾌천왕을 두려워하는 모습은 말로 표현하기 어려울 정도입니다."

"누군가 바람잡이를 써서 목소리를 내게 한 것 아닐까요?"

"누구라도 한 번쯤은 그런 의심을 품게 됩니다. 어떤 신도든 아무런 비판도 없이 마신의 실재를 믿는 것은 아닙니다. 그런데 쾌천왕의 목소리는 어떤 때는 지하에서 나는 것처럼, 어떤 때는 머리 위에서 나는 것처럼, 그러나 언제나 반드시 중앙의 어딘가에서 들려왔습니다. 그러니까 어둠씻기 행사는 널따란 방에 둥그렇게 모여 중앙에 빈자리를 남겨놓고, 빈자리의 중앙에 오직 한 사람 세라타 마키타로만이 앉아서 쾌천왕의 출현을 빌며 그 고발을 청합니다. 그것에 응해서 쾌천왕의 무시무시한 고발이 즉석에서 행해지는데 둥그렇게 모인 곳 어디에 앉아도 그 목소리는 늘 저의 전방에서 들려왔습니다. 쾌천왕의 목소리는 반드시 이마 앞에서 들려온다는 것이 신도들의 상식이 되어 있는데 저는 은밀히 실험을 해보기 위해서 사람들 몰래 앉은 자리를 바꿔보았습니다만, 그 목소리는 언제나 이마 앞쪽, 따라서 언제나 중앙의 위나 아래 어느 곳에서 반드시 들려왔습니다."

"중앙에 앉아 있던 것은 세라타 마키타로 한 사람뿐이었습니까?"

"그렇습니다. 그리고 고발당한 자는 중앙의 빈자리로 불려나가 세라타 주변에서 몸부림치며 늑대에게 물려죽습니다."

신주로조차도 망연히 생각에 잠겼다. 대장이 이 모양이니 하나노야와 도라노스케가 당황한 것은 당연한 일이었다.

신주로가 참으로 힘없이 얼굴을 들며,

"마키타 씨, 이건 너무나도 기괴해서 이야기 하나하나가 처음 듣는 일들뿐입니다. 특히 무엇을 단서로 이야기를 들어야 할지 전혀 감도 잡을 수가 없습니다. 제가 특별히 어떤 질문을 드려야 할지도 잘 모르겠으니 당신의 의견을 있는 그대로 전부 들려주시기 바랍니다."

"알겠습니다. 너무나도 기괴해서 저도 때로는 마신의 실재를 거의 믿을 수밖에 없겠다 싶은 순간도 있었습니다만, 보고 들은 것을 있는 그대로 말씀드리겠습니다."

그리고 마키타는 이야기를 시작했는데 이야기가 너무 기니 그 요점만을 독자에게 전하도록 하겠다.

천왕회에는 '헌신'이라는 행사가 있다. 그것을 마쳐야만 신도로 인정받게 되는 중요한 행사로, 일단 교회에 다니기 시작한 뒤부터 헌신을 올리기까지의 기간에는 소인이라 칭하여 신도와 구별된다.

다시 말해서 헌신이란 자신의 생활에서 교회에 몸을 바치겠다는 뜻이 아니라, 정신적으로 신의 품에 뛰어든다는 뜻인데, 그것을 이해하는 것은 신앙을 시작한 뒤의 일이기에 일반 사람들은 자신의 생활에서 교회에 헌신하기 때문이라 생각하고 있다. 이것을 참으로 그럴듯하게 여겨지게 하는 노래가 있다. 소인이 헌신으로 신도가 될 때에는 장엄한 의식이 행해진다. 그때의 노래가,

〈슬플 때에는 헌신 헌신 활짝 벌려 하늘의 꽃 〉

이 합창에는 월금, 횡적, 큰북, 샤미센, 박에 하프와 바이올린과 클라브생(피아노의 전신과 같은 악기)이 더해진다. 이들 악기는 행사에 모습을 드러낸 채 연주되는 것들이고, 그 합주가 중단되었을 때에도 끊임없이 묘하게 좋은 소리가 시냇물의 속삭임처럼, 들판의 무지개처럼, 별이 쏟아지는 밤의 수심처럼 감미롭고 애절하게 흐르는데, 그것은 어딘가에 숨겨진 오르골이 내는 소리라고 한다.

어쨌든 헌신의 노래와 음악에 맞춰 해일처럼, 혹은 산들이 흔들리는 것처럼 한꺼번에 무아지경의 춤이 일어나는데, 그것은 인정을 받아 신자가 된 자만이 깨달을 수 있는 행복한 춤이라 일컬어지고 있다. 소인으로 있을 때는 흔히들 틀려서 '활짝 벌린 하늘의 꽃'이라고 하지만, 사실은 '활짝 벌려 하늘의 꽃'으로 이 '린'과 '려'의 다름을 분명하게 알지 못하면 신도가 될 수 없다. 또 그 다름을 알게 되면 나타나는 현상이 있는데 그것을 인지한 사람만이 신도가 될 수 있다고 한다. 거기서 '이끌림'이라는 것이 일어난다. 곧, 헌신 의식의 말석에 입회를 허락받아 관람하는 소인 가운데서 행사를 보다가 깨달음을 얻은 자가 생겨나 자연스럽게 헌신하는 것을 말하는데, 헌신의 행사를 치르는 당사자보다 이끌림에 의한 신자가 더 좋은 신자가 된다고 일컬어지고 있다.

활짝 벌려의 '벌려'가 중요하다. 즉, 무엇인가를 활짝 벌려서 하늘의 꽃을 보게 된다는 의미인 듯한데, 그건 가랑이를 활짝 벌려서 행복을 얻는다는 의미야, 라는 식으로 입이 건 속인들은 말해 마치 음탕한 사교인 것처럼 보는 사람들도 많지만 헌신의 행사에 그처럼 외설적인 부분은 없었다.

헌신을 성취하면 하늘이 열리고 무지개가 내려온다고 하며, 묘화천에서 노니는 행복을 얻을 수 있다고 한다. 이것이 행복의 첫 번째 과정인데 헌신을 성취한 자는 얼굴이 한없이 밝아져 묘화천에서 노니는 행복을 얻었다는 사실을 알 수 있다. 마키타는 이것 때문에 고생을 했다. 정신을 차리지 못하고 묘화천에서 노닐게 되면 우시누마 라이조의 전철을 밟게 된다. 그렇다고 해서 헌신을 성취하지 못하면 신자로 인정받지 못하기 때문에, 헌신 행사를 자세히 관찰해서 헌신한 사람들의 동작과 표정을 충분히 연습한 뒤 입신의 의식을 통과할 수 있었다.

한편 신도가 되면 교회에 가서 나날의 행사에 참석해 노래하고 춤추며 묘화천에서 노니는 행복에 잠기는 것이 인생 최대의 기쁨이 되기에 자연스럽게 재산을 바쳐서 무일푼이 되기에 이른다. 무일푼이 되어갈수록 신께 다가가는 것이라 일컬어지는데, 신심의 깊이에 따라서 몇 개의 계급이 있으며 1단 오를 때마다 장엄하고 엄격한 의식과 허락을 거쳐 오르게 된다. 마키타는 간신히 2단 올랐을 뿐, 그 위로는 좀처럼 오를 수가 없었다.

야마가 후작이 전 재산을 털어 교회에 바치고 초라하기 짝이 없는 생활에 안주하고 있다는 사실은 이미 이야기한 대로인데, 목숨을 잃은 가미야마 고조, 사부리 모녀도 모두 전 재산을 털어 교회에 바친 사람들로, 고조는 아버지가 세상을 떠난 뒤 막 물려받은 재산을 1년도 되지 않아서 전부 털어 교회의 교사 중 말석에 앉게 되었으며, 사부리도 역시 세상을 떠난 남편의 재산을 전부 털어 어머니는 교사의 말석에 올랐으며, 딸은 무녀가 되어 봉사하고 있었다.

그런 사람들이 되면 교회 안쪽의 별저에서 특수한 종교생활에 들어가게 되는데, 일반 신도는 그 내정을 알 수 없지만 여러 가지 소문이 떠돌고 있었다.

고조는 존귀한 무녀를 마음에 품었기에 안쪽의 별저에서 어둠씻기에 불려나가 늑대에게 물려죽었는데 그래도 사악한 마음을 고치지 못했기에 현실에서 그처럼 비참한 운명을 맞게 된 것이라 전해지고 있었다.

그러나 실제로 사악한 것은 고조가 아니라, 그는 운노 미쓰에라는 18세가 된 무녀와 서로 사랑하는 사이가 되었다. 미쓰에는 특별히 '존귀한' 무녀라는 특별한 계급은 아니었으나 그녀의 미모에 마음을 빼앗긴 것이 별천왕의 아들 센레쓰 만로였다고 한다. 별천왕은 아직 35살이어서 여자로는 한창 무르익은 나이였으나 14살에 결혼했기에 센레쓰 만로는 벌써 21살이나 됐다. 어머니의 뛰어난 미모에도 불구하고 센레쓰 만로의 얼굴은 추했으며 꼽추였다. 고조는 센레쓰 만로의 질투 때문에 저주를 받은 것이라고도 일컬어지고 있었다. 그리고 미쓰에는 실제로 센레쓰 만로의 아내였다.

사부리 야스와 딸인 마사코의 경우도 그녀들의 미모가 화근이라 일컬어지고 있었다. 신기하게도 야스는 별천왕과 동갑인 35살, 딸인 마사코는 센레쓰 만로의 아내와 동갑인 18살이었다. 거기에 더해서 두 사람 모두 어디에서도 빠지지 않을 절세의 미모였다.

쾌천왕의 목소리가 때로는 100세의 노옹처럼, 때로는 사납게 울부짖는 야수처럼, 또 위엄 있는 미녀처럼, 어린 여자아이가 어머니를 그리워하는 것처럼, 언제나 자유자재로 변화한다는 사실은 앞서도 이야기한 바 있지만, 주로 미녀의 목소리인 경우가 많았다. 커다란 위엄을 갖춘 경우와 애절하기 짝이 없는 경우, 미녀의 목소리에도 2가지 경우가 있었는데 특히 위엄을 갖춘 목소리가 매우 인상적이었기에 언제부턴가 은신인 쾌천왕도 별천왕처럼 여성 신이라고 믿게 되었다. 마침 사부리 모녀의 출현으로 그들이 은신의 화신 아니냐는 소문이 일어나기 시작했다.

하지만 거기에는 더욱 은밀한 이유가 있다는 말도 있었는데, 교단의 최고층 간부들이 2파로 나뉘어 대립하고 있기에 그런 소문이 도는 것이라는 얘기였다.

2파라는 건 세라타 마키타로와 오노 묘신의 대립을 말하는 것으로, 이 교단 안에서 묘신은 세라타의 명망에 짓눌려 그를 능가할 수가 없었다. 하지만 그는 원래부터 종교가로 특히 종교에 관한 학식에 있어서는 세라타가 범접할 수 없었으며, 또 종단 경영에 관한 견해, 수완에 대해서도 자신만의 독자적 식견을 갖추고 있었다. 그리고 선종, 진언종, 천태종 등 불교만 해도 3종을 섭렵했을 정도의 산사적, 유아적인 사내였으니 자신이 하나의 종파를 여는 것은 틀림없이 그의 염원이었을 것이다. 하지만 새로이 하나의 종파를 연다는 것은 매우 어려운 일이기에 헌신교의 지반을 그대로 물려받아 본가를 빼앗기 위한 술책을 부리고 있다는 것이 신도들 사이에서 떠도는 말이었다. 사부리 야스가 은신의 화신이라는 말은 묘신이 퍼뜨린 것으로, 묘신과 야스는 은밀한 관계에 있다는 것이 일부의 설이었다.

묘신은 여성에 대해서 특별한 매력을 가진 남자로 교단 내부에서 그에 대한 여자들의 신앙은 매우 열렬하며 신도 가운데 미녀는 대부분 그의 정부와 다를 바 없다 일컬어지고 있었으나, 별천왕과 세라타의 관계만은 특별해서 그런 묘신도 별천왕을 손에 넣지는 못했다. 원래부터 별천왕은 성적으로 평범하지 않은 점이 있어서 이상할 정도의 결벽성을 가지고 있기에 센레쓰 만로를 낳은 뒤부터는 남편인 구라요시와도 부부관계를 끊기에 이르렀을 만큼 그 신경이 조금 특이했다. 그것이 특이성향을 가진 세라타와는 잘 맞지만, 모든 사람들이 좋아하는 묘신과는 맞지 않아서 묘신의 매력도 별천왕만은 전혀 움직일 수 없는 것이라고, 그럴 듯한 설을 세우는 사람도 있었다.

마키타는 세라타와 묘신의 대립에 대해서 떠도는 말에 가장 주목했다. 고조는 센레쓰 만로가 마음에 품고 있는 운노 미쓰에와 연인이 되었기에 살해당한 것일지도 모르며, 사부리 모녀는 별천왕과 대립하는 세력이 될 우려가 있었기에 살해당한 것일지도 몰랐다. 그렇다면 그 범인으로는 별천왕과 세라타를 묶는 일파를 주목해야 하는 셈이다. 마키타는 이렇게 판단하여 귀를 기울이고 눈을 번뜩였으나, 뜻밖에도 교단의 내부는 철문에 가려져 있었기에 그 현실을 눈으로 직접 보는 것은 도저히 불가능한 일이었다. 쓰키타 마치코에 대해서는 아직 이렇다 할 소문이 들려오지 않았지만, 미녀는 대부분 묘신의 정부라는 설이 있으니 그녀도 묘신 파, 별천왕의 반대편에 선 존재가 되는 셈이다. 안쪽의 별저를 자유롭게 드나들 수 있는 여자 가운데서 이제 마치코 외에 특별히 눈에 띄는 외모를 가진 사람은 없었으니 그녀의 존재가 묘신의 책모에 있어서는 중요한 것이었을지도 몰랐다. 그런 억측을 뒷받침할 만한 것이 어둠씻기에서 마치코가 쾌천왕의 분노를 사서 늑대에게 살해당했다는 사실이었다.

문제는 쾌천왕이 어떤 자의 영적 작용에 의해서 생겨나는 기현상일까 하는 점인데, 실제에 있어서 그것을 밝혀내기란 불가능하지만 별천왕이 교주인 이상 별천왕 내지는 별천왕과의 영자에 의한 심령현상이라고 봐야 하는 것 아닐까?

하지만 이렇게 결론 내린다 할지라도 어둠씻기에서 늑대에게 물려죽은 마치코는 살아 돌아왔으며 결코 교단 내부에서 살해된 것이 아니라 자택의 정원 안에서 살해당하지 않았는가? 이 수수께끼에 대해서 교단의 사정은 전혀 해답이 되어주지 못했다. 마키타에게 있어서 수수께끼는 더욱 깊어지기만 할 뿐, 이렇다 할 단서는 아무것도 없었다. 그는 단지 자신이 알아낸 사실들만 정확하게 보고했다.

"그런데 어둠씻기에서 쾌천왕이 어떤 죄목을 들어 마치코를 고발했는가 하면, 예를 들어 마치코의 신심이 부족한 이유로 명령받은 헌금을 조달하지 못했다는 사실이 있음에도 불구하고 결코 속세에서의 속된 일을 있는 그대로 늘어놓아 고발의 이유로 삼지는 않았습니다. 누구를 고발하든 신과 관계된 참으로 엉뚱한 표현을 써서 꾸짖습니다. 이는 고발의 참된 이유와는 관계가 없을지도 모릅니다. 고발의 이유는 다른 곳에 분명히 존재할 테지만 고발을 할 때는 특별히 정확한 이유를 말할 필요가 없습니다. 단지 고발한다는 사실, 늑대에게 물어뜯기게 한다는 사실, 공포를 심어주는 것이 주요한 목적일 테니. 제 눈에는 그렇게 보였습니다. 마치코의 경우는 고발의 이유로, 너의 몸은 뱀이 되었다, 뱀이 우글우글 따라다니고 있다는 무시무시한 사실을 들어 거친 목소리로 꾸짖었는데, 그러자 어디선가 갑자기 소리 죽여 우는 듯한 어린 여자아이의 슬픈 목소리가 들려와, 어머, 안 돼요, 빨간 두건을 씌우지 마세요. 눈이 보이지 않아요. 죄송해요, 죄송해요. 그리고 질겁한 듯 울었습니다. 자, 이렇게 늑대에게 잡아먹히는 거야, 라고 다시 어디에선가 거친 목소리가 들려왔습니다. 이처럼 쾌천왕의 고발은, 어떤 때는 고발하고, 또 어떤 때는 그에 이어서 고발당한 자의 슬픈 운명을 암시하기도 하고, 지옥에 떨어진 후의 모습을 들려주기도 하고, 혹은 지옥에 떨어진 자가 스스로 이야기하는 슬픈 말을 들려주기도 하는 등 변화무쌍하며 요기가 감도는 무시무시함과 슬픔으로 가득 차 있습니다. 고발당한 자는 그 말을 듣는 것만으로도 벌써 살아 있는 듯한 느낌이 들지 않아 죽은 자처럼 창백해지고 망연해져버립니다. 마치코는 그 고발을 받자마자 끌려나갔고 곧 불이 꺼졌으며 늑대가 불려나와 잔인하게 잡아먹히기 시작했습니다. 늑대를 불러 물어뜯게 할 때는 언제나 불이 꺼집니다."

마키타의 긴 보고가 끝났다. 마치 넋이 나간 듯 이야기를 듣고 있던 신주로도 마침내 제정신으로 돌아와,

"아, 정말 감사합니다. 적렬지존의 제전에는 여러 지방에서 모인 신자들도 다수 참석한다고 들었는데 소인이나 일반인은 참배할 수 없나요?"

"참배 정도는 가능합니다만 어둠씻기에는 신자가 아니면 참석할 수 없습니다. 소인도 참석을 허락하지 않습니다. 그러고 보니 딱 한 사람, 신자가 아닌데 어둠씻기의 자리에 섞여 있는

자를 보았습니다.”

“그게 누구였나요?”

“야마가 후작의 동생인 다쓰야 군이었습니다. 집이 붙어 있기에 가끔 얼굴을 봐서 알고 있습니다만, 그는 천왕회에 매우 커다란 적의를 품고 있다고 들었습니다. 그날은 지방에서 온 신자들도 많았으니 틀림없이 몰래 숨어들기에 좋은 날이었습니다. 하지만 그 혼자만이 아니었습니다. 젊은 여성도 동반하고 있었습니다.”

“그건 누구였나요?”

“저도 처음 보는 얼굴이었습니다만, 20세 전후의 아직 미혼이라 여겨지는 여성으로, 그렇게 아름답지는 않았으나 매우 지적이고 체격이 좋은 여자였습니다. 몸매와 얼굴에 특징이 있기에 잊을 리 없습니다만, 그 교회에서는 한 번도 본 적이 없는 여자였습니다.”

이에 지체하지 않고 다쓰야에게 출두를 요구해서 그날 밤의 사정을 물어보았는데, 그는 자신이 어둠씻기에 숨어든 사실은 인정했으나 여성에 대해서는 완강하게 부인했다.

“저는 예전부터 헌신교에 커다란 증오심을 품고 있었는데 그토록 신자들의 마음을 빼앗는 사교의 사술을 한번 보고 싶었기에, 그 집은 원래 저희 집으로 구조를 잘 알고 있으니 몰래 숨어들어서 본 것입니다. 동반자가 있었다는 건 커다란 착각, 틀림없이 저 혼자서 들어갔습니다.”

끝까지 부인하기에 취조를 마치고 집으로 돌려보냈다.

그때 쓰치야 경위가 머뭇머뭇,

"저는 오늘 아침에 여러분들이 오시기 전까지 쓰키타 저택의 경비를 맡아 계속 붙어 있었습니다만, 쓰키타 젠사쿠의 동생들은 모두 분가했거나 시집을 갔으나 딱 한 사람 막내인 미야코라는 20살짜리 여동생만은 아직 미혼으로 오빠의 집에서 함께 살고 있습니다. 그 아가씨를 얼핏 본 적이 있는데 참으로 체격도 좋고 약간 각이 진 지적인 얼굴을 하고 있었습니다. 설마 아닐 테지만, 혹시 참고가 될까 해서 말씀드립니다."

"아니, 그건 매우 흥미진진한 일입니다. 마키타 씨에게 당장 얼굴을 확인해보라고 하겠습니다."

이렇게 해서 마키타는 이틀 동안의 잠복 끝에 드디어 얼굴을 확인할 수 있었는데, 과연 다쓰야가 동반했던 그 여자가 바로 쓰키타 미야코였다는 사실이 밝혀졌다.

수사의 눈은 새로이 쓰키타의 저택으로 향하게 되었는데 다행히 신주로는 유학 중에 런던에서 얼굴을 익혔기에 쓰키타 젠사쿠와는 전혀 모르는 사이가 아니었다.

"그는 매우 고집스럽고 사람과 사귀는 것을 별로 좋아하지 않는 사람이었던 것으로 기억하고 있지만, 뭐 저 혼자 찾아가면 안 만나주지는 않을 겁니다. 여러분을 데려가지 못하는 것은 안타까운 일입니다만, 사정이 그러니 제게 맡겨두시기 바랍니다."

이렇게 해서 신주로는 혼자 쓰키타 은행으로 찾아가 젠사쿠를 만났다.

그러나 젠사쿠는 참으로 완고해서 모른다, 알지 못한다는 말만 되풀이했다.

"그 범인은 볼 것도 없이 헌신교입니다. 마치코는 자신의 물건, 보석류와 예금 등을 전부 바쳤을 뿐만 아니라 제게 말도 하지 않고 거액의 예금을 찾아다 바친 적도 있었습니다. 그 사실을 알고 난 이후 제 예금이나 주권은 저 이외에 누구도 현금화 할 수 없도록 수단을 강구해놨더니 아내는 궁지에 몰려 소타쓰의 병풍이나 셋슈의 족자 등을 교회로 가져가 바쳤습니다. 그 사실도 알아냈기에 금고의 열쇠도 창고의 열쇠도, 열쇠라는 열쇠는 전부 제가 지니거나 은행 금고에 보관하거나 해서 아내가 손을 댈 수 없도록 방법을 강구해놓았습니다. 그러자 아내는 헌신교에 헌납할 수 없게 되어 교회로부터 소외당하게 되었고, 그것을 제 탓이라며 저를 죽일 계획을 세우고 있었습니다. 부부이기에 분위기로 분명히 알 수 있었습니다. 광신도에게는 남편도 없고 인륜도 없습니다. 오로지 종교뿐입니다. 어떻게 된 일인지는 모르겠지만 아내는 최근 들어 헌신교에 의해 살해당할 것이라고 말하기 시작했습니다. 늑대에게 물어뜯기고 배를 갈릴 것이라고 예언했습니다. 예언이 실현된 것인데 헌신교에서는 제가 범인인 것처럼 보이기 위해서 저희 집 정원 안에서 마치코를 죽인 것입니다. 저희 부부의 불화나 적의 등을 마치코의 입을 통해 들어서 알고 있었기 때문이겠지요. 아무리 생각해봐도 증오스럽고 교활한 지혜를 가진 사교도들입니다."

그는 이렇게 말하기만 할 뿐, 그 외에는 입을 다문 채 대답하지 않았다. 그냥 보기에도 정력적이고 참으로 고집스러운 성격이었으니, 일단 우겨대면 꿈쩍도 하지 않으리라. 신주로는 포기하고,

"그럼 동생을 뵙고 싶습니다만, 괜찮겠습니까?"

"그건 동생의 자유입니다."

"그렇다면 지금 댁을 방문할 테니 너무 기분 나쁘게 생각하지는 말아주시기 바랍니다."

"동생 역시 오빠에게도 지지 않을 만큼 고집스러운 여자입니다. 아하하."

젠사쿠의 웃음소리를 등 뒤로 들으며 신주로는 밖으로 나왔다.

이 사실을 모두에게 보고한 뒤, 주요한 사람 7명이서만 다케하야초에 있는 쓰키타의 저택으로 찾아갔다. 구세야마에 있는 교회에서 쓰키타 저택까지는 걸어서 10분 남짓의 거리밖에 되지 않았다.

우선 하녀를 불러 정원으로 들어가서 현장을 꼼꼼하게 살펴보았다. 하녀들을 불러 누군가 심야에 수상한 소리를 들은 사람 없냐고 물었더니, 하인들의 방은 전부 정원의 반대편에 면해 있기에 정원 안쪽에서의 소리는 아무리 깊은 밤이라 할지라도 들리지 않는다는 것이었다. 과연 하인들의 방에서 정자까지의 거리는 직선으로 해도 매우 멀어서 들리지 않는 것이 당연한 일인 듯했다.

마침 정원의 뒤편은 도로를 사이에 두고 한 학교의 널따란 교정이었으며 근방에 인가는 1채도 없었다. 탐문을 할 사람조차 없는 것이었다.

신주로는 잠시 현장인 정자에 서서 사방을 둘러보았다. 그곳은 커다란 나무에 둘러싸여 마치 심산유곡에 있는 듯한 정취, 사방의 나무들 모두 고요함에 잠겨 있어서 마치 사방 10리가 빽빽한 숲에 둘러싸인 가운데 있는 듯한 느낌이었다. 그는 정자 안으로 들어가 여기저기를 살펴보았다. 초가지붕을 얹은 정자였다.

울창한 나무 사이에서 밝은 연못 쪽으로 나온 신주로가 하녀를 불러,

"아가씨께 잠깐 여쭤보고 싶은 것이 있는데 이리로 오시는 게 좋을지, 아가씨의 방으로 찾아가는 게 좋을지, 잠깐 여쭤봐 주셨으면 합니다."

쓰키타 저택에 도착하자마자 가장 먼저 미야코를 만나고 싶

다고 청하지 않은 것은 현명한 책략. 미야코를 만나는 것은 주요한 목적이 아닌 것처럼 보였기에, 그럼 들어오세요 하며 널따란 방으로 안내되었다. 미야코가 일행을 맞아들이며,

"제게 무슨 볼일이시죠?"

"상중에 무례하게도 소란을 피운 점 용서해주시기 바랍니다. 이번 사건은 참으로 가슴 아픈 일이었습니다."

"아니요, 특별히 가슴 아픈 일도 아니에요. 저희 집에서는 특별히 상을 치르고 있지도 않아요. 변사체는 절로 보내 처리 전부를 맡겨놓았어요. 오빠도 평소와 다름없이 출근하셨어요."

"아, 그 얘기는 저희도 들었습니다. 실례합니다만, 아가씨께서는 천왕회의 신도이신가요?"

"아니요. 저희 집안은 대대로 법화종을 믿고 있어요."

"이거 미처 몰랐습니다. 천왕회 적렬지존의 제사일에 아가씨께서 참석하셨다기에 신도인 줄 알았습니다. 그 제사일의 행사 가운데 특히 아가씨께서 참석하셨던 어둠씻기에는 신자가 아니면 참석이 허락되지 않는다고 들었는데 새언니가 특별히 손을 써서 참석을 허락받으셨던 건가요?"

미야코의 얼굴빛은 조금도 움직인 기색이 없었다. 그래도 한동안 입을 다문 채 신주로의 얼굴을 가만히 바라본 것은 뜻밖의 급소를 찔렸기 때문이었을까? 잠시 후 태연하게 대답했다.

"그래요. 새언니가 손을 쓴 걸지도 모르겠네요. 특별히 심령적으로 해석을 해서 말이죠. 새언니가 그날의 어둠씻기 행사에서 늑대에게 물어뜯길지도 모른다며 크게 두려워하고 있다는 사실을 알게 되었는데, 그 사람이 늑대에게 물려죽는다면 꽤나 재미있는 구경거리가 되리라 생각했기에 가만히 있을 수가 없었어요. 다행히 천왕회의 본전은 야마가 후작이 전에 쓰던 저택이었기에 다쓰야 씨라면 내정을 잘 알고 있으리라 여겨 안내를 청했어요. 야마가 후작의 집안은 저희 집안의 원수와도 같은 존재지만, 다쓰야 씨는 천왕회를 눈엣가시처럼 여기시는 분이니 두어 번밖에 만난 적은 없어서 친한 사이는 아니나, 염치없게도 안내를 부탁한 거예요. 너무 흔쾌히 승낙을 하시기에 어쩐 일인가 싶었는데, 여우같은 혈통만은 어쩔 수 없는 법인가보네요."

신주로가 웃으며,

"아가씨는 착각을 하고 계십니다. 그날 밤 아가씨께서 어둠씻기에 참석하셨다는 사실은, 따로 본 사람이 있어서 가르쳐준 것입니다. 야마가 다쓰야 씨는 그날 밤 참석한 것은 자기 혼자일 뿐, 여자를 데리고 간 적은 없었다고 적극적으로 감싸주셨습니다. 그건 그렇고 어둠씻기를 보신 소감은 어땠습니까?"

"아주 재미있게 봤어요. 정말로 물려죽은 줄 알고 기뻐했는데 살아 돌아와서 실망했어요. 하지만 결국은 그런 결과가 되었으니 천왕회의 은신은 의외로 정직해요. 저희 집 정원에서 죽인 건 교활한 방법이지만 살아난 채 떡하니 돌아온 것에 비하면 그나마 나은 일이니 불평해서는 안 되겠죠. 천왕회 때문에 여러 가지로 피해를 본 저희 집이지만, 이것으로 원한은 얼마간 가벼워진 듯해요."

"그날 밤에는 몇 시쯤 돌아오셨나요?"

"어둠씻기가 끝나자마자 바로 돌아왔어요. 다쓰야 씨가 문 앞까지 바래다주었는데 돌아와보니 12시를 조금 넘은 시간이었어요."

"정원에서 무슨 소리를 듣지 못하셨나요?"

"피곤해서 깊이 잠들었기에 눈을 뜰 때까지 무엇 하나 기억하고 있지 못해요."

그녀 역시도 난폭한 신의 친척이라도 되는 양 섬뜩한 태도. 배짱이 좋은 건지, 성격이 거친 건지, 그도 아니면 매우 영리한 건지, 오빠도 그렇고 동생도 그렇고 그리 만만한 인물은 아니었다. 일행은 혀를 내두르며 자리에서 물러났다.

이튿날 일행이 찾아간 곳은 천왕교회였다. 그들이 면회를 요청한 것은 별천왕, 센레쓰 만로, 그의 아내인 미쓰에, 세라타 마키타로, 오노 묘신 등의 핵심간부 전원이었다. 강경한 거부가 있을 것이라 생각하여 그에 대한 대비도 해두었으나 생각과는 달리 안쪽 별저의 한 방으로 맞아들였고, 세라타와 묘신이 나와 다과까지 내주며 예를 갖추어 응대했다. 만나고 보니 이도 참으로 당연하다 수긍이 가는 일이어서, 세라타는 세상에 널리 알려진 정치적 수완을 가진 인물, 묘신은 사람의 마음을 사로잡는 기술의 대가이자 언변에 능한 자였다. 누가 됐든 사람을 대함에 있어서 소홀함이 있을 두 사람이 아니었다.

"별천왕과 그 아드님 부부는 천지 2신의 화신, 천왕교의 존귀한 신이시기에 신도가 아닌 자들을 가벼이 만나실 수 없습니다. 특별한 일이 아니라면 저희 두 사람이 대신 답할 테니 그리아셨으면 합니다."

부드럽지만 철심이 박힌 듯한 굳은 의지로 사람을 짓누르는 것 같은 말투였다. 강경하게 맞서는 것은 의미 없는 일이기에 신주로는 거기에 개의치 않고,

"영국 유학 중, 세라타 선생님께서 파리에 머물고 계시다는 말을 듣고 한번쯤은 고견을 들어야겠다 생각하고 있었으나 찾아뵐 기회를 얻지 못해 참으로 안타깝게 생각하고 있었습니다. 오늘 찾아뵌 것은 저의 뜻이 아닙니다만, 저희 미숙한 자들을 가르치신다는 마음으로 모쪼록 어둠씻기 의식을 보여주실 수 없으시겠습니까? 이렇게 청하는 이유는, 지금까지 이 교회의 신도 4명이 마치 늑대에게 목을 물려 죽은 것 같은 변사를 했기 때문으로, 어둠씻기는 영의 힘으로 신도가 늑대에게 물려 죽는 모습을 연출하는 것이라 들었는데 누군가 악한 자가 있어

서 어둠씻기 의식을 악용하여 그와 비슷한 방법으로 사람을 죽이는 것 같다는 정황이 있기 때문입니다. 신도도 아닌 저희 들이 참으로 억지스러운 청인 줄은 너무나도 잘 알고 있습니다 만, 이것도 국법을 지키는 자의 서글픈 의무. 흉악범을 잡아들 이기 위해 필사의 노력을 하는 자의 고심을 가엾게 여기시어 모쪼록 허락해주시기 바랍니다."

신주로가 온갖 성의를 다 내보이며 이렇게 청하자 세라타는 가만히 생각에 잠겼다가,

"그렇군. 자네의 직무에 그것이 필요하다면 그것도 나라를 위한 일, 별천왕님께 특별히 청해보도록 하겠네. 마침 어둠씻 기는 별천왕님께서 그 자리에 나서시는 것이 아니라 대신 나 혼자만 그 자리에 참석하면 되니, 그 이상 무리한 부탁을 하지 않는다면 청해보도록 하겠네."

"물론 그 이상은 아무것도 바라지 않습니다."

"그럼 별천왕님께 청하고 올 테니 기다리고 있게."

안으로 들어갔다가 잠시 후 나타나서,

"매우 어려운 일이었네만 다행히 허락을 해주셨다네. 준비 에 약간 시간이 걸리니 여기서 기다려주게."

이렇게 말하며 30첩 정도의 방으로 안내했다. 그 방의 덧문 을 전부 닫고 흑막을 드리우자 한 줄기 빛도 스며들지 않는 새카만 어둠이 찾아왔다. 일동은 지시를 받은 대로 원을 그리 며 앉았다. 잠시 후 세라타가 몇 명의 무녀와 남녀노소 잡다한

신도들을 데리고 들어와 다시 밖에서 들어오는 빛을 전부 차단해버렸다. 방을 밝히고 있는 것은 오로지 커다란 촛불 하나였다. 그가 신도들을 돌아보며,

"자, 자네들도 거기에 둥그렇게 앉도록 하게. 은신님께서 누구를 산제물로 부르실지는 모르겠으나 산제물을 여럿 드신지 얼마 되지 않았기에 매우 고되실 게야."

세라타가 혼자서 가운데로 나가 떡하니 앉았다. 모두가 숨을 죽여 한동안은 아무런 소리도 들리지 않았다. 잠시 후 어디선가 워~ 워~ 늑대가 멀리서 울부짖는 것 같은 소리가 희미하게 울리기 시작했다. 그러자 무녀들의 모습이 한꺼번에 부들부들 들썩이기 시작했다. 무녀만이 아니었다. 어느 틈엔가 신도들도 일제히 들썩이기 시작했다. 벌떡, 무녀들이 튀어오르듯 자리에서 일어났다. 그러자 옆방 쪽에서 연주가 시작됐다. 그에 맞춰서 신도들이 이리저리 상체를 흔들며 노래를 시작했다. 무녀들이 세라타를 둘러싸고 덩실덩실 춤을 추며 맴돌았다. 전원이 광란에 빠진 모습으로 각자 뼈와 말도 잃은 채 흐물흐물 제멋대로 날뛰고 있는 것처럼 보이면서도 어딘가 커다란 부분에서는 호흡이 척척 맞는 듯 여겨지기도 했다.

물이 밀려나듯 연주가 멈췄다. 그러자 멀리서 울부짖던 늑대의 울음소리가 점점 다가왔다. 그것을 듣더니 신도와 무녀 모두 앗 하고 공포의 외침을 올리며 넙죽넙죽 엎드려버렸다. 늑대가 마침내 방에 도착한 듯, 워~ 하는 섬뜩한 울음이 방 안

가득 울려퍼졌다.

세라타가 흠칫 자세를 취하고 횃불 같은 눈을 부릅뜨며,

"존귀하신 쾌천왕님. 존귀하신 쾌천왕님. 잡귀를 쫓으시는 존귀한 분. 황송하옵니다. 황송하옵니다. 다스리시기 바랍니다."

이것을 두어 번 읊조리다 입과 눈을 동시에 굳게 닫았다. 그러자 어딘가에서 멍멍 강아지 짖는 소리가 들리더니 뒤이어 어린 남자아이의 목소리가,

"목욕탕지기는 어디 있느냐? 목욕탕지기는 어디 있느냐? 목욕탕지기는 앞으로 나오라."

목소리에 따라 신도들 사이에서 커다란 사내 하나가 죽은 자처럼 창백한 모습으로 사형의 절망 때문에 거의 정신을 잃은 사람처럼 식은땀을 흘리며 비틀비틀 무릎걸음으로 나왔다. 그는 앞서 밀정으로 보냈던 우시누마 라이조였다. 그것을 보고 부들부들 떨기 시작한 것은 이즈미야마 도라노스케. 있는 힘껏 떨림을 참아보려 했으나 멈추지 않았다.

아이의 목소리가 갑자기 겁을 먹은 듯,

"무서워. 안 돼. 눈을 도려내지 마. 혀를 뽑지 마. 부지깽이로 눈을 쑤시는 건 싫어. 아, 아, 아."

단말마의 비명처럼 참으로 끔찍한 아이의 비명이었다. 고통스러운 지옥의 벌을 받고 있는 것일까? 듣는 자의 털을 곤두서게 만드는 오싹함. 라이조가 앗 하고 정신을 잃을 것처럼 되자,

"워~, 워~"하며 달려드는 늑대의 소리. 아악, 혼비백산한 듯한 라이조의 비명. 순간 커다란 초의 불이 꺼져버리고 말았다. 무녀가 일어나서 얼른 꺼버린 것이었다.

모든 것이 어둠 속에 잠겼으나 라이조의 숨이 끊어질 듯 괴로워하는 몸부림 때문에 눈으로 보는 것보다 더 참혹한 죽음의 정경을 생생하게 알 수 있었다. 라이조는 피바다 속을 나뒹굴고 있었다. 그의 목은 이미 물어뜯겼으며, 이제는 뱃속을 마음껏 헤집고 있었다. 희미한 비명 하나를 남긴 채 라이조는 숨이 끊어졌다.

불이 켜졌다. 라이조는 죽어 있었다. 어디에도 상처는 없었으나 마치 쓰키타 마치코가 목을 물어뜯기고 배가 갈려 참혹하게 목숨을 잃은 것과 같은 모습으로 숨이 끊어져 있었다.

무녀가 일어나 그의 몸을 문지르자 그는 점차 숨결이 돌아왔다. 문득 깨닫고 보니 세라타의 모습은 이미 거기에서 보이지 않았다.

도라노스케의 길고 긴 이야기가 끝났다. 얘기 자체가 길고 지금까지 듣도 보도 못했던 특수한 일에 대해서 이야기해야 했기에 일일이 메모를 확인하며 한참 생각하기 일쑤, 결국은 한나절 내내 이야기를 계속했다.

이미 짜내야 할 피는 전부 짜내버린 가이슈, 그러나 조금도 방심하지 않고 귀 기울여 듣고 나서는 조용히 숙고에 잠겼다가 퍼뜩 정신을 차린 사람처럼 도라노스케의 얼굴을 위로하듯 바라보며,

"참으로 뜻밖의 사건이로군. 세라타 마키타로는 작은 지방 출신이지만 희대의 인재, 삿초[18]와 연락을 취해서 막부를 무너뜨리기 위해 힘쓴 기재(奇才)였으나, 그 무렵에는 22살의 풋내기였다고 하더군. 삿초 출신이라면 틀림없이 국가의 기둥이 될 인물이라고 나는 보았지만, 출신이 안 좋으면 성격도 일그러져. 오늘 여기에 이른 것도 커다란 지방 출신이 아니라는 사실이 그로 하여금 세상에 등을 돌리게 만든 걸게야. 고조와 사부리 모녀, 그 3사람을 참살한 것은 말할 필요도 없이 세라타 마키타로야. 그는 아무리 타락해도 마음의 근본적인 중심에 흐트러짐이 생길 만한 사내가 아니야. 그는 물론 별천왕과 통정한 사이야. 그는 진심으로 홀딱 빠져버렸어. 그렇기에 묘신이 다른 미녀를 쾌천왕으로 세워 별천왕을 내몰려는 것을 그냥 두고 볼 수가 없었어. 불구의 자식, 불초의 자식일수록 더 사랑스럽다고들 하는데, 별천왕도 꼽추에 추한 모습의 센레쓰 만로가 한층 더 가여웠던 거겠지. 또한 그 비련의 참혹함을 견딜 수 없었을 거야. 세라타는 그 모습을 보고 참을 수가

---

18) 薩長. 예전의 사쓰마 번과 조슈 번을 함께 부르는 말.

없었어. 어떠한 장부라도 환경에 따라서 취하는 수단에 빈틈이 생기는 것은 인간이 피할 수 없는 일이지. 사교라는 환경에 이미 익숙해져서 세라타 정도의 사내도 별천왕을 구하기 위해 사람을 죽이는 어리석은 수단을 쓰게 된 것인데, 사랑에 눈이 멀면 비범할 정도로 좋은 머리도 하루아침에 흐려지는 것이 인지상정일세. 과연 세라타는 영리한 자이기에 그 3사람에게서 간을 빼내 마치 부근의 업병 환자가 생간을 빼낸 것처럼 보였지만, 목 같은 건 물어뜯지 않았으면 좋았을 것을, 하지만 그게 중요한 점이야. 거기에는 커다란 이유가 있어. 즉, 그가 사람을 죽인 것은 별천왕을 구하기 위해서, 그리고 악인을 벌하기 위해서였어. 그에게 있어서 별천왕을 괴롭히는 자는 악인인 셈이지. 그렇기에 별천왕의 벌에 따라서 악인은 늑대에게 목을 물어뜯기는 올바른 행사의 형식을 취하지 않으면 직성이 풀리지 않았다는 것이 하나. 또 하나, 녀석은 메스머리즘(최면술)을 쓰고 있어. 어둠씻기에서 신도들이 미친 듯이 춤을 추며 몸부림치는 것이 메스머리즘. 늑대에게 물렸다고 생각하는 것도 메스머리즘. 메스머리즘을 이용해서 별 어려움도 없이 목을 물어뜯어 죽인 거야. 그렇게 하면 죽는 자의 저항이 없기 때문이지. 그것이 고조와 사부리 살해의 실상이야. 쓰키타 마치코를 살해한 것은 젠사쿠, 혹은 젠사쿠의 동생인 미야코, 혹은 두 사람의 공범이야. 미야코가 보고 온 어둠씻기의 실제 모습을 흉내 내어 헌신교의 범죄인 것처럼 보이기 위해서 같은 살해방법을 쓴 거지. 그렇게 해서 반대로 헌신교의 음모인 것처럼 보인 거야. 이것이 마치코 살해의 속임수야. 덧붙여 말해두겠는데 쾌천왕의 목소리는 세라타가 술수를 쓴 거야. 그건 복화술이라고 해서 서양에 다녀온 자라면 대부분은 본 적이 있는 진부한 재주야. 변두리 연예장의 예인이 선보이는 재주에 불과해."

정오를 훌쩍 넘은 시간이었다. 도라노스케가 달려 돌아가니 신주로 일행은 벌써 출동한 뒤였다. 앗 하고 놀란 순간 허리띠가 풀어져버린 것을 질질 끌며 단번에 달려나가려 하는 그를 서생인 안고가 불러 세워,

"아아, 잠깐만. 도라 사부님, 어디로 달려가실 생각이십니까?"

"아, 그렇지! 내가 가야 할 곳은 어디지?"

"헌신교입니다. 허리띠 정도는 묶기를 잊지 마십시오."

"아차차, 이런!"

기껏 해답을 얻어가지고 왔는데 선수를 치게 그냥 둔다는 것은 견딜 수 없는 일이었다. 가구라자카에서 구세야마까지는 계곡을 하나 건널 뿐이지만 달려가도 20분은 걸린다. 뚱뚱해서 심장의 활동이 참으로 불충분하기에 헌신교에 도착했을 때는

안면이 창백하고 전신이 경직되어 경련이 일어날 것만 같았다. 딱하게도 늦고 말았다. 경관 100명이 벌써 대오를 갖추고 이제는 돌아가려던 참. 사건은 이미 끝나버리고 말았다.

"어떻게 됐는가? 세라타 마키타로를 붙잡았는가?"

경관부대의 앞줄에 선 검술의 제자에게 묻자,

"네, 세라타와 별천왕은 스스로 목숨을 끊었습니다."

"으음."

이를 악물고 눈을 희번뜩이며 도라노스케는 그 자리에서 털썩 쓰러지고 말았다. 온몸의 힘이 빠져버리고 만 것이었다.

그날 밤, 신주로의 서재에 모인 도라노스케와 하나노야는 신주로가 가이슈의 추리를 뒤엎는 것을 넋이 나간 사람처럼 듣고 있었다.

"아니요. 젠사쿠와 미야코는 사건과 관계가 없습니다. 3번에 걸친 살인사건 모두 세라타의 단독범행이었습니다. 가쓰 선생님은 실제 수사에 관여하지 않으셨기에 젠사쿠, 미야코를 세 번째 사건의 범인으로 지목하셨지만 그것은 참으로 당연한 일입니다. 저도 처음에는 틀림없이 그럴 것이라 생각하고 있었습니다. 하지만 마키타 씨로부터 어둠씻기에 대한 이야기를 들으면서 점점 사건의 진상을 알게 되었습니다. 그 사체를 보면 상처는 2군데밖에 없다는 사실을 알 수 있습니다. 1군데는 목을 물어뜯긴 상처, 1군데는 배를 가른 상처. 그런데 배는 옷을 입고 있는 채로 가른 것이 아니라 허리띠를 풀고 옷을 헤친 뒤에 갈랐습니다. 따라서 목을 물어뜯은 것이 먼저 생긴 치명상, 혹은 치명상에 가까울 만큼 저항 불능 상태로 만들기에 충분한 커다란 상처였다는 사실을 알 수 있는데, 목을 물어뜯은 이상은 정면에서 피해자의 저항을 받을 수밖에 없습니다. 즉, 피해자는 죽을힘을 다해서 적의 털을 쥐어뜯고 옷을 쥐어뜯고 살을 쥐어뜯고 살을 물어뜯어 당연히 범인에게 상당한 상처를 입히고, 손에 무엇인가를 쥐고 있거나 주변에 무엇인가를 떨어뜨렸을 법도 한데 아무런 저항의 흔적도 없었고 사람의 털이나 개의 털 한 오라기조차 주변에 떨어져 있는 것을 발견할 수 없었습니다. 이러한 무저항의 상태가 무엇에 의해서 생겨났는가 하면 메스머리즘, 즉 그 어둠씻기에서 신도들이 무아지경에 빠져 미친 듯이 춤을 추거나 두려움에 떠는 것, 늑대에게 물렸다고 생각하는 것 이 모두를 메스머리즘 현상이라고 할 수 있습니다. 따라서 이번 범인은 메스머리즘을 알고 있어야만 하는데 그 쓰키타 부부처럼 사이가 매우 좋지 않은 부부가 메스머리즘을 사용한다는 것은 불가능한 일, 즉 메스머리즘의 술사인 범인은 당연히 교단과 관계가 있다고 보아야 합니다. 어둠씻기의 사회자인 세라타는 명백히 메스머리즘의 술사입니다. 뿐만 아니라 마키타 씨의 더없이 정확한 관찰에 의하면 마치코를 어둠씻기에 불러냈을 때 쾌천왕은 가녀린 여자아이의 목소리로 이렇게 외쳤다고 합니다. '어머, 안 돼요. 빨간 두건을 씌우지 마세요. 눈이 보이지 않아요. 죄송해요, 죄송해요.' 그리고 여자아이의 목소리는 질겁한 듯 울기 시작했다고 합니다. 어둠씻기의 다른 예를 통해서 판단하건대 이 여자아이는 마치코 자신이며, 여자아이의 말은 마치코의 숙명을 이야기한 것이라 여겨집니다. 쾌천왕의 고발이나 저주는 주로 사실이나 숙명과는 관계없이 되는 대로 무서운 말을 늘어놓는 경우가 많을지도 모르겠습니다만, 마치코의 경우만은 다른 사람의 경우와 달라서 그날 밤 머지않아 행할 살인에 대한 예언이었기에 세라타의 말에 실감이 담겨 있었던 것은 자연스러운 일이었다고 생각합니다. 적어도 이렇게 바라보면 모든 일이 사실과 너무나도 일치합니다. 쾌천왕은 마치코에게 빨간 두건을 씌운다고 말했는데 이는 프랑스에서 유명한 샤를 페로의 동화, 프랑스인이라면 모르는 사람이 없는 동화입니다. 빨간 두건은 숲속에 사는 할머니의 문병을 갔다가 늑대에게 물려 죽습니다만, 그 살인 현장의 깊은 산속 밀림과도 같은 고요함과 초가지붕을 얹은 정자는 그대로 빨간 두건이 목숨을 잃은 숲속의 오두막을 암시하고 있는 듯 여겨지지 않습니까? 저는 그 예언으로 세 번째 살인도 바로 세라타가 유일한 범인이라고 단정 지은 것입니다. 이건 사족입니다만, 쾌천왕의 목소리는 세라타가 낸 것인데, 서양의 복화술이라는 아주 흔한 재주입니다."

★

도라노스케에게서 진범에 대한 보고를 들은 가이슈가 쓴웃음을 지으며 말했다.

　"그런가? 한심하군. 첫 번째, 두 번째 살인에서 피해자가 저항 없이 살해당한 것은 메스머리즘 때문이었다는 사실은 나도 정확히 보고 있었지만, 세 번째의 경우에서만은 그것을 잊다니 참으로 한심한 일도 다 있군. 어쨌든 신주로의 머리는 참으로 치밀해. 내가 바보였어. 결국은 젠사쿠와 미야코의 범인 같은 태도에 현혹된 내가 바보였던 거야. 이거, 커다란 공부가 됐군. 이와 같은 실수를 범하는 것은 단순히 한때의 부주의 때문이라고만은 할 수 없어. 결국은 그 방면에 아직 부족한 점이 있기 때문이야. 이건 아무래도 실제로 그 사실을 분명하게 인정하지 않을 수가 없어."

　도라노스케는 가이슈가 스스로를 깊이 일깨우는 모습에 감탄했으며, 그와 동시에 앉은 자리에서 거의 커다란 잘못 없이 사건의 진상을 꿰뚫어본 심안의 깊이에 감탄하여, 참으로 대단하다며 눈을 감고 머리를 숙인 채 말을 잊고 말았다.

아아, 무정

오늘 하루가 지나 달이 바뀌면 내일부터는 12월. 1년에 12번 있는 월말이라는 놈도 마음에 들지 않지만, 12월이라는 마지막 달은 달 전체가 성에 차질 않았다. 어제오늘부터 갑자기 한기가 몸에 스미기 시작했기에 무허가 인력거꾼인 스테키치는 담요를 뒤집어쓴 채 우에노 히로코지 부근의 작은 길 모퉁이에서 손님을 기다리고 있었다. 우에노 역에는 인력거꾼 집회소라는 것이 있어서 역의 인력거꾼은 거기로 모이는 것이 일반적이었으나 스테키치는 무허가였기에 길바닥에서 손님을 기다렸다. 손님에 따라서는 술값을 듬뿍 뜯어내곤 하는 악질 업자였다.

상점 안을 들여다보니 시계는 9시를 지난 참이었다. 만만한 손님을 태워 한잔 걸치고 싶다고 생각하던 차에 먼저 다가온 신사 한 명, 검은 외투의 목깃에 얼굴을 묻고 모자를 깊숙이 눌러쓰고 있었으나 하얀 피부의 수려한 외모는 감출 수가 없었다. 아름다운 수염을 여덟 팔 자로 바싹 쳐냈으며 나이는 스물 예닐곱에서 서른 정도로 보이는 청년신사였다. 손에 부피는 있지만 그렇게 무거워 보이지는 않는 꾸러미를 들고 있었다.

스테키치가 인력거를 대며,

"네, 어서 오십시오, 나리. 어디까지?"

"타고 갈 건 아니네. 혼고 마사고초에 나카하시라는 사람의 별장이 있네."

"네, 네. 알고 있습니다."

"그 별장에 고리짝 하나를 맡겨두었으니 그것을 받아다 하마초의 강가에 있는 나카하시의 본가로 가져다주었으면 하네. 자네가 고리짝을 실으면 별장지기가 2엔을 삯으로 줄 테니 자네가 한달음에 달려서 10시 전까지 본가에 전해주었으면 하네."

"네. 그것뿐입니까?"

"그것뿐이네. 서둘러 가주게."

이렇게 말하고 청년신사는 우에노 역 쪽으로 가버렸다. 산을 깎아 만든 길로 올라 3번가를 지나면 바로 마사고초. 나카하시 별장의 문 앞까지 달려간 스테키치가 닫힌 문을 4, 5분 동안이나 마구 두드리며 커다란 목소리로 사람을 부르자 마침내 문을 열고 모습을 드러낸 별장지기 노인이,

"지금 막 문을 잠갔는데, 자네는 조금 전의 인력거꾼인가?"

"조금 전의 인력거꾼인지 언제 적 인력거꾼인지는 모르겠지만 보시는 바와 같은 인력거꾼입니다. 본가로 가져갈 고리짝을 받으러 왔으니 삯으로 2엔을 주십시오."

삯이 좋았기에 스테키치는 있는 힘껏 친절한 미소 같은 것을 지어 보였다. 노인은 고리짝을 싣게 하고 2엔을 주었지만 스테

키치가 감사의 인사를 하자 퉁명스럽게,

"내게 감사할 건 없어. 사람을 바보로 아는군. 얼른 꺼져버려."

"네."

2엔을 받았으니 불만은 없었다. 스테키치는 노인의 잔소리를 흘려들으며 문 앞을 떠났는데 산길을 내려설 무렵부터 생각하기 시작했다. 하마초까지 그리 멀지는 않아, 한달음에 가져다주는 건 어려울 것도 없는 일이지만 삯을 2엔이나 주다니 보통 일은 아닐 거야, 나카하시 에이타로는 출세하여 시대를 주름잡는 사람 가운데 한 명, 해외무역상사와 흥행물로 굉장한 돈을 벌어들인다는 소문이 있는 영감이야, 묵직한 고리짝 안의 내용물이 뭔지는 모르겠지만 벌레나 뱀이나 귀신이 아닌 것만은 확실해, 어쩌면 밀무역을 통해서 얻은 은밀한 보화일지도 몰라, 고리짝을 맡긴 인력거꾼이 무허가인 스테키치라고는 부처님도 모를 테니 경우에 따라서는 내가 전부를 꿀꺽해도 들킬 염려는 거의 없을 거야, 어쨌든 오늘 밤 안으로 꼭 가져다주지 않아도 될 테니 우선은 하룻밤 맡아두었다가 천천히 내용물을 보기로 하자. 이렇게 생각하여 시타야 만넨초의 빈민굴에 있는 자신의 집으로 고리짝을 가져갔다.

아무도 아내로 들어오지 않는 홀아비 생활. 이럴 때는 오히려 좋았다. 도중에 술집에서 사온 싸구려 술을 물잔에 따라 벌컥벌컥 마셔 얼큰하게 취한 기분. 충분히 분위기를 잡은 뒤

보화를 구경하겠다는 스테키치의 연출치고는 꽤나 괜찮은 편이었으나, 어기영차 이영차 줄을 풀어 뚜껑을 열어보더니, 스테키치 녀석 엉덩방아를 찧고 넋이 빠져버릴 정도로 놀랐다. 안에서 나타난 것은 보기에도 끔찍한 여자의 타살 시체였다.

　스테키치는 혼비백산, 밤새 한잠도 자지 못하고 시체 옆에서 생각에 생각을 거듭했으나 묘수는 떠오르지 않았다. 날이 밝기 전에 어딘가에 버려야겠다며 인력거에 싣고 거리로 나왔으나, 나쁜 짓에 익숙해져 있다 할지라도 도를 넘어서면 평소와 같은 기지는 발휘하지 못하는 법이다. 어디다 버려야 할지 허둥대는 사이 순사에게 붙들려버리고 말았다.

　관할 경찰서에서는 볼 것도 없이 스테키치의 범행일 것이라 단정하여 살해당한 여자의 신원파악에만 신경을 썼다. 미녀 한 사람밖에 없었기에 폭행을 한 뒤 죽인 것. 무허가 인력거꾼들이 흔히 하는 짓이었다. 살해 뒤 그대로 내버려두지 않고 고리짝에 넣은 것은 자신의 집으로 끌고가 폭행을 했기 때문. 이렇게 간단히 결론 내렸다.

　딱 한 명, 젊은 순사가 의심을 품고 혹시나 싶어서 스테키치가 진술한 나카하시 별장으로 찾아가 별장지기에게 물어보니 뜻밖에도 그의 진술은 사실이었다. 하지만 별장지기의 말도 조금 이상하기는 했다.

"말씀하신 대로 사람을 참으로 우습게 아는 인력거꾼의 행동이었습니다만, 그 녀석이 대체 무슨 짓을 한 겁니까?"

"우습게 알다니, 무슨 일이 있었나요?"

"있었네, 없었네 할 것도 없습니다. 밤이 되자 저희 별장의 현관에 인력거를 대더니 고리짝 하나를 내려놓고는, 본가에 싣고 갈 고리짝인데 나중에 본가로 싣고 갈 사람이 찾으러 올 테니 그 사람에게 고리짝과 삯으로 2엔을 건네주라며 2엔을 놓고 가버렸습니다. 그로부터 3, 40분쯤 뒤에 문을 두드리며 소란을 피우더니 고리짝을 싣고 2엔을 다시 받아서 가버렸습니다. 참으로 얄미운 짓 아니겠습니까?"

"그랬군요. 그렇다면 앞서 고리짝을 놓고 간 것은 누구였습니까?"

"그야 본인이었습니다. 약 1시간쯤 뒤에 다시 나타나서는 그냥 가져간 것뿐입니다."

"두 사람이 동일인물이었습니까?"

"그야 당연히 동일인물 아니겠습니까? 2엔씩이나 되는 일을 다른 사람에게 넘겨줄 인력거꾼이 어디 있겠습니까? 예로부터 행상과 짐꾼은 길가의 진드기라고 부른 것처럼, 오늘날 도쿄의 진드기는 소매치기와 인력거꾼. 그 진드기들이 2엔이나 되는 거액의 일을 다른 사람에게 넘길 리 있겠습니까? 술집에서 한잔하는 동안 저희 현관에 보관을 부탁하기 위해 쓴 교활한 수법입니다."

젊은 형사는 이 사실을 본서에 보고했다. 이미 저물녘이었
다.

이 기묘한 보고만으로는 서의 의견을 움직일 힘은 없었을지
도 모른다. 그런데 그때 마침, 같은 경찰서의 관할 안에서 일어
난 기묘한 일이 보고되어 있었다. 사건의 주인공은 같은 장소
인 만넨초의 연립주택에서 살고 있는 인력거꾼 오토지라는 사
내였다. 하지만 스테키치와는 달리 무허가가 아니라 우에노
역의 인력거꾼 집회소에 소속되어 있는 인력거꾼이었다.

어제 저녁 6시 무렵, 짧은 해가 완전히 저문 뒤의 시각이었는
데 그가 손님을 싣고 갔다가 빈 인력거를 끌고 우에노 공원
아래, 지금은 사이고의 동상이 서 있는 산 밑을 지나고 있자니
스물두어 살 정도라 여겨지는 여자가 불러세워 네즈까지 가달
라고 하기에 그녀를 태우고 연못 끝으로 해서 제국대학 쪽,
당시는 여우와 너구리가 살 것 같은 곳을 지날 때,

"잠깐 속이 안 좋으니 인력거를 세워주세요."
라고 여자가 말했다. 이에 인력거를 세웠다. 그녀는 인력거에
서 내려 걷기를 대여섯 걸음, 잠시 멈춰 서 있다가,

"어머, 손수건을 떨어뜨렸네. 향수 냄새가 나니 금방 찾을
수 있을 거예요. 제 발밑을 찾아보세요."
라고 말하기에 오토지가 등롱을 비춰가며 땅바닥에 웅크려 그
녀의 발아래서 바로 찾아냈다.

"아가씨, 좋은 냄새네요."

"맞아요. 물 건너온 고급 향수니까요. 일본에서는 거의 볼 수 없는 물건이니 마음껏 맡아두세요."

이런 농담을 했기에 오토지도 잠깐 음흉한 기분이 들었다. 장소도 그렇고 여자의 장난스러운 태도도 그렇고, 참으로 마음이 있는 듯한 모습. 복잡한 심정이 불쑥 치밀어올랐다. 이에 우선 손수건의 향기를 한껏 들이켰다 싶은 순간, 그대로 아무것도 알 수 없게 되었다. 얼마쯤 지나서 오토지가 정신을 차려보니, 인력거꾼 옷이 벗겨져 사라지고 말았다. 두어 시간이나 흙 위에 쓰러져 있었던 듯한데 얼어 죽지 않은 것이 그나마 다행이었다. 인력거꾼의 옷 한 벌과 함께 인력거도 모습이 보이지 않았다. 여우와 너구리가 사는 곳이니 정말로 홀린 걸지도 모르겠다며 오토지는 새파랗게 질려서 집으로 돌아왔다.

오토지의 인력거는 이튿날 제국대학의 교내에 버려져 있었다. 인력거 안에 인력거꾼의 옷 한 벌이 던져져 있었다. 이와 같은 기묘한 보고가 들어와 있었다. 스테키치의 말에 의하면 용모 수려한 청년신사였으나, 오토지의 손님은 스물두엇의 여자였다고 한다. 이야기가 맞지 않았다. 그랬기에 오토지를 불러서 물어보았다.

"네. 등롱의 빛으로 얼핏 보았을 뿐입니다만 꽤나 반반한 미인인 듯했습니다. 워낙 추운 날로 어깨걸이를 코 위까지 푹 뒤집어쓰고 있었기에 잘은 모르겠습니다만. 머리는 영국풍으로 만 듯한 하이칼라였습니다."

어깨걸이란 숄이라고도 불렀다. 요즘 사람들은 상상조차 하지 못할 촌스러운 유행으로, 말하자면 담요 1장을 푹 뒤집어쓴 것과 같은 모습. 땅에 질질 끌릴 만큼 기다란 망토 같은 것으로 온몸을 감싸는 것이다. 인력거에 오르면 무릎덮개가 되고, 식물공원에 가면 방석이 되고, 마차에 탈 때는 덮개가 되기도 한다는 등 당시에도 일컬어졌을 정도의 물건. 그러나 1880년대 후반에는 일세를 풍미한 여자들의 유행복장이었다.

그런 물건으로 코에서부터 아래를 푹 덮고 있었다면 인상을 분명히 알 수 있을 리 없었다.

"고리짝 같은 물건을 옮겨달라고 하지는 않았는가?"

"아니요. 고리짝 같은 건 가지고 있지도 않았습니다. 조그만 꾸러미를 가지고 있었는데 부피는 나가는 듯했지만 무거운 짐은 아니었습니다."

일치하는 점이 전혀 없었다.

그러나 경찰서의 노련한 경찰 가운데도 시체를 점검해보고 정말 스테키치의 범행일까 의심을 품은 사람이 있었다. 살해 방법이 너무 잔인했다. 목을 졸라 죽였는데 두 눈에 작은 못을 박아놓았다. 폭행을 한 뒤에 살해했을 뿐인 스테키치가 이처럼 잔혹한 짓을 했을까? 또 오물을 닦아내고 자세히 살펴보니 폭행을 당한 듯한 흔적도 없었다.

하지만 또 다른 노련한 경찰은 이렇게 말했다.

"아니, 작은 못을 박은 것도 2명의 인력거꾼으로 변장한 것도 전부 스테키치가 꾸민 짓이야. 폭행한 흔적이 없는 것은, 자신의 집에서 살살 달래가며 일을 저질렀으니 들판에서 폭행을 한 경우와는 다른 것이 당연하지. 오토지 놈은 여우에게 홀린 것일 뿐, 사건과는 아무런 관계도 없어."

하지만 그렇다 할지라도 이튿날 아침까지 고리짝을 가지고 돌아다녔으나 버릴 곳을 찾지 못했다는 것은 이상한 일이었다.

정말 스테키치의 범행일까 의심하여 나카하시 별장으로 찾아가 그의 진술이 사실임을 확인한 젊은 순사는 나카타라는 이름으로 면밀한 사고력을 가진 우수한 경찰이었다. 그는 이번 사건은 스테키치의 진술이 전면적으로 옳으며, 반드시 나카하시 집안과 깊은 관계가 있을 것이라고 생각했다.

이에 이튿날 발이 닳도록 나카하시 집안 주위를 캐고 다닌 끝에 나카하시에게는 히사라는 첩이 있는데 무코지마에 살림을 차렸다는 사실을 알고 그곳으로 찾아가서 히사가 11월 말일 이후 행방불명이라는 사실을 밝혀냈다. 첩살림을 하는 집에서 히사의 어머니와 하녀를 서로 연행하여 시체를 살펴보게 했더니 틀림없이 히사라는 사실이 밝혀졌다.

이렇게 해서 스테키치는 무죄임이 밝혀졌으며 무허가 인력거꾼의 단순한 살인사건이 아니라 나카하시 집안을 둘러싼 깊은 사정이 내재되어 있는 계획적 대범죄임을 짐작하게 되었다. 사건은 경시청에 보고되었으며, 유키 신주로가 등장을 요청받아 악마적인 범인과 실력을 겨루게 되었는데, 범인이 더없이 총명한 교활함으로 겹겹이 기괴한 조작을 해놓았기에 실로 메이지 최대의 지능적 살인사건은 천하의 천재 신주로조차도 그 수수께끼를 푸는 데 피땀을 흘렸을 정도로 어려운 것이었다. 그는 사람들에게 말하기를, 그처럼 완벽한 구성을 가진 범죄는 외국에서도 예를 찾아보기 어려울 정도여서 마치 예술적 성격을 띤 천재적인 작품 같다고 칭찬했을 정도였다.

신주로를 비롯하여 경시청에서 찾아온 쟁쟁한 형사들이 각 방면으로 사람을 보내 히사 주변을 살펴보게 했더니 수상한 인물이 여럿 나타났다.

히사의 본가는 기쿠자카의 막과자점, 아버지는 없고 어머니 홀로 손수 키웠는데 성장할수록 히사의 미모가 더욱 빛을 발해서, 기쿠자카도 좁다, 혼고도 좁다, 아니 도쿄도 좁다는 말을 들을 정도의 아가씨가 되었다. 어머니도 사람들의 눈길을 끌 정도의 미모를 가진 후처 출신이었기에 재혼을 권하는 사람도 많았지만, 기쿠자카에서도 손에 꼽힐 정도로 가난한 살림을 필사적으로 끝까지 지켜냈을 만큼 야무진 사람, 히사가 빛이 날 정도로 아름다워지고 있었기에 속으로 미소 지으며, 이것으로 고생한 보람도 있는 거야, 훌륭한 영감을 얻게 해서 노후를 안락하게 보내야지, 라며 딸에게 탈이 생기지 않도록 방심하지 않고 있는 힘껏 주의를 기울였다. 그러나 부모가 걱정할수록 탈이 나는 것은 세상의 법칙.

의학부에 다니는 서생으로 아라마키 사토시라는 미남자가 있었다. 훌륭한 관원의 아들로 아카사카에 저택이 있어서 혼고로 통학하고 있었는데 어느 틈엔가 히사와 언약을 주고받은 사이가 되었다.

히사의 어머니는 천하의 학사라 할지라도 성공이 아직 먼 장래에 있는 젊은이와 결혼시킬 생각은 없었다. 돈이 아주 많은 영감을 얻게 해서 얼른 편하게 살아야겠다고 굳게 다짐하고 있었으나 눈치를 챘을 때 두 사람은 이미 떼려야 뗄 수 없는 사이가 되어 있었다. 사토시의 집안은 유복한 관원이기는 했으나 당사자는 아직 학사도 따지 못한 의사 지망생, 졸업해서 개업을 한다는 것은 먼 훗날의 얘기였다. 더구나 그에 대해서 알아보니 아라마키 사토시는 대학에서 버금가는 자가 없을 정도의 타락서생으로 기생을 샀으며 여자 소리꾼, 여자 예인과도 정을 통한 사이였다. 특히 여자 검극을 공연하는 우메자와 우메코 극단의 여주인공 우메자와 유메노스케라는 미모의 여자 예인과는 깊은 사이였다. 사토시가 졸업하면 예인을 그만두고 결혼을 할 것이라는 즐거운 꿈을 꾸며 유메노스케는 남자에게 돈을 대주고 있다는 소문이었다.

그때 마침 19살로 간호부인 쓰네미 기미에라는 아가씨가 사토시의 애정이 다른 곳으로 옮아간 것을 분하게 여겨 독을 삼켰는데 자살미수에 그치기는 했으나, 알아보니 간호부 중에도 그와 정을 통한 사람이 몇 명 있는 것 같다는 얘기였다. 사위로 맞아들이기에는 당치도 않은 방탕아였다.

그러던 차에 사건이 일어났다. 혼고에 있는 약방의 아들로 가와타케 신시치의 제자를 자칭하는 희극작가 수습생이자 문학청년인 오야마다 신사쿠라는 자가 히사를 보고 첫눈에 반해서 따라다니다가 결국은 단검을 들이밀고 자기 집의 창고로 끌고가서 폭행을 저지르고 말았다. 광기어린 사내로 폭행을 저지른 뒤 알몸으로 기둥에 묶어놓고 뜸질을 하기도 하고 여러 가지로 괴롭혔기에 길을 지나던 순사가 비명을 듣고 창고로 뛰어들어 히사를 구해냈다. 합의가 이루어져 신사쿠는 벌을 면했으며 일이 이렇게 되었으니 차라리 아내로 삼겠다고 정식으로 청혼했다. 흠집이 생겼으니 어쩔 수 없는 일이라며 어머니도 포기하고 신사쿠에게 시집보내려 했으나 히사가 싫다고 했다. 그때 히사의 뒤를 봐주겠다며 나타난 것이 마사고초에 별장을 가지고 있는 나카하시 에이타로였다. 이야기가 순조롭게 진행되어 히사와 어머니는 무코지마의 훌륭한 첩살림 집에서 살게 되었다. 이것이 지난 5월, 겨우 반년 전의 일이었다.

그러나 히사와 사토시의 관계는 지금까지도 계속되고 있었다. 사토시는 아주 유명한 타락서생이었으나 히사에 대한 애착심만은 한결같아서 히사가 나카하시의 첩이 되었다는 사실을 한때는 크게 원망했으나 생각해보니 자신은 부모님의 돈으로 살아가고 있는 서생의 신분이니 어쩔 수가 없었다. 졸업해서 독립하게 되면 반드시 아내로 맞아들이겠다며 두 사람은 밀회를 즐기고 있었다.

그런데 참으로 얄궂은 악연이라고 해야 할 것은, 여자 검극사인 우메자와 유메노스케와의 관계였다. 그녀는 타락서생인 사토시와 굳게 언약을 한 사이였으며, 또 그녀에게는 몇 년 전부터 뒤를 봐주는 사람이 있었는데 그가 바로 나카하시 에이타로였다. 나카하시에게 히사가 생긴 뒤부터는 총애도 예전 같지 않아서 그저 돈만 보내줄 뿐 거의 찾아오지 않게 되었으나 사토시와 굳게 언약한 유메노스케에게 그것은 고통스럽지 않았을지 모르겠지만, 연인과 나리 둘 모두를 히사에게 빼앗긴 분노와 원한만은 아마도 이만저만한 것이 아니었으리라.

히사가 첩살림을 하는 집에서 나선 것은 11월 30일 오전 10시 반쯤. 미스지초에 있는 춤의 스승에게 가서 연습을 하고 월사금을 건네준 뒤, 잠깐 장을 보고 오겠다는 말과 함께 하녀를 데리고 집을 나섰다.

히사는 나카하시의 첩으로 들어간 뒤에도 사토시와의 밀회를 즐겼는데 그것을 나카하시에게 들켜 여러 가지 어수선한 일들을 겪은 끝에 나카하시가 사토시를 불러 히사와 그 어머니도 함께한 자리에서, 앞으로는 히사를 절대로 만나지 않겠다는 증서 한 통을 쓰게 했다. 그것이 11월 5일의 일이었다. 거기에 그치지 않고 나카하시는 사람을 사이에 두고 사토시의 아버지와 이야기하여 아들에 대한 감독 소홀이라고 엄중히 담판을 짓기에 이르렀다. 그리고 히사의 어머니에게도 엄중히 경고하여 앞으로 히사를 결코 혼자 외출시켜서는 안 된다고 명령했기에 11월 5일 이후부터는 어디를 가든 어머니나 하녀가 따라다녔고 히사는 행동의 자유를 잃게 되었다.

나카하시는 매달 말일이면 한 달의 일을 정리하기 위해 바쁜 하루를 보낸 뒤, 늦은 시간에 첩의 집을 찾아서 하루나 이틀 푹 쉬다 가는 것이 일상이었기에 히사의 어머니가 걱정이 되어,

"오늘은 월말이니 나리께서 오실 거야. 2시나 3시쯤에는 틀림없이 돌아와야 한다."

라고 집을 나서기 전에 다짐을 두었더니,

"알고 있어."

라고 웃으며 히사는 집을 나섰다.

그런데 오후 4시쯤이 되어 하녀 혼자서 멍하니 돌아왔기에,

"어머, 너 혼자? 히사는 어떻게 된 거지?"

"네? 아직 안 돌아오셨어요?"

하녀는 당황했으나,

"그래, 맞아. 그럼 노래 선생님 댁에 들르신 거예요. 그렇게 말씀하셨으니. 잠깐 가보고 올게요."

이렇게 말하고 바로 달려나갔다. 그대로 두 사람은 밤이 깊도록 돌아오지 않았다.

밤도 깊어 10시 무렵, 나카하시가 자가용 마차를 타고 왔는데 히사가 보이지 않았기에 불 같이 화를 냈다. 이렇게 될 것이라 두려워하며 염려하고 있던 어머니는 2, 30분 동안 한나절 내내 준비해둔 말로 달래기도 하고 어르기도 하고 납작 엎드려 빌기도 하고 두 손을 모아 애원하듯 했으나 나카하시는 참지 못하고,

"에잇, 시끄러워. 그렇게 단단히 주의를 주었는데 서방을 서방으로도 알지 않는 녀석. 내 오늘은 유메노스케의 집에서 묵을 테니 당장 인력거를 불러와."

마차는 돌려보냈기에 따로 인력거를 불러와야만 했다.

"벌써 밤도 깊었습니다. 다른 인력거로는 위험하니."

라며 히사의 어머니가 필사적으로 말려보았으나,

"닥쳐. 이런 부정한 집에는 머물 수 없어."

라며 갑자기 발길질을 했다. 당장 인력거를 불러오라며 멱살을 붙들려 문 밖으로 떠밀려나온 히사의 어머니는 어쩔 수 없이 아즈마바시 부근까지 걸어가서 인력거 한 대를 불러왔다. 그런데 돌아와보니 나카하시는 벌써 떠나버린 것인지 모습이 보이지 않았다.

"어머, 어떻게 된 거지? 조금만 더 기다려봐요."

라고 인력거를 1시간 가까이 기다리게 했으나 12시 넘어서도 나카하시는 돌아오지 않았다. 그때 녹초가 되어 핼쑥해진 하녀가 풀이 죽어 돌아와서는 와락 울음을 터뜨렸다. 그녀는 짚이는 곳을 돌아다녔으나 히사를 찾지 못했기에 어리둥절하기도 하고 난감하기도 하여 헛되이 돌아온 것이었다.

신주로는 히사의 어머니에게서 이와 같은 일들을 확인한 뒤,

"그런데 나카하시 씨는 그 후로도 오시지 않았나요?"

"네. 그 후로는 오시지 않았어요."

신주로는 히사의 어머니를 돌려보낸 뒤 하녀를 불렀다.

이 하녀는 나가타 야스라고 하는데 21세. 하녀치고는 아름다운 얼굴이었다. 나카하시의 먼 친척이라고. 두 눈을 실명한 어머니와 둘이서 나카하시가 보내주는 얼마 안 되는 돈으로 조그만 집에서 근근이 살아왔으나 작년에 어머니가 돌아가신 뒤부터는 나카하시 집의 하녀가 되었으며, 히사가 첩살림을 차리자 그 집의 하녀로 일하게 되었다. 말하자면 어렸을 때부터 나카하시의 집에 신세를 진 하녀였다.

"어쩌다 히사를 놓치게 된 건지 얘기를 해줘."

"네, 미스지초의 스승님 댁에 도착해서 연습이 시작되었기에 전 산책을 나갔어요. 시간을 가늠해서 돌아갔는데 마님은 벌써 돌아가셨다고 했어요. 장을 보러 가신다고 했으니 곧 돌아오실 것이라 생각해서 스승님 댁에서 3시 넘어까지 기다렸

지만 돌아오지 않으셨기에 일단 집으로 왔어요."

신주로가 다정하게 웃으며,

"아니, 그건 아니겠지. 사실을 숨김없이 말하지 않으면 안돼. 요즘 히사가 스승님 댁에서 연습한 적은 없었잖아. 너를 거기에 남겨두고 아라마키와 밀회를 즐기러 어딘가로 갔겠지. 너는 아마도 그런 그녀가 돌아오기를 기다리는 것이 일상이었을 거야."

야스는 눈물을 흘리며 머리를 숙였다.

"다시 한 번 어제 있었던 일들을 얘기해봐."

"말씀하신 대로예요. 기다리고 있었지만 약속한 시간이 훌쩍 지났는데도 오시지 않으셨어요. 그래서는 안 된다는 사실은 알고 있었지만, 언제나 용돈을 듬뿍 주셨기에 마님의 말씀을 거역할 수 없었어요."

"두 사람은 어디서 밀회를 즐겼지?"

"저를 스승님 댁에 놓고 가시기에 어디로 가시는지는 몰라요."

이것으로 히사와 사토시가 여전히 밀회를 즐겼다는 사실을 분명히 알 수 있었다.

이에 여러 형사들을 보내 아라마키 사토시, 나카하시 에이타로, 오야마다 신사쿠, 우메자와 유메노스케 등의 지난 며칠 동안의 동정을 살펴보게 했더니 판명된 사실은 참으로 의외, 그리고 의외의 연속이었다.

그 가운데 하나. 나카하시 에이타로는 11월 말일 이후부터 행방불명. 유메노스케와 첩살림을 차린 집에도 모습을 드러내지 않았을 뿐만 아니라 본가에도 연락은 없었다. 본가에서는 히사가 첩살이를 하는 집에 있을 것이라 생각하여 신경을 쓰지 않았었다.

둘째. 아라마키 사토시는 11월 29일 오후 4시 45분발 고베행 직통을 타고 고향인 시코쿠로 향할 예정이었으나 그 다음날에도, 다음다음날에도 도쿄에 있었다. 그가 도쿄를 떠나게 된 이유는 부모님이 그의 앞날을 포기했기에 자퇴시키고 고향에서 실무를 배우게 하기 위해서였다. 그는 여장을 꾸려 집에서 나왔다. 집안에서는 그가 도쿄를 떠난 것이라 믿고 있었다.

셋째. 오야마다 신사쿠는 뜻밖에도 3개월 전부터 우메자와 여검극단의 전속작가가 되어 있었다.

그리고 그 뒤를 이어 올라온 보고가 참으로 기괴하기 짝이 없는 것이었다. 그것은 우메자와 여검극단의 공연장을 찾아갔던 반에서 올라온 보고였다.

여검극단이 공연을 하던 곳은 아사쿠사 롯쿠의 히류자라는 판자로 지어진 극장이었는데, 극장의 순위에도 들지 못할 만큼 초라한 곳이었다. 아사쿠사 오쿠야마에 있던 극장이 나라의 명령에 따라서 헐리게 된 것은 1884년, 그것을 대체할 땅으로 당시 논이었던 롯쿠가 주어졌는데 구획을 정리하고 종횡으로 길을 닦은 뒤 간신히 대여섯 채의 이름도 없는 작은 극장과

10채 정도의 음식점 등이 생겨났을 뿐, 당시는 개간지라 불렸으나 지금의 롯쿠와는 비교도 할 수 없을 정도여서 논 가운데의 조그만 유원지에 지나지 않았다. 1, 2년쯤 뒤에 도키와자가 생겨 얼마간은 극장다운 극장이 존재하게 되었는데 그렇게 되자 그때까지 판자건물이었던 것들은 해마다 헐리고 새로 단장을 한 건물이 들어서 처음 생겼을 당시의 판자건물은 이름조차 잊힌 것이 많았다. 히류자는 처음 생긴 극장들 가운데서는 그나마 조금 나은 판자건물 중 하나였다.

거기서 5개월 동안 공연을 한 여검극단은 11월 29일에 공연을 마치고 30일에 짐을 싸서 12월 2일부터 요코하마에서 공연을 하기로 되어 있었다. 나카하시가 보내주는 돈 덕분에 생활에 어려움이 없는 유메노스케는 이런 가난한 극단의 초라한 무대에 설 필요는 없었으나, 단장인 우메코가 유메노스케의 양어머니, 길러준 은혜가 있었기에 극단에서 나올 수도 없었다. 유메노스케의 미모와 재주가 단장 이상으로 극단의 평판을 지탱하고 있었기에 자신만 놀고먹을 수도 없는 일이었다. 게다가 뒤를 봐주는 영감 몰래 샛서방과 만나기에는 극단에 있는 편이 훨씬 더 편리하기도 했다.

한편 11월 말일에는 그 극장에서 2개의 기묘한 사건이 일어났다. 12월 2일부터 요코하마에서의 공연이 예정되어 있었기에 그날은 모두가 짐을 꾸리기에 분주했으며 이튿날인 1일에 수레로 옮기게 되어 있었다.

그때 모습을 드러낸 것이 그 부근에서는 본 적이 없는, 눈이 번쩍 뜨일 만큼 젊고 아름다운 마나님풍의 여자였다. 하지만 그녀가 데려온 하녀인 듯한 스물 남짓의 여자는 그 부근에서 자주 보던 얼굴이었다. 낮이면 거의 매일처럼 개간지를 돌아다녀 극장 사람들 중에도 친하게 지내는 사람이 있었지만 어디의 누구인지는 알지 못했다. 이 2사람이 극장 안으로 들어오자 희극작가인 오야마다 신사쿠가, 어떤 이유에서인지는 모르겠으나 아름다운 쪽의 여자에게 난폭한 행동을 했다. 사람들이 그를 떼어놓았고 하녀인 듯한 여자가 그녀를 끌어안듯이 보호해서 유메노스케의 대기실로 데리고 들어갔다. 이 극단에서 자신의 방을 가지고 있는 것은 단장과 유메노스케뿐이었다. 그 이후 어떻게 하고 있는지 모두 눈코 뜰 새 없이 바빴기에 주의를 기울이는 사람도 없었는데, 두어 시간쯤 뒤에 하녀인 듯한 여자가 마님은 어디 갔냐고 여기저기 허둥지둥 물으며 돌아다녔으나 그녀의 행방을 아는 사람은 아무도 없었던 듯했다. 하녀인 듯한 여자는 포기하고 돌아간 듯했다.

오후가 되자 언제부턴가 젊은 여자 한 명이 얼쩡거리고 있었다. 이 여자는 조금 전의 두 여자와는 관계가 없는 듯했는데 야무진 얼굴의 아름다운 여자로 나이는 스물 전후였다. 오후 2시 무렵, 아라마키 사토시가 나타나 유메노스케의 방으로 갔다. 잠시 후 비명이 들렸으나 사람들이 달려가보니 여자의 모습은 이미 사라지고 없었으며 아라마키가 당황해서 외투를 벗기도 하고 양복을 닦기도 하고 있었다. 여자가 아라마키에게 황산을 뿌리고 달아난 것이었는데 아라마키는 외투만 너덜너덜해졌을 뿐, 부상을 당하지는 않았다. 유메노스케는 그때 극장에서 모습이 보이지 않았기에 그녀에게도 특별한 일은 없었다.

이상과 같은 2개의 괴사건이 히류자의 관리인에 의해서 알려졌다. 우메자와 여검극단은 지난 2일부터 요코하마에서 공연 중이며, 그 극장은 당분간 휴업에 들어갔다.

이 보고를 한 형사가 덧붙여 말하기를,

"하녀와 함께 왔다가 히류자에서 행방불명된 아름다운 여자가 복장도 그렇고 인상도 그렇고 히사와 아주 닮은 듯합니다. 극장의 관리인을 데려왔습니다만."

관리인에게 시체를 보여주고 야스를 보여주어, 틀림없이 그때 왔던 2사람이라는 사실을 확인했다. 야스가 지금까지 한 말은 전부 새빨간 거짓말이었던 것이다. 신주로를 비롯한 형사 모두 아연실색했다. 야스를 불러 캐묻자 야스는 한 바가지 반이나 눈물을 흘린 끝에 세 됫박이나 흘린 콧물을 닦고,

"제발 용서해주세요. 마님에게서 언제나 용돈을 받았고 이런 일이 일어났기에 무서워서 솔직히 말씀드리지 못했어요. 미스지초의 스승님 댁에 갔다는 건 새빨간 거짓말이고 언제나 곧장 아사쿠사로 갔었어요."

"언제나 둘이서 개간지로 갔었나?"

"아니요. 아즈마바시 다리를 건너 상점가 중간쯤에서 메도 쪽으로 꺾어져 골목길로 조금 들어가면 구석진 곳에 로게쓰라는 다실풍의 여관이 있어요. 마님은 곧장 그곳으로 들어가셨어요. 저는 개간지로 가서 언제나 여기저기 돌아다녔어요. 아라마키 씨는 늘 히류자에 있었기에 마님과 약속을 하지 않은 날에는 제가 가서 알려줬고, 만남이 끝나서 마님이 돌아가실 때가 되면 아라마키 씨가 돌아와서 알려줬어요."

"11월 30일에 있었던 일을 가능한 한 정확히 얘기해봐."

"그날만은 지금까지와는 달랐어요. 평소 같았으면 아즈마바시에서 상점가로 들어가 그 중간쯤에서 다시 꺾어져 곧장 로게쓰로 들어갔을 마님이 그날만은 개간지로 가겠다고 말씀하셨어요. 마님 말에 의하면 유메노스케 씨하고 담판 지을 일이 있다고 했는데, 아라마키 씨와의 밀회를 나리께 들킨 건 유메노스케 씨 때문이라는 식으로 말씀하셨어요. 그래서 히류자로 모시고 갔는데 모두 짐을 싸느라 바쁜 가운데 오야마다 씨가 불쑥 나타나서 갑자기 마님을 끌어안고 난폭한 짓을 하려 했어요. 마님이 비명을 질러 한바탕 소동이 벌어졌고 저는 마님을 보호해서 유메노스케 씨의 방으로 모시고 갔어요. 마님은 놀라 몸이 안 좋아지신 듯 얼굴이 창백하고 괴로운 모양이었는데 유메노스케 씨가 친절하게도 물을 마시게 해주고 이리저리 보살펴주신 뒤 잠시 가만히 내버려두는 게 좋을 듯하다고 했기에 저는 밖으로 나가서 극장 곳곳을 들여다보며 놀았어요. 1시간

반쯤 지나서 돌아갔더니 마님의 모습이 어디에서도 보이지 않았어요. 여기저기 돌아다니며 3시 반쯤까지 찾아보다가 먼저 돌아가신 걸지도 모르겠다는 생각이 들어 일단 집으로 돌아갔어요."

"마님의 모습이 보이지 않는다는 사실을 안 게 몇 시쯤이었지?"

"몇 시쯤이었는지 정확히는 모르겠지만, 1시쯤이었을지도 모르겠어요."

아무래도 살인 현장이 밝혀진 듯했다. 고리짝에 넣은 것도 납득이 가는 일, 여겸극단이 짐을 싸고 있었으니 짐 가운데 하나로 보이도록 하기 위해서였던 것이리라.

이에 요코하마에서 유메노스케를 비롯하여 오야마다 신사쿠, 아라마키 사토시 등이 연행되어 왔다. 조사가 여기까지 왔으니 사건은 곧 해결될 것이라, 신주로를 비롯하여 매우 간단히 생각하고 있었으나 어찌 알았겠는가, 이때부터 더욱 미궁에 빠져버리고 말았다.

무엇보다 뜻밖인 것은 아라마키의 증언이었다. 그는 그날 11시 무렵에 언제나처럼 로게쓰에서 히사와 만나기로 약속했었기에 11시 전부터 로게쓰에서 기다리고 있었다. 12시, 1시가 지나서도 히사는 나타나지 않았다. 2시 가까이까지 기다려도 오지 않았기에 포기하고 히류자로 돌아가보니 거기서 그를 기다리고 있던 것은 히사가 아니라 간호부인 쓰네미 기미에였다.

기미에는 아라마키가 학교를 그만두고 고향으로 돌아갈 것이라는 소식을 듣고 학교를 졸업하면 결혼하겠다는 언약의 실행을 강요하기 위해 그를 찾고 있었던 것인데, 남자에게 배신당했다는 사실은 이미 명백한 것이었기에 얼굴에 황산을 뿌려 원한을 푸는 것이 목적이었다. 그런 줄도 모르고 아라마키는 유메노스케의 방으로 몸을 피했는데 거기에 유메노스케가 있었다면 더욱 커다란 비극이 벌어졌을지도 모를 일이었다. 다행히도 기미에의 겨냥이 빗나가서 아라마키의 외투가 너덜너덜해졌을 뿐 다른 일은 벌어지지 않았다.

귀향했어야 할 아라마키가 아직 도쿄에 머물러 있었던 것은 히사를 고향으로 데려가기 위해서였다. 학업을 중단하기는 했지만 고향으로 돌아가면 취직을 해서 독립하게 될 테고 아내도 곧 맞아들여야 할 테니, 그는 히사에게 함께 도망가자고 말했다. 당분간 사치스러운 생활은 할 수 없을지 모르겠지만, 히사도 아라마키와의 결혼을 간절히 바라고 있었다. 하지만 히사에게는 어머니가 있었기에 간단히 둘이서 손에 손을 잡고 갈 수도 없는 일이었다. 집을 정리하고 뒤를 따라가려면 준비가 필요했다. 그에 대한 이야기를 충분히 나누기 위해 도쿄에 남아 은밀한 만남을 계속한 것이었다.

그는 기차를 타기로 한 11월 29일 이후부터 유메노스케의 집에서 묵었다. 유메노스케는 아라마키가 히사를 아내로 삼는 것에 동의했으며, 흔쾌히 물러날 만큼의 따뜻한 마음도 가지고 있었다. 11월 30일에 아라마키는 외투가 너덜너덜하게 탄 이후 3시 무렵에 유메노스케를 만났다. 두 사람은 곧 네기시에 있는 유메노스케의 집으로 가서 술을 마시고 5시쯤부터는 벌써 베개를 나란히 하고 잠자리에 들었다. 이상이 아라마키의 진술이었다.

그가 11시부터 2시 가까이까지 로게쓰에 있었다는 사실은 그곳 사람들에 의해서 증명되었다. 틀림없이 아라마키는 혼자 있었다. 그날 히사가 로게쓰에 모습을 드러내지 않았던 것도 사실이었다.

유메노스케의 진술은 다음과 같았다.

그녀가 대기실에서 짐을 싸고 있는데 방 밖에서 소란스러운 소리가 들려오더니 두 여자가 들어왔다. 한 사람은 자주 보던 얼굴이었으나 한 사람은 처음 보는 얼굴로 히사인 줄은 몰랐다. 야스가 잠깐 숨겨달라고 해서 안으로 들어오라고 했는데, 히사는 몸이 좋지 않은지 얼굴이 창백하고 괴로워하는 듯했기에 물을 마시게 한 뒤 자리에 눕히고 옆에 있던 것을 덮어주었다.

그 후 유메노스케는 양어머니가 짐 싸는 것을 돕기도 하고 다른 사람들을 거들기도 하고, 방에 환자를 놓아둔 채 여기저기 돌아다녔다. 환자가 언제 모습을 감췄는지는 깨닫지 못했으며 신경도 쓰지 않았다. 까맣게 잊고 있었던 것이다. 1시쯤 같이 왔던 여자가 물어보러 왔지만 그녀는 모르겠다고 대답했다.

잠시 후 요코하마의 흥행주가 사전 협의를 위해서 왔기에 그녀와 양어머니와 오야마다 셋은 흥행주를 요리점으로 데려가 이야기를 마친 뒤 3시쯤 극장으로 돌아왔다. 자리를 비운 사이에 아라마키가 황산을 맞을 뻔한 사건이 일어났다는 말을 들었지만 그때 그녀는 그 자리에 없었다.

아라마키와 그녀는 곧 네기시에 있는 집으로 돌아갔고 일단은 용무가 일단락 지어졌기에 술을 마신 뒤 5시쯤부터 잠을 잤다. 그녀는 곧 아라마키와 결혼할 예정이었다. 아라마키가 히사라는 여자와 관계를 맺고 있다는 사실은 알고 있었으나, 히사는 그에 대한 사랑이 식었으며 그 때문에 그는 한때 마음이 거칠어져 있었다. 특히 나카하시가 서약서를 쓰게 한 이후부터 히사의 태도는 점차 냉담해졌으며, 그 때문에 그의 사랑은 유메노스케에게로 기울었고 그가 귀향을 하게 됨에 따라서 정식으로 결혼하자는 말을 꺼낸 상태였다. 양어머니에 대한 의리가 있었기에 바로 결혼을 할 수는 없었지만 가능한 한 빨리 결혼을 하기 위해 두 사람은 그 방법을 논의하고 있었다. 이상이 유메노스케의 진술이었다.

이에 의하면 두 사람의 고백은 남녀 간의 애정문제에 있어서 진술이 매우 엇갈렸다. 다른 점에 있어서는 엇갈림이 없었다. 수사하는 입장에서는 그 엇갈림이 소중한 보물상자. 잠시 그대로 두어 열기 전까지의 즐거움을 맛보기로 하고 수사를 앞으로 진전시켜 나갔다.

오야마다 신사쿠의 진술은 다음과 같았다.

그는 우연히 롯쿠로 놀러 갔다가 유메노스케의 아름다움에 반해 스스로 자원해서 여검극단의 작가가 된 것이었다. 그러나 유메노스케가 나카하시의 첩이라는 사실을 알고는 짝사랑을 그만두기로 했다. 왜냐하면 그는 나카하시를 존경하고 있기 때문이었다. 나카하시는 상품의 무역상이자 동시에 흥행물의 무역상이기도 해서, 외국의 흥행물을 일본에, 일본의 흥행물을 외국에 소개하고 있었다. 그도 그럴 것이 그는 원래 예인으로 1870년 전후에 미국으로 건너갔다가 거기서 상인으로 직업을 바꾸어 온갖 고생 끝에 성공을 거둔 쾌남아였기 때문이다. 유메노스케는 함께 미국으로 건너갔던 예인의 딸이었다.

11월 30일, 오야마다는 모두를 지휘하여 짐을 싸기에 정신 없이 바빴다. 그러다 문득 얼굴을 들어보니 마치 환각이라도 보고 있는 듯한 아름다운 일이 일어났다. 잊을 수 없는 여인, 히사가 거기에 서 있었다. 그는 꿈속에 있는 듯한 기분으로 자연스럽게 히사를 안고 뜨겁게 뺨을 비볐다. 꿈은 깨졌다. 히사가 비명을 질렀으며 그는 사람들에게 제지당했다. 그 다음부터는 마음을 다잡고 생각이 날 때마다 환상을 내쫓으며 오로지 짐 꾸리기에만 열중했는데, 그때까지는 지시를 내리기만 할 뿐 자신은 거의 손도 대지 않았으나 이후부터는 스스로 앞장서서 짐을 꾸리기도 하고 남들 몫까지 땀을 흘려가며 열심히 일했다. 극장 안을 동분서주, 거친 숨을 쉬어가며 최선을 다해 몸 쓰는 일에 모든 정신을 쏟아부었을 정도였다.

1시 무렵, 요코하마의 흥행주가 왔기에 단장과 유메노스케와 그, 세 사람이서 요리점으로 데려가 공연에 관한 이야기를 나누고 3시쯤 극장으로 돌아와 짐 꾸리기를 전부 마쳤다. 그는 히사를 끌어안았을 때 1번 보았을 뿐, 그 이후로는 전혀 보지 못했다.

그는 짐 꾸리기를 마친 단원들을 위로하기 위해 술을 사오게 해 대기실에서 술자리를 벌였고 아직 밝을 때 한껏 취해 모두와 함께 잠들어버리고 말았다. 눈을 떴을 때는 밤 10시 무렵으로 혼자 가만히 빠져나와 자신의 집으로 돌아갔다. 한편 그는 극단으로부터는 한 푼도 받고 있지 않으며 오히려 자신의 돈을 가져다 쓸 정도로 극단에 적극적이었다. 이상이 오야마다의 진술이었다.

그의 진술은 단원들에 의해서 증명되었다. 그는 틀림없이 모두와 술판을 벌였고 취한 채 대기실에 쓰러져 잠들어버리고 말았다. 하지만 술판을 벌인 사람들 모두 하나둘 차례로 취해서 쓰러졌기에 그 뒤의 일은 알지 못했다. 한편 하급 배우들은 대기실에서 묵고 있었다. 그들에게는 일정한 집이 없었기 때문이었다.

시체가 들어 있던 고리짝을 가리키며 신주로가,

"이건 당신들 극단의 물건인가요?"

"이건 낡은 고리짝이네요. 저희 극단은 처음 지방으로 공연을 가는 터라 대부분은 새 물건입니다. 이런 것은 없었을 겁니다. 하지만 이런 모양의 고리짝은 극장에서 흔히 쓰는 물건이니 근처 극장의 물건일지도 모르겠습니다."

"나카하시가 예인 출신이라는 것과 유메노스케가 함께 미국으로 건너갔던 예인의 딸이라는 것이 사실입니까?"

"유키 신주로씩이나 되는 식자가 그 사실을 모르다니 정말 놀라울 뿐입니다. 『예인 잡기』라는 책의 「가와토미 미요키치」 항목을 읽어보십시오. 이 경찰서 앞의 책 대여점에도 있을 겁니다."

이에 신주로는 책 대여점에서 그 책을 빌려왔다. 행방불명된 나카하시 에이타로에 대해서 알아둘 필요가 있었기 때문이었다. 거기에 실린 기사 또한 참으로 뜻밖의 것이었다. 그 내용은 다음과 같았다.

〈가와토미 미요키치. 곡예사. 1871년에 미국인 해리먼의 초청을 받아 미국으로 건너갔다. 일행은 다음과 같다.

곡예사 미요키치. 아내 하나.

팽이돌리기 마쓰이 긴지. 아내 오만. 딸 후쿠 8세(팽이 안에 들어간다). 쓰네 5세. 아들 료이치 그해에 태어남.

곡예사 우메노스케. 아내 마술사인 야나가와 고초. 의붓딸 야스 5세.

줄타기 하마사쿠. 여동생 샤미센 연주 가쓰. 가쓰의 딸 스미 4세.

누워서 통돌리기 게이키치. 통에 오르는 미요시. 후견인 산타로. 아내 미쓰. 아들 산지 3세. 통에 오르는 마타키치. 피리연주 도마쓰. 딸 아키 6세. 아들 구니타로 2세. 큰북연주 쇼이치. 아내 본. 아들 우마키치 그해에 태어남.

마술사 야나가와 조하치. 아내 마술사 긴초. 딸 라쿠 3세.

4월 11일에 요코하마를 출항. 이후 각지를 돌았으며 그해 연말에 샌프란시스코 공연 중, 미요키치의 식구가 많은 것을 흔쾌히 여기지 않던 전주가 공연에 필요한 사람만 남기고 나머지는 배에 태워 돌려보내려 했다. 미요키치가 화를 내며 전주를 살해하려다 커다란 부상을 입혔는데 그 지역 경관에게 잡히자 자살로 생을 마감했다. 모두 어찌해야 좋을지 몰랐는데 곡예사인 우메노스케는 기지가 있는 자였기에 조하치를 단장으로 삼아 새로이 공연단을 꾸리고 자신은 그 지역의 상사에 들어가 실업을 배우기로 했다. 그때 아내인 야나가와 고초와 이혼하고 예전부터 마음에 두고 있던 미요키치의 아내를 자신의 아내로 맞아들인 뒤, 단원들과 헤어졌다. 하마사쿠의 여동생인 가쓰도 그와 정을 통한 사이였기에 우메노스케를 원망하여 자살을 시도했으나 뜻을 이루지 못했다고 한다. 우메노스케의 본명은 에이타로, 현재 나카하시 상사의 사장으로 무역계의 거목이 되었다. 조하치는 공연단을 이끌고 남미로 북미로 돌아다녔으나 수많은 고난을 겪다가 브라질에서 객사하고 말았다. 때는 1874년이었다. 남은 자들은 공연단을 해산하고 긴지와 게이키치는 일본으로 돌아왔으나 그곳에서 고생 끝에 죽은 자, 행방을 알 수 없게 된 자들이 많았다. 고초는 흑인과 결혼했으며 곡마단에 들어가 칠팔 년 정도 구미를 돌아다녔는데 이후 실명하여 흑인에게도 버림을 받았기에 딸 야스의 보살핌을 받으며 쓸쓸히 귀국했다고 한다. 가쓰는 우메노스케가 힘을 써서 딸 스미와 함께 누구보다 먼저 귀국했는데 이는 우메노스케가 속죄를 하기 위해서였으리라. 그러나 험난한 길의 피로가 쌓인 탓인지 귀국한 지 얼마 지나지 않아 병으로 세상을 떠났다. 스미는 숙모인 우메자와 우메코의 손에 자랐는데 지금은 우메자와 유메노스케라는 이름을 쓰며 여검극사로 명배우가 되었다.〉

참으로 이상한 기록이었다. 유메노스케의 어머니인 가쓰는 나카하시가 예인이었던 시절의 정부 가운데 한 명으로 그의 매정함을 원망하여 자살을 시도했다가 미수에 그친 경력이 있다는 것이었다. 그보다 더 뜻밖인 것은 흑인과 결혼하여 곡마단에 들어갔다가 실명하여 버림을 받았다는 야나가와 고초였다. 그녀가 바로 히사의 하녀인 야스의 어머니였으리라. 나카하시가 얼마 되지 않는 돈을 보내주어 근근이 살아가게 한 것도 납득이 가는 일, 한때는 그의 아내였던 고초, 양녀이기는 하나 야스는 나카하시를 아버지라 불렀던 어린 시절도 있었던 셈이었다.

신주로가 잠시 감회에 잠겨 있다가 야스를 불러,

"미국에서 돌아왔을 때 넌 몇 살이었지?"

라고 느닷없이 묻자 야스는 깜짝 놀랐으나,

"13살이었어요."

모기만 한 목소리로 대답했다.

"미국 순회공연단 일행 중에 1살 어린 스미라는 아이가 있었던 걸 기억하고 있어?"

"기억하고 있어요. 샤미센을 연주하는 가쓰 아줌마의 딸인 스미!"

"맞아. 그 아이가 우메자와 유메노스케라는 사실을 알고 있었어?"

야스는 멍하니 눈을 동그랗게 떴다가,

"아니요, 몰랐어요. 그러고 보니 옛날 모습이 남아 있네요. 같이 놀았던 건 6살이나 7살 때쯤이었어요."

유메노스케를 불러 야스를 기억하고 있냐고 물었으나 유메노스케는 머리를 흔들며 부정했다. 그녀는 그때 너무 어렸던 것이리라.

★

쓰네미 기미에가 연행되어 왔다. 그녀의 진술은 다음과 같았다.

그녀는 점심을 먹은 뒤 혼고의 기숙사에서 나왔다. 롯쿠에 도착한 것은 1시 무렵. 2시쯤에 아라마키의 모습을 발견하고 히류자까지 따라 들어가 정신없이 황산을 뿌리고 도망쳐 나왔다. 경찰이 자신의 뒤를 따라올 것만 같아서 한시도 마음을 놓을 수 없었으며, 기숙사로 돌아가면 거기서 경찰이 기다리고 있을 것만 같아서 여기를 걸어다니고 저기를 돌아다녔기에 어디를 걷고 어디를 돌아다녔는지 잘 기억하고 있지 못하지만 마지막으로 어딘지 잘 모르겠는 연예장에서 시간을 보낸 뒤, 깊은 밤에 기숙사로 돌아갔다. 기미에의 진술은 위와 같았는데 완전히 뜬구름을 잡는 것 같았지만 죄를 저지르고 달아난 자의 심리로는 매우 당연한 일이기도 했다.

신주로는 아라마키를 다시 불러,

"자네는 전에 히사와 결혼할 생각이라는 사실을 유메노스케가 이해해준 것처럼 말했지만, 유메노스케는 그렇지 않다고 말하더군. 유메노스케의 말에 의하면 결혼 상대는 자신이고 히사는 자네에 대한 사랑이 식었다고 하던데."

"아니요, 그렇지 않습니다. 히사는 저를 따라 시코쿠에 오기로 얘기가 되어 있었습니다. 단지 시기와 방법의 문제에 대해서 이래저래 상의를 하고 있었습니다."

"그건 좀 이상한데. 자네는 30일 저녁에도 유메노스케와 술을 주고받으며 결혼의 시기와 방법에 대해서 상의했다고 유메노스케는 말하던데 동시에 2명의 여자와 같은 상의를 했다는 말인가? 유메노스케를 이리로 불러오겠네만, 자네는 그때도 같은 말을 되풀이하겠지?"

"아니, 잠깐 기다려주십시오. 틀림없이 2명의 여자와 같은 일을 상의하고 있었습니다. 하지만 유메노스케와 이야기한 건 진심이 아니었습니다. 한때를 모면하기 위한 것이었습니다. 어떻게 해서든 히사가 시코쿠에 먼저 오도록, 유메노스케가 나중에 오도록 하기 위해서 고민을 하고 있었던 겁니다. 한발 앞서 히사와 결혼을 해버리면, 유메노스케는 기미에처럼 질투심 많은 여자는 아니니 깨끗하게 포기해버리고 말 겁니다. 하지만 이건 비밀이기에 유메노스케 앞에서는 이렇게 말하고 싶지 않습니다."

"히사가 죽었으니 이번에는 유메노스케에게 전념하겠다는 말인가?"

보기 드물게 신주로가 씁쓸하다는 듯 비아냥거리며 말했다.

연행해온 용의자들은 서에 붙들어두기로 하고 신주로가 향한 곳은 네기시에 있는, 유메노스케가 첩살림을 차린 곳이었다. 하인을 불러,

"11월 30일에 유메노스케와 아라마키 두 사람이 함께 돌아왔다고 하던데 그게 몇 시쯤이었지? 공연을 마친 다음 날, 짐을 꾸린 날이야."

"분명히 기억하고 있습니다만, 저물녘에 가까운 시간이었습니다. 이것으로 일단락, 바쁜 일은 끝났다며 바로 술을 마시기 시작했습니다. 아직 날이 훤할 때 피곤하다, 피곤하다며 잠자리에 드셨습니다."

"침실은 2층이겠지?"

"나리께서 오시면 2층을 침실로 쓰십니다만, 아라마키 씨와 함께일 때는 저쪽의 별채와 같은 작은 방을 씁니다. 그 어느 곳보다 현관에서 멀고, 덧문을 열면 누구의 눈에도 띄지 않고 뒷문을 통해서 빠져나갈 수 있습니다. 아라마키 씨는 모자와 신과 모든 물건을 전부 그 별채로 가지고 가서 혹시 모를 일에 대비해 준비를 갖추고 잠을 자곤 합니다."

"두 사람 모두 깊이 잠들었었나?"

"거기까지는 저도 모릅니다. 단지 밤 10시쯤에 물을 달라고 하셔서 가져다드렸는데 아라마키 씨는 아직 자고 있었습니다."

"그날 밤, 나카하시 씨는 틀림없이 안 왔었지?"

"분명히 안 오셨습니다."

신주로는 마지막으로 아사쿠사 롯쿠를 찾아갔다. 히류자를 비롯하여 극장을 하나하나 면밀하게 살피며 돌아다녔다. 전부를 돌아본 뒤 히류자 옆의 휴업 중인 극장으로 다시 한 번 찾아갔다. 히류자의 대기실에서 이쪽의 대기실 입구까지는 좁은 길 하나를 사이에 두고 있어서 쉽게 건너올 수 있는 구조로 되어 있었다.

그는 관리인을 불러,

"이 극장은 계속 쉬고 있었나?"

"네, 이걸 헐고 새로운 극장을 지을 거라며. 도키와자라고 했던가, 아사쿠사에서 제일 멋진 극장을 만들 예정이라고 합니다."

"여기를 지키는 건 자네 혼자뿐인가?"

"네. 저 외에 여자가 1명 있습니다만 이렇게 아무것도 없는 극장이기에 관리인 같은 건 거의 필요 없습니다. 날씨가 좋을 때면 저도 마누라도 낮에는 일을 하러 나갔다가 밤 8시가 돼서야 돌아옵니다."

"극장의 문에는 자물쇠를 채우는가?"

"아니요, 자물쇠 같은 건 있지도 않습니다. 안에서 빗장을 걸기는 합니다만 그건 밤에만 걸어둡니다. 저희가 쓰는 방의 문만 잠그면 그것으로 충분합니다. 도둑맞을 만한 물건은 아무것도 없으니."

신주로는 연극에 쓰는 커다란 목재 도구가 쌓여 있는 곳으로 가서 한쪽 구석에 대여섯 개 늘어서 있는 낡은 고리짝을 가리켰다.

"이 고리짝의 숫자가 하나 줄지는 않았나?"

"글쎄요. 그리고 보니, 아아, 전에는 7개 있었나? 그럼 하나가 줄었을지도 모르겠습니다. 괜찮습니다, 텅 비어서 안에는 아무것도 들어 있지 않으니."

신주로는 바닥을 둘러보았다.

"흠, 작은 못이 여기저기 흩어져 있군."

혼잣말을 중얼거린 뒤, 점 하나라도 놓치지 않겠다는 듯 엄격한 눈빛으로 극장 안을 구석구석 살펴보았다.

그가 한 곳을 가리켰다.

"여기에 무엇인가를 끈 자국이 있군. 출구를 향해서 5m쯤이나. 무엇을 끌었던 걸까?"

그가 사람들의 얼굴을 둘러보며 웃었다. 그리고 외쳤다.

"시체를 넣은 고리짝!"

그날 밤, 하나노야와 도라노스케가 신주로의 서재로 놀러 갔더니 그는 책상 위의 백지에 도면을 그려놓고 앞서 찾아온 오리에와 둘이서 생각에 잠겨 있었다. 도면을 보니 우에노네, 혼고네, 아사쿠사네 하는 글들이 적혀 있었다.

신주로가 네 사람 가운데에 도면을 펼쳐놓고 설명하기 시작했다.

"히사가 집에서 나온 게 오전 10시 반. 히류자에 도착한 것은 11시 무렵이었을 겁니다. 히류자에 도착하자마자 오야마다가 끌어안았기에 유메노스케의 방으로 달아났고 잠시 누워 있었는데, 야스가 주인의 모습이 보이지 않는다며 소란을 피우기 시작한 것은 1시 무렵. 그렇다면 11시부터 1시까지의 2시간 사이에 히사는 살해당해 고리짝 안에 넣어진 것인 듯합니다. 이건 틀림없는 사실인 듯합니다."

모두에게 이견은 없는 듯했기에 신주로는 다시 말을 이었다.

"한 여자, 혹은 여장을 한 남자가 그날 저녁 6시 무렵, 해가 완전히 떨어진 우에노의 산 아래에서 오토지라는 인력거꾼을 불러 세웠습니다. 제국대학 뒤편과 시노바즈이케라는 연못 사이에 있는 한적한 길에서 오토지에게 클로로포름을 맡게 하여 기절시킨 뒤 여장을 풀고 남자인 인력거꾼으로 변장하여 인력거를 끌고 달리기 시작하기까지 30분은 걸리지 않았을 겁니다. 범인은 인력거꾼 모습으로 인력거를 끌고 서둘러 달리기 시작했습니다. 목적지는 아사쿠사. 히류자 옆에 있는 극장입니다. 1시간쯤이면 넉넉하게 도착할 수 있습니다. 고리짝을 싣고 다시 왔던 길로 돌아갔습니다. 아직 7시 반도 되지 않았을 겁니다. 그렇게 약 1시간. 8시 반 무렵에 혼고 마사고초의 나카하시 별장에 도착했습니다. 그 현관에 고리짝을 내려놓고 제국대학 교내의 한적한 곳에 인력거를 버린 뒤 인력거꾼의 복장을 벗고 미리 준비해온 신사복에 외투를 걸치고 모자를 써서 곧 청년신사로 변장했습니다. 이렇게 해서 출발 당시 여자의 옷 한 벌을 꾸러미로 만들어 들고 있던 그, 혹은 그녀는 서둘러 산을 깎아 만든 길을 내려가 9시가 조금 넘은 시각에 우에노 히로코지에서 무허가 인력거꾼인 스테키치를 불렀습니다. 그에게서 기묘한 부탁을 받은 스테키치는 마사고초에 있는 나카하시의 별장으로 급히 달려갔습니다. 거기서 그날의 범인의 행동은 끝이 납니다."

도라노스케가 머리를 흔들며,

"오토지를 부른 여자와 스테키치를 부른 남자는 다른 사람입니다. 물론 일심동체이기는 하지만. 미안한 말인데 당신은 아직 젊습니다. 남녀 사이의 관계를 알지 못하면 정확한 추리는 할 수 없습니다. 안 그런가요, 오리에 아가씨. 유키 씨를 명탐정으로 만들기 위해서 아내를 찾아주고 싶은데 어떻게 생각하십니까?"

그때 나이 든 후루타 순사가 허겁지겁 달려 들어왔다.

"지금 막 경시청에서 급보가 들어왔습니다. 나카하시 에이타로가 퉁퉁 불어터진 시체가 되어 스미다가와 강의 고토토이 부근에서 떠올랐습니다. 물에 빠져 죽은 것이 아니라 목을 졸려 죽은 것이라고 합니다."

신주로가 아연실색하여 자리에서 일어났다.

"아뿔싸! 추리가 틀렸단 말인가! 아니, 기다려봐, 잠깐만."

그는 곧 냉정함을 되찾았다. 얼른 복장을 갖추고 일동은 말을 서둘러 현장으로 급히 갔다. 신주로는 불이 쏟아질 것 같은 눈으로 나카하시의 시체를 가만히 노려보았다.

그가 분노한 목소리로 외쳤다.

"이번 범인은 히사를 죽인 범인과 동일인입니다. 여길 보십시오. 두 사람이 같은 모습으로 목숨을 잃었습니다. 그렇게 괴로움도 느끼지 못했던 듯, 저항한 흔적이 거의 없습니다. 다시 말해서 두 사람 모두 클로로포름을 맡은 뒤 교살당한 겁니다."

그는 곧 발걸음을 돌렸다.

"그럼 하룻밤 천천히 생각해보기로 합시다. 내일 오후면 범인을 잡을 수 있을 것 같지 않습니까?"

사람들을 재촉해서 집으로 향했다. 가구라자카에 도착하여 문 앞에서 도라노스케와 헤어질 때 빙그레 웃으며 속삭였다.

"오토지가 태웠던 여자와 스테키치에게 일을 부탁한 남자는 딱 한 가지 중요한 점이 일치합니다. 두 사람 모두 부피는 있지만 그렇게 무거워 보이지는 않는 꾸러미를 들고 있었습니다. 그럼, 안녕히 주무세요."

히카와에 있는 가쓰의 저택에서 가이슈 앞에 공손히 앉아 있는 것은 말할 필요도 없이 도라노스케. 해가 뜨기도 전부터 가쓰 저택의 문이 열리기를 기다렸다가 황급히 뛰어든 것이었다.

나날의 보고를 매일 게을리 하지 않고 행했기에 오늘이 이번 이야기의 마지막으로 지금 막 그것을 마무리 지은 참. 아직 해는 그렇게 높지 않았다. 녀석, 주먹밥을 허리에 매달고 와서 가이슈와 아침밥을 함께 먹은 듯, 그의 밥상 옆에는 대나무 껍질이 흩어져 있었다.

식사 후의 차를 즐기고 난 가이슈는 다시 숫돌에 물을 적셔 나이프를 갈았다. 조용히 갈기를 마친 뒤, 얇은 칼날을 빨려 들어갈 듯 바라보며 생각에 잠겨 있다가 갑자기 모기라도 쫓는 듯한 가벼움으로 손을 뒤로 돌리는가 싶더니 뒷머리를 째서 휴지로 피를 짜냈다. 그것을 몇 번 되풀이하다가 마침내 천천히 수수께끼의 비밀을 풀기 시작했다.

"신주로의 말처럼 이번 범인은 단 한 명, 공범은 없어. 우에 노의 산 아래와 히로코지에 출몰한 남녀 둘 모두 똑같이 커다란 짐을 들고 있었다는 것이 동일인이라는 증거야. 그 범인은 유메노스케. 여검극의 주인공, 인력거꾼이든 미남자든 마음대로 변장할 수 있어. 그렇게까지 고심을 거듭하고 온갖 속임수를 다 동원해서 시체를 넣은 고리짝을 옮긴 것은 살해한 장소와 시간을 속이기 위해서. 또 범인을 남자인 것처럼 보이기 위해서. 혼고를 중심으로 고리짝이 왕복한 것처럼 보인 것은 아마도 오야마다의 범행으로 여기게 할 속셈이었기 때문일 거야. 그와 같은 속임수를 쓰지 않으면 히사는 유메노스케의 대기실에서 행방불명이 되었으니 가장 먼저 의심을 받을 것이 뻔하니까. 그래서 속임수를 쓴 거야. 유메노스케는 어렸을 때부터 예인들 사이에서 자라 곡예나 마술을 보아왔기에 손가락 놀림의 요령도 잘 알고 있어서 클로로포름을 사용하는 정도는 아주 솜씨 좋게 해냈을 거야. 유메노스케가 오후 3시 넘어 아라마키와 함께 자신의 집으로 가서 때 아닌 낮술을 마신 것은 일찍 잠든 것처럼 꾸며 몰래 빠져나오기 위해서. 잠든 것처럼 꾸미고 아라마키에게는 클로로포름을 맡게 한 뒤, 뒷문을 통해서 몰래 나온 거야. 히로코지에서 스테키치에게 부탁해 나카하시의 별장으로 고리짝을 가지러 가게 하여 예정된 일을 무사히 완료한 것이 9시를 조금 지난 시각. 다시 자신의 집으로 몰래 돌아와 원래대로 잠옷을 입고 하녀에게 물을 가져오라고 한 것은 속임수를 위한 세심한 배려, 계속 자고 있었던 것처럼 보이기 위해서. 여기서 가엾은 건 나카하시 에이타로야. 인력거가 오기를 기다리지 못하고 히사의 집에서 뛰쳐나온 것이 11시에 가까운 시간, 네기시에 있는 유메노스케의 집에 도착한 것은 그럭저럭 12시에 가까운 시간이었을 거야. 나카하시의 갑작스러운 방문에 깜짝 놀란 것은 유메노스케였어. 아라마키는 클로로포름을 맡았기에 미리 준비해둔 것처럼 뒷문을 통해서 달아나게 할 방법이 없었지. 그랬으니 깜짝 놀랐겠지. 일단 나쁜 일에 손을 대기 시작하면 끝을 볼 때까지 하게 되는 법,

하녀가 깊이 잠들어 깨지 않는 것을 다행으로 여기며 별채에서 나와 클로로포름으로 정신을 잃게 하여 교살한 뒤, 그 시체는 마루 밑 같은데 잠시 숨겨두었다가 그 이튿날 밤에 천천히 처리한 걸 거야. 증오스러웠던 히사를 해치우고 마침 나카하시도 정리했으니 이제는 떳떳하게 아라마키와 백년가약을 맺고 싶었을 테지만 나카하시가 히사의 어머니에게 유메노스케의 집으로 가겠다고 분명하게 말한 것은 하늘의 목소리, 실제로 부정함은 스스로 깨지는 법이야. 제아무리 만전을 기해도 한 사람의 지혜라는 건 그리 대단한 게 아니야."

도라노스케는 자신의 집으로 돌아가지 않고 하나노야의 집 현관 앞에 서서 인가 선생을 현관으로 불러내 아무런 말도 하지 않고 싱글벙글 웃고 있었다. 그 기분 나쁨이라니. 천하의 하나노야도 왠지 민망한 듯하여 쓴웃음.

"중국산 흑돼지가 웃고 있는 줄 알았더니 옆옆집의 호걸 아닌가? 남녀 사이의 관계에서 진범을 밝혀냈는가?"

"핫핫하. 범인은 여자야."

"훗, 남녀 사이의 관계를 버린 건 잘한 듯하군."

"귀공의 심안은 어떤가? 아무도 모르리라 생각했으나 뜻밖에도, 하늘의 목소리. 실로 부정함은 스스로 깨지는 법이라는 사실은 모르시겠지."

"모르겠는데. 미안하지만 범인은 남자야. 클로로포름과 변장. 급소는 여기에 있어. 약물에 관해서 잘 알고 있고 연극에 대해서도 잘 알고 있는 사람. 게다가 변태에 흡혈귀. 범인은 오직 한 사람, 오야마다 신사쿠뿐이야."

"허헛."

하며 도라노스케는 배를 힘껏 움켜쥐고 단말마처럼 웃기 시작했다. 그날 오후, 예의 일행을 이끌고 관할서에 출두하여 담당 경찰관 일동에게 모이기를 청한 신주로가 범인의 속임수를 조용히 설명해주었다.

"지금까지 접한 범죄 가운데 이번 사건만큼 교묘하게 꾸며진 것은 없었습니다. 속임수를 몇 겹으로 써놓아 중점을 교묘하게 피했고, 거의 파고들 틈이 없을 정도로 완벽한 구성을 보이고 있습니다. 면밀하게 계획을 세웠고, 하나하나가 예정대로 확실하게 실행되었기에 모든 일들이 의미를 가지고 있으며 군더더기는 거의 찾아볼 수가 없습니다. 하지만 그처럼 완벽하게 수행된 범죄도, 바로 완벽하기에 약점이 있습니다. 다시 말해서 중요한 점에서 가장 멀리 있는 일처럼 보이는 것에 숨겨진 중점이 있는 것입니다."

신주로가 평소와는 달리 기묘한 서론을 덧붙였다. 그가 이처럼 힘주어 말하는 것은 범인의 수법에 꽤나 감탄했기 때문이리라.

"이번 사건의 매듭을 풀기 위한 단서는 2군데에 있는데, 우선 첫 번째로는 여자에서 인력거꾼으로, 또 미남자로 변장하는 등 매우 번거로운 일을 거듭해가며 나카하시 가에 고리짝을 보내야만 했던 것은 어째서였을까, 하는 점입니다. 이유는 살해당한 여성이 히사임을 알리기 위해서. 그리고 살해당한 일시와 장소를 바로 알아주었으면 해서. 이상의 이유 때문이었습니다. 범인은 히사의 두 눈에 못을 박아 어떻게든 원한에 의한 범행인 것처럼 보이려 했지만, 진짜 원한을 품은 자의 범행이라면 살해함으로 해서 목적은 이미 달성한 셈이니, 틀림없이 히사가 언제 어디서 살해당했는지 알아내지 못하기를 바랐을 테고, 또 범행이 하루라도 늦게, 가능하다면 발각되지 않았으면 좋겠다고 생각했을 것임에 틀림없습니다. 나카하시의 집에 고리짝을 보내기 위해서 고심할 것이 아니라, 고리짝을 숨기기 위해서 고심하는 것이 당연히 자연스럽습니다. 따라서 히사의 눈에 못을 박아 원한에 의한 범행인 것처럼 보인 것은, 사실은 가장 그렇지 않다는 사실, 그리고 히사가 살해당했다는 사실이 하루라도 빨리 알려지는 것이 범인에게 이익이 된다는 사실, 이것이 곧 완벽에 의해서 드러난 약점 가운데 하나입니다."

신주로가 한숨을 돌린 뒤 다시 말을 이었다.

"위에서 말한 매듭이 풀리고 나면 다음 매듭은 저절로 풀립니다. 단순히 나카하시의 집에 가져다놓는 것이 목적이었다면 마사고초의 별장에 보낸 것만으로도 충분합니다. 어째서 다시 본가로 옮기게 한 것일까? 이는 곧, 남자로 변장하기도 하고 여자로 변장하기도 하는 수단을 씀으로 해서 한 사람이 남녀로 모습을 바꿔가며 범행을 저지른 것이라는 사실을 알리기 위해서, 그에 따라서 동일인물이 남녀 2개의 모습으로 변장했으니 연극과 관계가 있는 사람이라는 결론이 나옵니다. 그렇기에 그렇게 보이는 사실의 반대가 진실이 되는 셈이니 이번 범인은 연극과 관계가 없는 사람이라는 점을 알 수 있습니다."

다시 한숨을 돌렸다. 다음으로 보다 중요한 점을 이야기하겠다는 기백이 담겨 있었다.

"또 하나의 매듭은 조금 더 현실적인 방법으로 풀어야 하는데, 범인은 이를 속이기 위해서 스스로도 매우 현실적인 고육지책을 짜냈습니다. 즉, 히사와 나카하시를 동일인이 같은 날 살해한 경우, 나카하시를 그 장소에서 그 시간에 살해할 수 있었던 사람은 딱 한 명밖에 없는데, 범인은 그렇지 않은 것처럼 보이기 위해서 자신에게 그와 같은 면밀한 계획범죄를 저지를 능력은 없는 양, 어리석은 사람인 척 행동했습니다. 이미 눈치 채셨으리라 생각합니다만, 범인은 나카하시에게 버림받고 두 눈을 실명한 채 암담한 일생을 마친 전처 야나가와 고초의 딸인 야스입니다. 야스 이외에 이 2개의 살인을 동시에 행할 수 있었던 사람은 없습니다. 히사가 히류자에 모습을 드러낸 것은, 야스 이외의 모든 사람에게는 갑작스러운 일로 완전히 우연스러운 기회였습니다. 그 우연을 기회로 삼았다 할지라도

11월 30일 밤늦게 나카하시가 히사의 첩살림 집에 갈 것이라는 사실을 알고 있었던 사람은 역시 야스뿐으로 다른 누구도 이 두 번째 우연까지 다시 기회로 만든다는 것은 거의 불가능한 일이었을 겁니다. 나카하시를 그날 밤 살해해야겠다고 생각한 자가 있었다면 당연히 본가로 찾아가 습격하려 했을 것입니다. 히사가 히류자로 찾아간 것을 완전히 히사의 생각에 의한 일이었던 것처럼 야스는 증언했습니다만, 실제로는 그렇지 않다는 사실은 아라마키가 11시에 로게쓰에서 기다리고 있었다는 사실로 알 수 있습니다. 히사도 로게쓰로 갈 생각이었습니다. 그런데 히류자로 간 것은 야스가 그렇게 하도록 했기 때문이었습니다. 야스는 예전에 히사가 로게쓰로 갈 때마다 롯쿠로 놀러 갔기에 롯쿠의 극장에 관한 여러 가지 사정을 잘 알고 있었습니다. 낮에는 사람이 없으며 고리짝이 놓여 있는 히류자 옆의 극장을 범행 현장으로 삼은 것은, 세밀하게 계산하여 미리 예정해 두었던 일이었습니다. 그것뿐만 아니라 히사의 행방을 찾는 척하며 남녀 2사람의 모습으로 변장하여 고리짝을 나카하시의 집으로 가져가게 한 일도, 나카하시를 유인해내 살해한 일도. 야스는 9시 무렵에 고리짝 처분을 위해 예정했던 일을 모두 무사히 마친 뒤, 원래의 여자 모습으로 되돌아가더는 몸을 숨길 필요도 없이 인력거 등을 이용하여 10시 무렵에는 첩살림을 차린 집으로 돌아갔을 겁니다. 하지만 그녀는 집 안으로는 들어가지 않았습니다. 왜냐하면 그녀는 기회를 봐서 나카하시를 살해하고 그 뒤에 히사를 찾기 위해 돌아다니다 녹초가 된 모습으로 간신히 돌아온 것이라고 보일 필요가 있었기 때문이었습니다. 히사의 행방을 찾기 위해서라면 아무리 늦게 돌아가도 의심받을 염려는 거의 없었다고 할 수 있을 것입니다. 만약 히사의 어머니가 밖으로 나가지 않고 나카하시가 그대로 잠자리에 들었다면 외부에서 몰래 숨어든 도둑의 살인처럼 꾸며 나카하시를 죽이고 자신은 이튿날 새벽에 넋이 나간 모습으로 돌아오는 것도 가능한 일이었습니다. 히사의 어머니가 인력거를 부르기 위해 밖으로 나갔기에 그 기회를 이용하여 야스는 실내에 모습을 드러냈고, 아마도 마님이 계신 곳으로 안내하겠다는 등의 말로 유인해내서 클로로포름으로 정신을 잃게 한 뒤 살해하여 물속에 던졌을 것입니다. 바로 나카하시를 살해하는 것이 그녀의 참된 목적이었고, 히사를 살해한 것은 다른 누군가에게 죄를 뒤집어씌우기 위해서였습니다. 13살까지 어머니와 함께 외국의 곡마단에 있었던 야스는 여러 가지 일에 통달해서 변장이나 클로로포름을 다루는 법 등도 잘 알고 있었던 것이라 여겨집니다."

가이슈는 진범에 대한 도라노스케의 이야기를 전부 듣고 나서 한동안 입을 다물고 있다가 차분한 얼굴빛으로 조용하게 말했다.

"야스가 범인이라니 뜻밖의 진상이로군. 도라의 말만 들어서는 야스가 꾀를 써서 일부러 어리석은 척했다는 속임수를 꿰뚫어볼 수가 없어. 어떤 탐정이든 실제 현장을 자신의 눈으로 보지 않고는 진상을 꿰뚫어보기 어려운 법이야. 야스가 어리석음을 가장한 속임수 같은 것은, 눈이 있는 자라면 꿰뚫어볼 수 있을 테지만 도라 같은 눈뜬장님에게는 애초부터 불가능한 일이지. 눈뜬장님을 통해서 들은 이야기를 토대로 이와 같은 일의 진상을 꿰뚫어본다는 건 될 일이 아니지. 신주로라 할지라도 눈뜬장님인 도라의 말을 토대로 한다면 진범을 잡는다는 건 불가능한 일일 거야. 자신의 눈으로 봤기에 진상을 제대로 꿰뚫어볼 수 있었던 거야. 어쨌든 신주로는 정말 대단한 녀석이야. 완벽하기에 약점도 있다는 것은 참으로 옳은 말이야. 도라 같은 사람은 불완전하기에 약점투성이지만, 완벽하다 할지라도 구태여 두려워할 필요는 없다는 말은 병법, 경제에 있어서도 역시 진실이야."

도라노스케는 눈뜬장님 같은 자신의 눈으로 비범한 영걸의 눈을 흐리게 했다는 사실을 한없이 부끄러워하고 한탄하며 오래도록 고개만 숙인 채 무슨 말을 해야 좋을지 한마디도 찾지 못했다.

좀도둑 가족

사실 스기코 미망인은 마음이 따뜻한 사람처럼 느껴지기도 한다. 혼수라고 할 만한 것을 아무것도 가지고 오지 않은 사키코의 옷에 신경을 써주어 계절마다 직접 골라서 옷을 마련해준다. 얼굴에 친절함을 드러내지 않고 다정한 말을 걸어오는 경우도 거의 없기에 참된 친절을 오히려 더욱 잘 느낄 수 있지만, 그렇기에 먼저 말을 붙일 염도 내지 못한다. 위엄이 있고 야무져서 한눈에도 영리해 보이기에 마음을 터놓을 수도, 스스럼없이 지낼 수도 없는 것이다.

그 미망인에게 좀도둑질이라는 병벽(病癖)이 있다는 사실을 알고 사키코는 어처구니가 없었다. 병이라는 건 기묘한 것이다. 참으로 엄연하게 위풍을 갖추고 있고 한눈에도 영리해 보이는 대갓집 마나님이 좀도둑질을 하다니 뜻밖이었다. 물건을 살 돈은 썩어나갈 정도로 넘쳐나고 있는 대부호였다. 더구나 금고의 열쇠는 미망인의 손아귀에 있으며, 자신이 돈을 쓸 때 누구의 눈치도 보지 않아도 되는 훌륭한 신분이었다.

포목점은 미쓰이, 귀금속은 어느 가게, 방물은 어느 가게 하는 식으로 물건을 사러 가는 가게는 정해져 있었다. 요즘처럼 가게에 상품이 진열되어 있는 것이 아니라 안쪽의 창고에서 가게에 찾아온 손님 앞까지 일일이 물건을 가져와서는 펼쳐 보였다. 그 꺼내온 물건 가운데 판매한 것 외에 사라진 물건이 있다면 좀도둑질을 한 범인은 물건을 산 사람밖에 없을 텐데, 낯선 사람이 아니라 얼굴을 잘 알고 있는 마나님이라면 범인의 이름은 너무나도 명확한 것이었다.

그러나 상점에서도 익숙해져 있기에 시치미를 떼고 언제나 감사합니다, 라며 돌려보낸 뒤, 월말의 청구서 속에 판매한 물건으로 도둑맞은 물건도 적어넣는다. 군소리 없이 지불을 해주기에 도둑질임에는 틀림이 없지만 더욱 고마운 단골손님이기도 하다. 대부분의 상점에서는 아사무시 집안의 미망인이 가게에 찾아오면 여러 가지 물건을 앞에 잔뜩 늘어놓아 마음껏 좀도둑질을 하게 해준다.

그런데 병벽이라는 것은 유전이 되기에 무섭다. 사키코의 남편인 마사시에게는 누나에 해당하는 기쿠코가 역시 도둑질을 해오는 것이었다.

기쿠코는 25살이나 되었으면서도 아직 독신으로 지내는 특이한 인물, 상당한 미인이기는 하지만 자아가 강하고 음울하고 말이 없으며, 남자 같은 건 애초부터 안중에 없는 듯한 태도였다. 언행이 거칠고 무책임하고 분방했다. 그런 특이한 인물이기에 좀도둑질의 수법도 호방하기 짝이 없어서 사람의 힘이라여겨지지 않을 정도로 잔뜩 훔쳐가지고 왔다. 코트 안쪽에 몇 십 개나 되는 열쇠가 매달려 있는 줄이 늘어져 있어서 거기에 옷감을 몇 십 필이나 매달고 오는 등의, 묘하게 예술성에 집착하는 듯한 기교파적인 면이 있었다. 어머니의 피를 이어받아서 영리한 것만은 틀림없는 사실이니, 거칠고 분방한 듯해도 말없이 음울하게 생각에 잠겨 있는 듯한 무심한 상태에 있을 때 사실은 좀도둑질의 수법에 대한 새로운 발명을 강구하고 있는 것일지도 몰랐다. 어머니에 비해서 대담무쌍, 천하에 거칠 것 없이 당당한 상습 좀도둑이었다.

그녀들에게 있어서 물건을 사는 것이나 훔치는 것이나 결국은 같은 일에 지나지 않았으나 병적인 습성 때문에 훔친 물건은 더욱 각별, 전리품과도 같은 쾌감이 있는 모양이었다. 가난 때문에 좀도둑질을 하는 것과는 달리 부자들의 좀도둑질은 완전한 병벽이니 그 쾌감도 또한 특별한 것이리라.

그랬기에 사온 물건은 거처의 농에 잘 보관해두지만, 전리품은 창고 속에 몰래 숨겨 저장해놓고, 그 전리품 더미를 밤낮으로 들여다보러 가서는 만족감을 느끼곤 했다. 따라서 그녀들은 창고 안에는 아무도 들이지 않았다. 창고는 이 집의 가장 깊은 곳인 주인 부부의 거처, 지금은 미망인 혼자 쓰는 거처이지만, 그곳에 접해 있으며 열쇠가 미망인의 수중에 있기에 미망인의 눈을 훔쳐 창고로 들어가기란 그 누구도 불가능했다. 단, 딸인 기쿠코만은 어머니의 거처에 자유롭게 드나들었으며, 동시에 창고 안에도 자유롭게 드나들고 있는 듯했다. 두 사람은 특히 사이가 좋았다. 같은 병을 앓고 있기 때문인지도 몰랐다.

커다란 부자의 창고이기에 참으로 장대하고 웅장한 창고였는데, 하나카와도 조키치라는 창고 만들기의 명인이 9년에 걸쳐서 완성한 국보급 건물이었다. 그 커다란 창고의 어디에 어떤 식으로 전리품이 진열되어 있는지는 누구도 볼 수 없지만, 고상하기 짝이 없는 미망인과 분방하고 아름다운 딸이 때때로 거기에 가만히 서서 황홀하게 전리품을 바라보는 모습을 상상하면 사키코는 두렵기도 했으나, 한편으로는 섬뜩한 아름다움이 느껴지기도 했다.

어쨌든 기묘한 가족이었다. 하나에서부터 열까지 기묘했다. 식사만 해도 미망인과 기쿠코는 미망인의 거처에서 마주보고 앉아 먹는다. 후키야라는 소녀가 두 사람을 전담하는 하녀였다.

마사시와 사키코는 두 사람의 거처에서 식사를 했다. 다케야라는 소녀가 그 일을 전담하는 하녀였다.

마사시의 남동생으로 가즈야라는 대학생은 자신의 거처에서 혼자 먹었다. 그 일은 하나야라는 소녀가 전담했다. 마치 각자가 여관에서 지내는 듯한 방식이었다. 커다란 식당이 버젓이 있음에도 불구하고 사용하는 일은 거의 없었다. 하지만 그럴 만한 이유는 있었다. 가족들이 활동하는 시간대가 각자 달라서 한꺼번에 모여 식사를 할 수 없기 때문이었다. 잠자리에서 가장 늦게 일어나는 것은 미망인으로 아침 9시 무렵. 그랬기

에 미망인이 세수를 하고 아침의 화장을 마칠 때쯤이면 사키코는 그 거처 밖의 복도에 앉아,

"어머님, 안녕히 주무셨습니까? 새언니, 안녕히 주무셨습니까?"

라고 인사를 했다. 하루 종일 그 시간에만 얼굴을 보는 날도 많았다. 용건이 있으면 하녀가 부르러 오지만, 혹은 미망인이 직접 사키코의 거처로 오는 경우도 있었다. 기쿠코가 그러는 경우는 거의 없었다. 하지만 두 사람 모두 나쁜 사람은 아니었다. 굴러들어온 돌이라고 해서 사키코를 미워하거나 얕잡아보지는 않았다. 사키코는 그것을 고맙게 생각했으나, 아무래도 친해질 수가 없었다. 시어머니, 새언니이지만 가족 같다는 느낌을 받을 수가 없었다.

마사시와 사키코는 연애결혼이었다. 당시로는 흔치 않은 일로, 더구나 사키코는 조그만 소고기전골집의 딸이었다. 하녀만으로는 손이 부족해서 자신이 직접 손님 시중을 들어야 하는 조그만 가게였다.

당시 아직 대학생이었던 마사시와는 아무것도 모른 채 사랑하는 사이가 되었고 너무나도 격차가 큰 대부호의 아들이라는 사실을 알았을 때는 도저히 결혼할 수 없을 것이라 생각했다. 마사시의 부모님이나 친척들이 허락할 리 없으리라 생각했다. 당시로서는 도저히 있을 수 없는 일이었기 때문이었다. 그런데 뜻밖에도 마사시의 어머니는 반대하지 않았다. 그리고 마사시

가 졸업함과 동시에 두 사람은 결혼했다. 당시 마사시는 22살, 사키코는 18살. 사키코는 아사무시 집안의 젊은 마나님이 되었는데 그것은 작년의 일. 만 1년이 지난 요즘에 들어서야 사키코는 비로소 아사무시 집안의 비밀을 알게 되었다. 스기코 미망인이 사키코와의 결혼을 반대하지 않은 것도 당연한 일, 아사무시 집안에는 양가와 인연을 맺을 수 없을 만큼 음험한 피가 흐르고 있었던 것이다. 저주받은 피 가운데서 좀도둑질 정도는 그나마 나은 편이었다.

사키코는 대학에 다니는 시동생인 가즈야가 싫었다. 가즈야는 수재였다. 영리한 어머니와 누나를 보면 이런 수재가 태어난 것도 자연스러운 일일 테지만, 신기하게도 마사시만은 머리가 좋지 않았다. 세상 사람들이 보기에 바보라고 할 정도는 아니었으나, 이 가족 가운데서는 아둔함이 눈에 띄었다. 가즈야는 형을 바보 취급했다. 따라서 그의 아내인 사키코도 바보로 취급했다. 언제나 비아냥거리는 듯한 엷은 미소로 싱긋, 힐끗 보고는 외면해버렸다. 그것은 말로 비아냥거리는 것보다 오히려 더 화가 나는 행동이었다.

그런 가즈야가 이야기를 나누던 중에 참으로 아무 일도 아니라는 듯 자기 집안의 저주받은 피에 대해서 폭로해버리고 말았다. 마치 자신과는 아무런 상관도 없다는 듯.

미망인의 망부인 아사무시 곤로쿠는 병사한 것으로 알려져 있지만 사실은 스스로 목숨을 끊은 것이었다. 그 자살도 평범한 자살이 아니었다. 그는 자신이 나병에 걸렸다는 사실을 알고 있었다. 나병의 징후가 나타난 것을 남몰래 깨달은 것이었다. 그는 나병에 대해서 여러 가지로 살펴본 끝에 자신이 바로 그 환자 가운데 한 사람이라는 사실을 확신하지 않을 수 없었던 것이다. 결국 그는 발광하여 자살했다. 게다가 그 자살은 참으로 비참한 방법. 그는 스스로 칼을 쥐어 나병의 징후가 있는 부분의 자기 살을 도려냈으며 가죽을 벗겨냈다. 자기 이마의 가죽까지 깎아낸 것이었다. 그리고 배를 한일자로 갈라 자살했다.

사키코는 가즈야의 말을 갑자기는 믿을 수 없었다. 그렇다고 해서 남편에게 물어보기도 무서웠다. 왜냐하면 어렴풋이 짚이는 부분이 있었기 때문이었다.

이 집안에 가족처럼 빈번하게 드나드는 유일한 사람이 한 명 있었다. 그 스스럼없는 태도나 허세를 부리는 듯한 모습, 사람들이 그 인물을 어딘가 거북해하면서도 존중하는 모습에서 친척 가운데 위엄이 있는 어르신일 것이라고 생각했는데, 마사시가 병에 걸렸을 때 가방을 들고 의사가 되어 진찰을 하러 왔었다. 그는 하나다 의원의 원장이었다. 결코 친척이 아니었다.

하나다가 오면 그는 미망인의 거처에서 술을 마시고 벌건 얼굴이 되어 돌아가는 것이 일상이었다. 미망인은 협박을 당하고 있는 듯했다. 사키코는 가즈야의 이야기로 수수께끼가 풀린 듯한 느낌이 들었다. 돌아가신 시아버지 곤로쿠의 나병, 발광, 자살이라는 사실을 알고 있는 것은 하나다뿐인 것이다. 그리고 그가 병사한 것이라고 가짜 진단서를 써준 것이다. 사키코는 그 사실을 깨달았다.

마사시는 차남이었다. 기쿠코 위로 올해 27살이 되는 장남 히로시가 있었다. 그런데 그는 일본에는 없다. 아버지가 돌아가신 지 얼마 되지 않아서, 아직 백일재도 지나지 않았는데 외국으로 가버렸다. 그로부터 5년이 지났으나 아직 돌아오지 않았다. 뿐만 아니라 그곳의 여자와 결혼해서 더는 귀국할 뜻이 없는 듯하다는 얘기였다. 미망인도 기쿠코도 큰아들은 죽은 것이나 다를 바 없다고 이미 체념한 듯했다. 이 가족들은 감정 속에서 큰아들은 이미 없는 사람, 돌아오지 않을 사람, 죽은 것이나 다를 바 없는 사람이라고 완전히 단정 짓고 있는 듯한 모습이었다. 사키코는 살아 있는 큰아들이 있다는 사실을 알았을 때, 믿을 수 없다는 기분이 들었다. 그 수수께끼도 대충은 풀린 듯했다. 사키코는 생각했다. 히로시에게는 살아서 일본으로 돌아올 수 없는 이유가 있는 것이다, 그는 이미 '나병'에 걸린 것이다, 라고.

또 한 사람, 매달 말일에 한 번씩 따박따박 찾아오는 이상한 인물이 있었다. 노구사 쓰사쿠라는 중년남자였다. 값비싼 옷을 입고 아주 편안한 은거 생활을 즐기고 있는 듯 보였으나, 인품이 매우 천박했다. 하녀인 다케야에게 물어보았다.

그녀의 말에 의하면 노구사 쓰사쿠는 차와 과자에 손을 댄 적이 없었다고 한다. 가져가라고 준 과자도 돌아갈 때 네가 먹어, 라며 배웅을 나온 하녀에게 건네주고 독이 들었다 해도 난 모르는 일이야, 라며 내뱉듯 말하고 돌아간다는 것이었다. 다케야는 얼굴을 잔뜩 찌푸려서, 그 사람은 천박하고 정이 가지 않는 인물이라는 듯한 표정을 지었지만 그의 정체에 대해서는 알지 못했다. 이곳의 하녀들은 모두 소녀들뿐으로 오래 일한 하녀는 한 명도 없었다.

하녀들은, 하나다 의사는 미망인의 정부이고, 노구사 쓰사쿠는 큰아들인 히로시가 서양으로 가기 전에 아이를 배게 한 여자의 아버지라 여기고 있는 듯했다. 한 달에 한 번, 월말이면 빚쟁이와 같은 정확함으로 찾아오기에 그렇게 생각한 것이리라. 히로시에게는 틀림없이 연인이 있었다. 히로시는 헤어지기 싫은 그 연인마저도 버리고 고국을 떠난 것이라는 그 슬픈 이야기는 마사시가 때때로 사키코에게 들려주는 이야기였다.

사키코가 마사시에게 물었다.

"노구사 씨는 어떤 분?"

이 질문을 받고 마사시는 가증스럽다는 듯 얼굴을 돌렸으나,

"그 녀석은 예전에 우리 집 하인으로 있던 녀석이야. 뭔가 횡재를 해서 벼락부자가 된 모양이야. 그런 녀석에게는 인사를 할 필요도 없어."

라고 대답했다.

이제는 사키코에게도 짚이는 부분이 있었다. 노구사도 돌아가신 시아버지의 나병, 발광, 자살을 알고 있는 인물이리라. 의사 혼자서 처리할 수 있는 사건이 아니었으리라. 누군가 하인 중에도 그 사실을 알고 뒤처리에 가담한 사람이 있다는 건 당연한 일이리라. 노구사도 협박을 하고 있는 것이다. 빼먹지 않고 월말이면 다달이 찾아오는 것으로도 그 사실을 알 수 있다.

　당시 나병은 전염병이 아니라 유전에 의한 것이라 여겨지고 있었기에 사키코는, 남편도 당연히 나병의 피를 물려받았으며 자신에게서 태어날 아이도 나병의 피를 물려받을 것이라 굳게 믿고 있었다.

　사키코는 자기 인생의 앞길이 어두운 막으로 가로막힌 것 같다는 절망감을 맛보았다. 그 운명에서 벗어날 방법은 없는 걸까? 그녀는 이미 임신 중이었다. 아직은 남편도 그녀가 임신했다는 사실을 깨닫지는 못했다. 그녀가 임신 사실을 혼자서 깨달았을 때, 그 기쁨을 죽음의 선고로 바꾸기 위한 악마로부터의 전언처럼 가즈야가 저주받은 피에 대한 이야기를 털어놓은 것이었다.

　그녀의 태내에 깃든 자 속에는 악마가 살고 있는 것이다. 그 태아를 지우고 저주받은 아사무시 가에서 달아나야 하는 걸까? 그녀는 남편을 사랑했다. 하지만 그것보다 저주받은 피가 더 무서웠다.

자신을 비천한 출생이라 여겨 저주받은 피의 일원으로 천연 덕스럽게 받아들인 미망인도 기쿠코도 증오스러웠다. 또 남편 조차도 그 악당 가운데 한 명 아닌가? 양가와의 결합은 거북하 지만, 비천한 출생이라면 괜찮을 것이라는 속셈에는 변함이 없지 않은가?

　사키코는 갑자기 마음이 어지러워져 걷잡을 수 없이 화가 났다. 그녀가 마사시에게 다그치듯 물었다.

　"당신이 소고기전골집의 딸을 아내로 삼은 것은, 이런 비천 한 사람이라면 나병환자의 아내가 되어도 불평은 못할 것이라 생각했기 때문이죠? 저 이런 집에는 더 이상 있을 수 없어요."

　아둔하기는 했으나 마사시는 부잣집 아들답게 약삭빠르고 능글맞고 빈틈이 없는 모습을 잃지는 않았다. 언젠가 이렇게 될 것이라 각오하고 있었던 듯, 평소와는 달리 냉정하게 대답 했다.

　"내가 나병환자의 아들이라는 사실을 숨겼던 것은 미안하게 생각하고 있어. 하지만 좋아하는 아가씨에게, 사실 우리 아버 지는 나병으로 정신이 이상해져서 돌아가셨어, 라고 말할 수 있을 리 없잖아. 결코 악의가 있어서 숨긴 게 아니야. 나도 아버지께서 나병으로 괴로워하시다 정신이 이상해져서 자살 하셨을 때는 아닌 밤중에 홍두깨, 그 저주받은 운명에 망연해 지고 말았어. 아버지께서 돌아가실 때까지 그 사실은 전혀 몰 랐어. 아버지 역시 병에 걸리기 전까지는 그 사실을 모르셨을 거야. 모르셨기에 발병한 뒤 갑자기 정신이 이상해졌을 정도로 놀라고 흥분하셨던 거겠지. 제발 우리의 비통한 마음을 헤아려서 용서해줬으면 해."

이렇게 풀이 죽어서 사과를 하니, 사키코도 남편에게서 애정을 느끼지 못하는 것은 아니었다. 한동안은 대답할 말도 찾지 못했다. 자신도 모르게 한숨이 흘러나왔다.

"나병은 얼굴과 손발까지 문드러진다고 하잖아요."

"그런 말은 하지 말아줘. 이제 곧 나의 몸도 그렇게 되는 걸까 생각하면 매일 거울을 보는 것조차도 두려울 뿐이야. 처음에는 이마와 눈썹 부근이 번쩍번쩍 빛나고 혹처럼 딱딱해진다고 해. 아버지가 돌아가셨을 때 나는 아직 열여덟이라는 어린 나이로 나병에 대해서는 아무것도 몰랐기에 아버지의 어디에 이상이 나타났는지 알지 못했지만, 매일 아침 거울을 볼 때마다 내가 느끼는 두려움과 절박함과 괴로움을 생각해주었으면 해."

"그렇다면 시아주버님은 정직하고 결백한 인격자시네요. 헤어지기 싫은 연인과 헤어져 외국으로 가셨다고 하셨잖아요. 그런 훌륭한 형님이 계시기에 당신의 비겁함이 더욱 화가 나는 거예요."

"아니, 형님은 지나치게 신경과민이야. 특별히 나병의 징후가 나타난 것도 아닌데 안절부절못하다 외국으로 달아나버리고 말았어. 외국에 나병을 고치는 명의가 있다면 모르겠지만 그렇게까지 서두른 것도 너무 지나친 일이었어. 더구나 외국으로 달아나서 결혼했다고 하더군. 외국인이라면 속여도 괜찮다는 건가? 인격자라고 할 수도 없지 않겠어?"

"정말 결혼하셨나요?"

"편지로 그렇게 알려왔다고 하더군. 이제 일본에는 돌아오지 않을 거라고 했대. 외국에서 들어온 사람의 말에 의하면 풍기문란한 여자와 결혼해서 술을 들이붓듯 마셔 몸을 망가뜨리고 있다고 하더군."

"그런데 나병이네 자살이네 하는 일들의 비밀이 잘도 지켜지고 있네요."

"바로 그거야. 그게 우리 집안의 암이라고 할 수 있는 부분이야. 나병이라는 사실을 알고 하인들은 일을 그만뒀어. 한 사람 떠나고, 두 사람 떠나고, 일주일이 지나자 하인은 한 사람도 남지 않았어. 개중에는 나병이라는 사실을 안 그날로 허둥지둥 달아나버린 겁쟁이도 있었을 정도였어."

대갓집임에도 불구하고 수많은 하인들 가운데 오래된 사람이 하나도 없다는 사실을 이해할 수 있었다.

사건이 일어났을 때 미망인이 보여준 당당한 태도와 처치는 참으로 눈에 띄는 것이었다고 한다. 하인들에게 숨기는 것은 오히려 좋지 않다고 생각하여 모두에게 나병, 자살을 밝히고 업병에 걸린 집에서 일하는 것도 괴로울 테니 자유롭게 일을 그만두도록. 단, 장례식까지는 있어줬으면 한다. 또한 이 사실을 다른 사람에게는 말하지 말도록. 부모, 형제, 남편, 아내에게도 말하는 것만은 삼갔으면 한다며 많은 돈을 주었다고 한다. 그 방법이 성공해서 하인들은 일을 그만두었으나 그들의 입에서 비밀이 새어나가는 일은 없었다고 한다. 살을 도려내고 가죽을 벗겨내고 이마의 가죽까지 깎아냈으니 장례식에 참석한 사람들에게 시체를 보일 수는 없었다. 이에 마지막 날 밤에는 고생을 했다. 바로 관에 넣고 하나다 의사가 특수한 병상임을 이야기하여 사람들의 눈을 속일 수밖에 없었다.

그렇게 커다란 사건에도 당황하지 않고 일을 처리했던 여장부인 미망인이 좀도둑질을 하지 않고는 견딜 수 없는 묘한 병을 가지고 있다고 하니 얄궂기도 하고 가슴이 아프기도 했다.

사키코는 미망인의 마음을 생각해주었다. 그녀야말로 모든 가족들 중에서 사키코와 같은 입장에 있는 사람이었다. 그녀도 역시 저주받은 집이라고는 알지 못한 채로 시집을 온 사람이었다. 그녀는 모르는 채로 아이들을 낳았는데, 그 자식들에게도 저주받은 피가 깃들어 있다는 사실을 알고는 얼마나 슬프고 놀랐을까? 그런 점을 생각하면, 미망인이 은근히 사키코를 위로하는 마음의 그 표현이 무심한 듯할수록 더욱 깊은 동정심이 담겨 있는 것 같다는 기분이 들지 않는 것도 아니었다. 그리고 지금도 여전히 기품 있고 위엄이 있는 미망인의 모습 이면에 이와 같은 슬픔이 잠겨 있는 걸까 생각하면, 사키코도 자신을 돌아보며 나도 이 운명을 참고 슬픔을 견뎌야 하는 것 아닐까 하는 생각이 들기도 했다.

이 집에서 나가 비구니가 되자. 갈피를 잡지 못하고 그런 생각들을 하는 동안 하루는 이틀이 되었고 사흘이 되었으며, 임신 사실이 알려지기 전에 태아를 지울까 초조해하는 동안 미망인이 임신했다는 사실을 눈치 채버리고 말았다. 태아를 지우고 절로 들어가는 것도 이제는 불가능해지고 말았다.

신분이 다른 며느리라는 생각에 기를 펼 수 없었으나 이렇게 되고 보니 독한 마음이 들었다. 그렇다고 해도 위엄 있는 미망인의 기품에는 맞설 수 없었으며, 한없이 허무적인 기쿠코에게도 압도당하지 않을 수 없었지만, 동생인 가즈야의 비아냥거림만은 더 이상 무섭지 않았다. 이런 상황이 되자 오히려 가족 중에서는 가장 마음을 터놓을 수 있는 상대가 되었다.

가즈야가 서생에게는 어울리지 않는 서양의 사진기를 만지작거리기 시작했기에,

"도련님도 좀도둑질을 하는 거 아닌가요? 당신들에게는 이상한 피가 여러 가지로 뒤엉켜서 흐르고 있으니."

"흥, 그 대신 천재의 피가 흐르고 있어. 물론 당신 서방님만은 천재의 피가 빗겨간 듯하지만. 우리 집안에 바보의 피만은 없는 듯한데 정말 기묘한 일이야. 그렇다면 나병의 피도 좀도둑의 피도 빗겨갔을지 몰라. 그렇게 생각해서 참도록 해. 나병 일가에 강림하셨다고 해서 소고기전골집의 딸이 갑자기 대담

하게 나오는 것도 생각해볼 문제야."

"도련님의 어디가 천재라는 거죠? 한 줌의 학문을 자랑하는 건, 꼴 보기 싫어요."

"하하. 어리석은 사람의 눈에는 들어올 리가 없지. 자, 사진을 찍어줄 테니 그나마 좀 봐줄 만한 얼굴을 생각해봐."

가즈야는 갑자기 사진에 몰두하기 시작해서 하녀에서부터 손님까지 닥치는 대로 찍어댔다. 예전의 기계이기에 매우 커다란 상자 모양이었으며, 검은 막을 뒤집어쓰고 찍어야 했다. 현상도 자신이 직접 하지 않으면 안 되었다. 처음에는 서툴렀으나 그럭저럭 잘 찍게 되었다. 그는 한 가지 일에 굉장히 몰두하는 성격으로 밤낮 없이 사진에만 매달려 있는 듯했다.

아사무시 집안은 원래, 대대로 지방에서 살던 부자였다. 1천 정보 가까운 농경지를 가지고 있는 데다 산림과 해발 2천 미터 정도의 산악까지 몇 개나 소유하고 있었다. 그 산림에서 은이 나오기도 하고 10년쯤 전부터는 크게 공을 들이지도 않았는데 석유가 나와서 더욱 전도유망, 앉은 채로 더욱 커다란 돈이 굴러들어올 것은 명명백백, 이 집에서 돈은 물과 다를 바 없이 그냥 솟아나는 것 중 하나였다.

지금부터 커다란 석유회사를 만들어 대대적인 발굴을 하려 했기에 아둔한 마사시는 매우 바빴다. 그런데 다행스럽게도 그는 아둔하지만 회사 관리에 있어서만은 결코 아둔하지 않았다. 물론 스기코라는 재원이 뒤에 앉아서 지휘하고 일일이 지령을 내리고 있었다. 마사시 스스로에게는 명령을 내릴 재주가 없고 잔재주를 부리려 하는 야심도 없었기에 오히려 위험성이 적었다. 스물세 살이라는 어린 나이지만 사장이라는 중책을 훌륭하게 수행하고 있었다. 사키코를 처음 알게 되었던 서생 무렵과는 완전히 바뀌어 하루하루 관록이 붙어가고 있었기에 사키코도 뜻밖이라 생각했으며, 새삼스레 믿음직스럽기도 하고 사랑스러워지기도 했다. 막 결혼했을 때와는 달리 마사시를 찾아오는 사람은 훌륭한 신사, 대상인 등으로 언뜻 보기에도 위풍당당한 사람들인데, 마사시는 그런 사람들과 조금도 주눅 들지 않고 이야기를 나누었다. 젊은이인 만큼 매우 눈에 띄어서 훌륭한 신사보다 훨씬 더 훌륭하게 보였다. 사키코도 언제까지고 소고기전골집의 딸일 때와 같은 기분으로 있을 수는 없었다. 마사시와 같은 속도로 안방마님의 관록을 갖추어가야 했지만 따라잡을 수 없을 정도였다.

어느 날 정오가 조금 지났을 무렵이었다. 하나다 의사가 사키코의 방으로 훌쩍 찾아왔다. 아무런 거리낌도 없이 커다란 얼굴을 불쑥 내밀더니,

"아아, 작은 마님. 마님의 거처로 인사를 온 것은 오늘이 처음, 이 댁에 들어오신 이후 인사를 드리지 못했습니다만, 음, 이렇게 대면하여 직접 얼굴을 뵈니 과연 마사시 군은 눈이 높습니다. 시골에서는 보기 드물 정도로 아름다운 얼굴입니다. 언제였던가 마사시 군을 진찰했을 때 당신은 아직 산골에서

자란 티를 벗지 못했었는데, 지금은 벌써 아사무시 집안의 어엿한 작은 마님. 정말 대단합니다, 대단해. 타고난 영리함이 없다면 이렇게까지 변하지는 못했을 겁니다. 이 댁의 신세를 지고 있는 저도 마음이 놓이고 한편으로는 감탄스럽습니다. 훌륭합니다, 훌륭해."

라며 한껏 들떠서 입에 발린 소리가 이만저만이 아니었다. 그럴 만도 했다. 그는 손에 위스키 병을 들고 있었으며 다른 한 손에는 잔을 들고 있었다. 오늘은 마침 미망인도 기쿠코도 외출을 했기에 사키코를 안주로 한잔할 속셈인 듯했다. 이미 얼근하게 취해 있었다.

"하녀들이라는 건 입이 가벼우니 이미 알고 계실 테지만 깊은 규방에 계시는 어머님과 그 따님 두 분이 외출하셨다가 돌아오시면 선물이 많아서 말이죠. 하지만 미망인은 늘 작은 마님의 복식에 대해서 마음을 쓰고 계십니다. 그런 점에 대해서는 충분히 감사해야 합니다."

누구의 입이 가벼운 건지 모르겠다.

"낮부터 술을 드시다니, 급한 환자가 생기면 어쩌시려는 거죠?"

"아, 도쿄에 의사가 저 혼자만 있는 건 아니니까요. 더구나 저는 한방에 양학을 살짝 가미한 잡종입니다. 제 아들이 3년 전에 의학교를 졸업했는데 지금은 저보다 실력이 더 좋습니다. 특히 여자에게는 아주 친절하다고 하니 작은 마님도 진찰을 받아보시기 바랍니다. 그러고 보니 임신을 하셨다고 들었는데 이 댁의 첫 번째 손자, 참으로 축하드립니다."

사키코는 조롱당하고 있는 것 같다는 생각이 들었다. 너무나도 짓궂고 잔혹한 놀림이었다.

사키코는 눈물을 글썽였다.

"선생님은 저주 속에서 태어날 아이가 불쌍하지도 않으신가요?"

이렇게 원망하며 따져묻자 설마 그 사실을 알고 있으리라고는 생각지 못했던 듯, 하나다도 깜짝 놀라서 취한 눈을 껌뻑이며 한동안 술 냄새나는 한숨을 훅훅 내뱉었다.

"흠, 마사시 군도 요즘에는 몰라볼 정도로 젊은 사장의 모습을 갖춰가는 듯해서 제법이다 싶었는데 타고난 바보 근성은 어쩔 수 없는 모양이로군. 쓸데없는 말을 할 필요는 없었을 텐데, 괜히 사람만 슬프게 만들 뿐인 것을."

"아니요, 제가 그 사실을 알게 된 건 남편을 통해서가 아니었어요. 도련님이 마치 남의 집안의 일인 것처럼 잔뜩 비아냥거리며 들려준 거예요."

"흠, 그 가즈야가. 그랬군."

하나다는 참으로 심기가 불편하다는 듯한 표정이었다.

"그 약삭빠른 놈은 정말 골칫거리로군. 같은 형제라도 여러 가지가 있는 법이야. 이리저리 들쑤시고만 다니잖아."

하나다는 가즈야가 마음에 들지 않는 듯, 불쾌함을 숨기지 않고 노골적으로 드러냈다.

"아사무시 댁의 작은 마님. 불쾌한 일은 전부 잊어버리는 게 좋을 겁니다. 잊는 것이 최선. 잊어버리고 나면 누구의 피도 저주받지 않은 셈이 됩니다. 나병의 피도, 좀도둑의 피도 잊어버리고 나면 누구의 몸 속에서도 흐르지 않는 셈이 됩니다. 자꾸만 집착하는 것이 무엇보다 좋지 않습니다. 쓸데없는 말이 세상으로 흘러나가서는 큰일. 전부 잊고 살아가도록 하세요."

하나다가 사키코를 위로해주었다. 그는 제멋대로 행동하고 예의를 모르고 자기 집인 것처럼 버릇없이 행동하지만 이렇게 얘기를 나누고 보니 마음은 그렇게 나쁜 사람이 아닌 듯했다.

이튿날 사키코는 미망인의 방으로 불려갔다. 주위에 사람이 없다는 사실을 확인한 뒤 미망인이 사키코를 가만히 바라보며,

"너는 정말 가엾은 아이로구나. 그 가즈야가 쓸데없는 소리만 하지 않았다면 너도 행복하게 지낼 수 있었을 텐데. 이제 와서는 어쩔 수가 없구나. 지금까지 숨기고 있었던 것을 사과하마. 내 다시 한 번 부탁하겠다만, 지금까지처럼 여기를 네 집이라 생각하며 마사시의 뒷바라지를 해주고 태어날 아이를 길러주기 바란다. 너는 영리하고 차분한 아이다. 마사시에게는 아까운 사람이야. 나는 횡재를 한 것처럼 안심하고 있었단다. 너라면 내가 우리 집에서 한 역할을 내대신 해줄 수 있을 게다. 모쪼록 잘 부탁하마."

라고 손을 잡기라도 할 듯 부탁했다. 미망인도 더는 숨길 것이

없어 마음이 놓인 듯 완전히 격의 없는 태도가 되어,

"이번에 기쿠코가 하나다 선생님의 아드님과 결혼하게 되었다. 평생 우리 집안의 애물단지, 노처녀로 지내는 건가 싶었는데 이것으로 나도 어깨의 짐을 하나 내려놓게 되었구나. 이제야 마음이 조금 놓인다. 사위는 25살로 기쿠코와 동갑인데 아버지에게도 뒤지지 않을 정도로 솜씨가 좋아서 젊은 나이임에도 평판이 아주 좋은 선생님이란다."

미망인은 한없이 기쁜지 그 이야기가 나오자 날아오를 듯 들뜬 모습이었다.

기쿠코의 약혼 소식은 곧 온 집안에 알려졌다. 하녀들까지 모두 기뻐하는 가운데 홀로 더없이 심기가 불편한 것은 가즈야였다. 하나다가 가즈야에 대해서 그런 것처럼 가즈야도 하나다에 대해서 좋지 않은 감정을 품고 있는 듯했다. 그는 누나를 악마에게 바쳐 희생양으로 삼으려는 것이라고 생각하여 내심 억누를 수 없는 분노에 불타오르고 있는 듯 보였다.

지금까지 결혼을 안중에 두지 않았던 기쿠코였기에 혼담이 정해지자 바빴다. 나이가 찬 아가씨라면 당연히 그것을 전제로 신경을 쓰고 있었을 결혼 준비가 거의 되어 있지 않았기 때문이었다. 한편, 결혼 준비를 위한 물품 구매가 바빠지자 좀도둑질 쪽도 바빠지기 시작했다. 안과 밖 양쪽을 합쳐서 3사람분 정도의 결혼 준비가 곧 마무리 지어지려 하고 있었다. 그렇지 않겠는가? 어머니와 딸 양쪽의 작업이 겹쳤기에 뒷길을 통해서 들어오는 물건의 숫자가 빠르게 늘었으며, 고급품들도 많았다. 안채의 방들에 장롱이 늘어서고 옷가지가 들어참에 따라서 창고 속에는 보다 고급스러운 의상과 귀금속들이 은밀하게 숫자를 늘려가고 있었다.

기쿠코의 결혼식도 점점 다가오고 있었다. 기쿠코의 얼굴은 밝아져 있었다. 이전까지와는 사람이 바뀐 것처럼, 여성스러움이 급속하고 눈에 띄게 더해져 갑자기 모든 사람들의 눈을 끌고 마음을 매료시키는 청순한 빛으로 넘쳐나게 되었다. 사키코도 그 아름다움에 마음을 빼앗겨 자신도 모르게 황홀하고 기쁜 마음이 들었다. 하지만 그 피에 대해서 생각하면 참으로 슬프고 가여워서 견딜 수 없는 마음이 들었다.

그리고 단 한 사람, 설렘에 들뜬 사람들에게서 등을 돌리고 즐거운 듯한 누나에게 비아냥거리는 것 같은 시선을 가만히 던지고 있는 가즈야의 마음을 이해할 수 있을 것 같기도 했다. 그 피를 품은 채 기쁜 결혼식이라니, 두렵고 암담해질 법도 하지 않은가? 그 피를 알면서도 기쿠코를 맞아들이려 하는 하나다 의사의 마음을 이해할 수가 없었다. 혹은 신처럼 넓고 커다란 사랑을 가지고 있는 것일까? 그처럼 버릇이 없고 예의를 모르는 사람임에도 불구하고. 그게 아니라 가즈야가 의심하고 있는 것처럼 악마의 마음을 가진 사람이라면, 하나다는 무엇을 꾸미고 있으며 무엇을 노리고 기쿠코를 며느리로 들이려 하고 있는 것일까? 생각해보면 너무나도 이상하고 너무나도 음험해서 세상의 상식에서 한참 떨어져 있는 일처럼 여겨졌다. 이유를 전혀 알 수가 없었다. 그저 나쁜 일이 일어나지 않도록 해달라고, 사키코는 조그만 가슴을 졸이고 있을 뿐이었다. 그녀의 태내에서는 아이가 점점 자라서 태어날 날도 점차 다가오고 있었다.

★

앞으로 열흘쯤 뒤면 결혼식이 열릴 아사무시 가에게는 분주한 하루였다.

시로카네에 있는 아사무시 집의 정원은 아래에서부터 50척도 넘는 높다란 절벽 위에 자리하고 있었다. 그 절벽 아래에 자리 한 인가에서 일하고 있던 사람의 눈앞으로 남자 둘이 위에서부터 서로 뒤엉킨 듯 떨어져 내렸다. 함께 무너져버린 것인지 절벽의 돌 서너 개가 사람과 하나가 되어 떨어졌다. 아래쪽의 집에서는 그때 정원의 보수공사를 하고 있었는데 정원석을 잔뜩 쌓아놓은 곳 위로 떨어졌기에 버텨낼 수가 없었다. 사람들이 바로 달려왔으나 그때는 이미 숨이 끊어져가고 있었으며 의사를 부를 틈도 없이 곧 끊어져버리고 말았다. 1만여 평이나 되는 대저택, 아래에서부터 빙글 돌아서 아사무시 가에 소식을 전하러 가기까지의 거리는 상당했다. 아사무시 집안에서 소식을 듣고 달려가보니 숨이 끊어진 것은 하나다 의사와 노구사 쓰사쿠였다.

하나다는 낮부터 취해 있었다. 그때 노구사가 왔다. 하나다는 술을 마셨지만 노구사는 차에도 과자에도 손을 대지 않을 정도로 경계심 깊은 인물. 묘한 기운이 흐르는 가운데 마침 집에서 사진기를 만지작거리고 있던 가즈야가 귀한 손님이 오셨다며 두 사람을 정원으로 데리고 나가 촬영을 시작했다. 널따란 잔디밭에서 촬영을 하고 있었는데 술에 취한 하나다가 무슨 말인가 한 것을 계기로 노구사와 언쟁이 벌어졌다. 가즈야는 촬영이 끝났기에 언쟁을 벌이고 있는 두 사람을 정원에 남겨둔 채 실내로 돌아와버렸다. 두 사람은 절벽 끝부분까지 가서 언쟁을 벌이다 발을 잘못 디뎌 절벽 아래로 굴러떨어진 것인 듯했다.

싸움을 하다 떨어져서 두 사람 모두 죽은 것이니 어쩔 수 없는 일이었다. 그런데 하나다 쪽에는 별 이상스러운 점이 없었으나, 노구사는 묘하게도 사는 곳을 알 수가 없었다. 아사무시 집안에도 그의 주소를 아는 사람이 아무도 없었다. 미망인에게 물어보니 그는 주소를 누구에게도 말하지 않았으며, 자신 역시 묻지도 않았다는 것이었다. 노구사의 품속에서는 손이 베일 것만 같은 10엔 지폐 100장 묶음, 작은 보자기에 담긴 거금 1천 엔이 나왔는데 고급스러운 종이에 싸여 있고 지갑과는 별도로 가지고 있었던 것을 보면, 누군가에게 줄 돈이거나 누군가에게서 받은 돈이거나, 특별한 돈인 듯 여겨졌다. 관할 경찰서에서도 조금 수상하다고 생각하기는 했으나 싸움 끝에 둘 모두 벌을 받아 목숨을 잃은 것이니 더 이상 의심할 필요는 없었다. 단지 노구사의 시체를 인도할 사람이 나타나기만을 기다리고 있었다.

신문 기사를 보고 노구사의 아내가 시체를 인수하러 왔다. 물장사를 하던, 아직 서른에서 두어 살쯤 모자랄 듯한 젊은 나이로 조금은 미인. 요란스러운 치장에 오만한 여자였다.

"이상하네. 난 살해당할지 모른다고 이 사람은 입버릇처럼 얘기했었어요."

"누구한테 살해당한다는 거지?"

"글쎄요. 누구인지는 모르겠지만 의사 놈이 노리고 있기에 위험해서 차도 마시지 않는다고 했었어요."

"그럼 얘기가 맞는군. 그 의사와 몸싸움을 하다가 절벽에서 떨어져 죽은 것이니. 의사도 죽었으니 그만 잊도록 해."

"그런가요?"

라며 아내는 시체를 거두어 갔다.

그런데 이튿날, 그 아내를 데리고 할머니 한 사람과 스물두어 살쯤으로 협기 있어 보이는 형님풍의 사내가 경찰서로 찾아왔다. 할머니는 노구사의 전처이고, 협기 있어 보이는 형님풍의 사내는 노구사의 장남이었다. 노구사가 아사무시 가의 하인으로 있을 때는 저택 안의 작은 주택에서 할머니도 장남도 함께 살고 있었다. 집안 어른이 급사하자 노구사는 아사무시

가를 나와 처자를 버리고 행방을 감추었다. 몇 년 지나서 노구사의 집을 찾아냈는데 굉장한 부자가 되어 있었다. 할머니가 울며 매달리자 매달 30엔씩 주었는데 나중에 다시 애원해서 50엔을 받게 되었다. 어떻게 해서 부자가 된 건지 할머니는 알지 못했으나, 노구사가 죽었기에 지금의 아내를 만나 사정을 물어보니, 노구사는 일을 해서 돈을 번 것이 아니었다. 아무것도 하지 않는데 매달 1천 엔씩 돈이 들어오는 것이었다. 온 집 안을 뒤져보아도 은행예금 같은 것이 있는 것처럼은 보이지 않았기에 이제야 분명히 알게 되었는데 다달이 들어오는 그 1천 엔은 아마도 아사무시 집안에서 나오는 것인 듯했다. 지금의 아내는 그가 죽기까지 아사무시 가에 대해서 아는 것이 없었으나 전처인 할머니에게는 짚이는 부분이 있었다. 아사무시 가의 주인은 어떤 이유로 급사했다. 노구사는 의외로 입이 무거웠기에 나병과 자살에 대해서는 전처에게도 말을 하지 않았으나, 심상치 않았던 그 집안의 분위기를 통해서 뭔가 커다란 일이 벌어졌다는 사실만은 짐작할 수 있었다.

매달 1천 엔씩이나 되는 거금을 5년 동안이나 뜯어냈다는 것은 놀랄 만한 일, 그 집안이 아무리 커다란 부자라 할지라도 어마어마한 비밀일 것임에 틀림없었다. 그 정도로 커다란 비밀을 쥐고 있는 인물을 살려두고 싶을 리 없으니 이건 살인이라고 보는 게 옳을 듯했다. 그 비밀은 예전 주인의 급사와 관계가 있는 듯하니 그 비밀을 집안에 드나드는 의사가 쥐고 있는 것은 당연한 일. 그런데 비밀을 쥐고 있는 두 사람이 자기 혼자서만 단물을 빨고 싶다고 생각하는 것은 인지상정이니 두 사람이서 서로를 죽이려 한 것이라고도 볼 수 있을지 모르겠지만, 아사무시 집안의 입장에서 생각했을 때 두 사람을 한꺼번에 죽여버리면 비밀이 영원히 새어나갈 일이 없을 테니 두 사람을 없애버리고 싶은 것은 더더욱 간절한 소망이었을 것임에 틀림없었다.

노구사의 장남은 약간 머리가 좋은 형님이었기에, 사람과 함께 절벽의 돌 서너 개가 동시에 무너져 내린 것은 조금 이상한 일이다, 새로 깎아낸 절벽도 아니고 사람이 잠시 주먹다짐을 했다고 해서 지진이 일어날 리도 없다, 나는 공사장의 노무자이니 절벽을 보면 알 수 있다, 아사무시 가의 절벽에는 돌을 정성껏 쌓아올렸을 테니 사람이 발을 잘못 디뎌도 돌이 함께 무너져 내릴 리는 없다, 이건 거기에 올라서면 떨어지도록 장치를 해놓은 사람이 있는 것이다, 라고 생각했다. 그랬기에 셋이서 경찰서로 뛰어든 것이었다.

"그렇다 해도 노리고 있던 두 사람을 동시에 미리 준비해둔 돌 위로 정확히 올라서게 하는 일이 가능할까?"

라며 경찰은 웃고,

"너희 아버지는 아사무시 가에서 금품을 갈취하던 악한이었잖아. 겁도 없이 그런 말을 잘도 꺼내는군. 네 말을 듣고 있으면 금품을 갈취당한 아사무시 가는 커다란 악당이니 금품을 갈취하는 것이 당연한 일인 것처럼 들리잖아."

조롱하듯 말하고 그들을 쫓아냈다.

이에 노구사의 장남은 생각했다. 흥, 경찰 녀석 아주 좋은 말을 해주었어. 범인 놈을 잡아도 돈 한 푼 떨어지지 않지만, 아사무시 가의 비밀을 밝혀내면 매달 1천 엔씩은 틀림없이 받을 수 있을 거야. 이런 횡재수가 어디 다른 데 또 있겠어? 본전이 조금은 필요할지도 모르겠지만 비밀을 쥐기만 하면 공짜나 다름없지. 5년 전에 일하던 사람들이 그만뒀다고 하니 그들을 찾아내 물어보면 틀림없이 뭔가 건질 수 있을 거야. 전부를 건져내지는 못한다 할지라도 노구사의 아들이라고 말하면 비밀을 슬쩍 내비치기만 해도 저쪽에서 먼저 겁을 먹고 1천 엔을 내줄 거야. 녀석, 이런 교활한 생각을 했다.

이에 어머니의 기억을 더듬어 요코하마의 오쓰키, 에바라 군 야구치무라의 오킨, 아사무시 가의 고향에서 왔다는 누구, 이름을 뭐라고 하는 아가씨를 단서로 뜬구름을 잡는 듯한 수사를 시작했다. 노잣돈을 마련하여 동분서주, 잔꾀가 아주 많고 수완이 좋았던 듯 열흘쯤 지나자 그럭저럭 비밀의 아웃라인을 잡을 수 있었다.

아사무시의 옛 주인은 나병에 시달리다 정신이 이상해져서 자살한 것이었다. 그것을 평범한 병사로 가장하여 세상을 속인 것은 하나다 의사의 도움이 있었기 때문이었다. 그렇다면 하나다가 협박을 하고 있었던 건 당연한 일. 아버지와 하나다는 아사무시 가에 의해서 모살당한 것이라는 사실이 더욱 분명해졌다. 이 살인의 증거를 쥔다면 매달 1천 엔이 문제가 아니었다. 어마어마한 아사무시 가 재산의 절반을 받는 것도 어려운 일이 아니리라. 실로 커다란 행운이 찾아왔다고 미소 지으며, 다시 살인의 증거를 쥐기 위해 노력했으나 그건 문외한이 밖에서부터 들여다본 것만으로는 도저히 밝혀낼 수 있는 것이 아니었다. 에잇, 죽이 되든 밥이 되든 부딪쳐보자며 아사무시 저택으로 찾아가 소란을 피우자 미망인이 엄하게 제지하며,

"하나다 씨와 너희 아버지를 우리 집안사람이 죽였다니 뭘 증거로 그런 말을 하는 거지? 무례한 말을 하면 그냥 내버려두지는 않을 게야."

증거를 내놓으라고 하니 말문이 막혀서 그것만은 어떻게도 대답을 할 수 없었기에,

"이런, 제길. 무슨 증거가 필요하다는 거야. 핏속에 나병이 흐르고 있다는 비밀이 밝혀져 두 사람을 살해한 것이라고 떠들고 다닐 테니 그리 알고 있어."

"그런가, 우리 집안에 나병환자가 있는 건 사실이지만 살인자라는 말을 들어서는 가만히 있을 수가 없지. 네가 가고 싶은 곳으로 가서 똑같은 말을 다시 한 번 해봐. 나병은 벗어날 수 없는 우리 집안의 운명, 그에 대한 각오는 되어 있으니 두려울 것 없지만, 살인자라는 말을 듣는다면 그대로 넘어가지는 않을 게야. 고소를 해야겠으니, 자, 같이 가자."

"흥, 한심하기는. 누가 경찰서 같은 데 갈 줄 알고? 나병은 이 집안의 유전이라고 분명히 말했겠다. 그 말을 잊지는 않았 겠지. 내일부터 일본 전국을 돌며 떠들고 다닐 테니 두고 보라고."

"잠깐."

미망인이 조용히 제지하고,

"너희 아버지에게는 그 일에 대한 입막음으로 다달이 1천 엔을 주었는데, 너도 그 비밀을 지켜준다면 너희 아버지와 같은 대우를 해주지. 비밀을 지킬 수 있겠지?"

"처음부터 그렇게 나와준다면 굳이 쓸데없는 말을 하고 다닐 필요는 없지. 이래봬도 입은 무거운 편이니."

이렇게 해서 1천 엔을 받아가지고 품속에 넣어 문을 나설 때 경찰에게 붙들리고 말았다. 이 경찰은 그가 세 사람이서 경찰서에 왔었다는 사실을 기억하고 있었기에, 어라 뭔가 음모를 꾸미고 있는 게 아닐까 싶어 신문한 뒤 품속을 살펴보니 손이 베일 것 같은 지폐다발로 1천 엔. 뭘까 싶어 경찰서로 끌고 갔다.

"뭐? 공갈, 협박 같은 거 할 리 있겠습니까? 받은 돈입니다. 거짓말 같으면 아사무시 씨에게 물어보십시오."

아사무시 가에 물어보니 말 그대로 건네준 돈, 결코 공갈 협박은 없었습니다, 라는 대답.

하지만 이건 좀 이상한데, 뭔가 있어, 라고 오히려 경찰의 제6감을 자극하고 말았다. 그러고 보니 예전에 노구사의 장남이 말한 것처럼 그 절벽에서 발을 잘못 디딘 것이라 할지라도, 기껏해야 격투 정도로 지진이 일어난 것도 아닌데 돌이 한꺼번에 서너 개나 떨어진다는 것은 이해하기 어려운 일이기도 했다. 한번 알아봐야겠다는 생각이 들었다.

★

상대가 대갓집이었기에 잘못 건드렸다가는 뒷일을 감당할 수 없을 터였다. 서에서 유키 신주로에게 도움을 청했다. 신주로 일행이 절벽 위아래를 면밀히 살펴보았더니 절벽의 돌이 4개 무너져 내렸다. 그 외의 돌에는 영향이 없어서 더 떨어질 것 같은 돌은 하나도 없었다.

집안사람들을 비롯하여 관계자 모두를 한 사람씩 조사해보니 아사무시 집안의 특이한 생활방식, 나병을 가지고 있다는 사실, 전 가장의 정신이 이상해졌었다는 사실 등이 모두 판명되었다. 참으로 가엾은 가족이었으나 살인 용의가 있으니 어쩔 수 없었다.

신주로는 취조가 일단락 지어지자 풀이 죽은 얼굴. 형사와 헤어져 예의 일행 4명만이 남자 말을 돌려 구청으로 향했다. 그가 거기서 조사한 것은 5년 전까지 아사무시 집안에서 일했던 고용인들의 원적이었다.

"저는 지금부터 5년 전의 하인들을 하나하나 찾아다니지 않으면 안 됩니다만, 당신들은 그런 일에는 흥미가 없으시겠죠?"

도라노스케가 한심하다는 듯,

"그런 일이 이번의 살인사건과 무슨 관계라도 있습니까?"

"글쎄요. 모르겠습니다. 하지만 이번 사건이라면 두 사람이 어떤 방법으로 누구에게 살해당한 건지는 대충 알고 있습니다. 그와는 상관없이 이번 사건에 이르게 된 비밀을 조금은 알고 싶습니다. 워낙 비밀을 쥐고 있던 두 사람이 세상을 떠나버렸으니까요. 그리고 지금 저희가 알고 있는 사실은 살인 동기로 충분히 수긍이 가는 것입니다만, 아마도 이럴 것이라고 사람들이 추측하고 있는 것 정도에 지나지 않습니다. 당시 그 집에 있던 사람이 지금은 한 사람도 없습니다. 그러나 어떤 사실이 밝혀진다 한들 사람의 마음을 밝게 해줄 만한 것은 나오지 않을 겁니다."

"음, 과연 형안. 우선 거기부터 시작하는 게 순서지. 저도 동행하겠습니다."

라고 하나노야가 무엇인가 좀 알겠다는 듯 끄덕이자 도라노스케도 질 수는 없었다. 무슨 소리야, 한심하기는, 이라고 말하면서도 순서를 생략해서 실수라도 하면 어처구니가 없을 테니 세 사람이서 길을 나서기로 했다.

예전의 하녀들에게서는 지금 알고 있는 정도의 사실 외에 거의 알아낸 것이 없었다. 7명이었던 하녀 전부를 만날 수는 없었지만 4명은 만날 수 있었다. 당시 남자 하인은 3명이었다. 노구사 외에도 정원사가 1명, 인력거꾼이 1명. 이들이 정원 안의 숙소에서 살고 있었는데 인력거꾼도 정원사도 지금은 행방을 알 수 없었다.

하녀들의 증언 가운데 특히 이상한 점이 한 가지 있었다. 신주로는 이 질문을 반드시 했었다.

"마님과 따님인 기쿠코 씨는 매달 어느 정도의 물건을 사들였지?"

"글쎄요, 잘은 모르겠지만 때로는 한 가게에서 5천 엔, 1만 엔씩이나 사들이는 경우도 있었던 듯해요. 그건 대부분 귀금속류였어요."

"그 청구서에 적혀 있는 금액의 절반 정도는 도둑질을 한 물건이었지?"

"네?"

"마님과 기쿠 씨가 도둑질한 물건을 말하는 거야."

"도둑질이라고요? 그 대갓집의 마나님과 아가씨가 도둑질을 할 리 없잖아요."

"그래? 도쿄에서 아사무시 가의 마님과 따님의 좀도둑질은 꽤나 알려진 사실인데."

"아니요, 그런 말은 들어본 적도 없어요. 그럴 리가 없잖아요."

지금까지 4명의 여자들 모두 나병에 대해서는 마지못해 인정했으나, 도둑질에 대해서는 반드시 부정을 하는 것이었다.

여자들 쪽의 조사를 마치고, 나머지는 남자 둘이었으나 아무래도 행방을 알 수가 없었다.

인력거꾼은 도쿄에서 무허가 인력거라도 끌고 있는 것인지 고향에 아예 찾아오질 않기에 어디에 있는지 알 수 없지만, 아사무시 집에서 나왔을 당시에는 모아두었던 돈으로 술집과 같은 가게를 운영했으며, 자신이 술을 퍼마셔 망했다는 이야기였다. 퇴직금으로 받은 돈이 하녀의 경우에도 1천 엔 이하는 아니었으니 남자는 상당한 돈을 받았을 테고, 조그만 가게를 열기에는 충분했으리라. 하지만 그가 가게를 열었다가 실패한 뒤에도 주인집을 찾아가 돈을 뜯어내지 않은 것을 보면 그도 하녀 정도로만 비밀을 알고 있을 뿐, 직접 시체를 처리하는 등의 일에는 관여하지 않은 듯했다. 그는 아사무시 가 소작인의 아들이었는데 그 집안사람은 얼굴을 찌푸리며,

"그놈은 3형제 가운데 막내인데 워낙 추운지방 사람은 술고래라서, 어설프게 한몫 잡은 것이 오히려 좋지 않았던 듯합니다. 3년 전까지는 추석이 되면 돌아와서 돈을 잘 벌고 있는 듯한 말을 했습니다만, 가게를 말아먹고 난 뒤부터는 편지 한 장 보내지 않습니다. 부끄러운 짓이나 하지 않으면 좋으련만, 걱정입니다."

"나이는 몇 살입니까?"

"올해로 마흔이 되었을 겁니다. 아내와 아이까지 가족은 다섯인데 처자들이 가엾습니다. 아내는 이 마을 출신의 여자로 비교적 야무진 사람이어서, 들리는 말에 의하면 빈민굴 같은 데서 삯일을 해가며 아이들만은 기르고 있다고 하는데, 어떻게 해야 좋을지 모르겠습니다."

"그렇다면 이혼을 한 겁니까?"

"아니요. 가끔 돈을 뜯으러 와서는 10센, 20센, 피땀 흘려 모은 돈을 앗아가지고 모습을 감춘다고 합니다."

아내의 본가에 물어보아도 비슷한 정도의 일밖에 알 수가 없었다.

정원사의 행방은 더욱 뜬구름을 잡는 것과 같았다. 그가 태어난 곳은 아키타였다. 세 사람은 그런 먼 지방까지 찾아갔다. 그의 고향집 사람은 머리를 긁으며,

"그게, 녀석의 행방은 전혀 알 길이 없습니다. 원래는 이 지방 나리의 저택에서 일하는 정원사 밑으로 13살 때부터 들어가 일을 배웠는데 스물한두 살 무렵에 그 정원사의 소개로 아사무시 댁에 들어가 살게 되었습니다. 5, 6년쯤 일했을 겁니다. 특별히 여자를 들였다는 말도 듣지 못했습니다. 저희가 녀석에게 편지를 보냈더니 얼마 전에 일을 그만두고 나갔다는 말뿐, 그로부터 5년이 지났습니다만 어디에 있는지 소식조차 없습니다. 혼자 몸으로 홀가분하기 때문일 테지만, 벌써 서른한두 살은 되었을 터, 어디서 무엇을 하고 있는지 전혀 알 수가

없습니다."

어떻게 해볼 수도 없었다. 그래도 인력거꾼과는 달리 스승의 주소는 알고 있었기에 도쿄로 돌아와 스승의 집도 찾아가보았다. 스승도 머리를 긁으며,

"네, 녀석은 영 됨됨이가 좋질 못해서. 어디서 뭘 하고 있는지 행방을 알 수가 없습니다. 정원사로서는 솜씨가 좋은 편입니다만, 제 솜씨만 믿고 다른 정원사가 이제 막 다듬어놓은 정원수에 누가 청한 것도 아닌데 달려들어 다시 손질을 하는 등 주제넘고 시건방진 녀석으로 그런 점이 재미있다고 하는 사람도 있었습니다만, 그런 녀석이기에 풋내기 주제에 천하제일의 명인인 양하여 꼴사나운 면도 있었습니다. 그런 성격 때문에 몸을 망친 걸지도 모르겠습니다."

더는 어떻게 해볼 수도 없었다. 신주로는 나머지 여자들이 살고 있는 곳도 알아보았는데, 등잔 밑이 어둡다고 가구라자카에서 장사를 하는 집의 안주인으로 들어간 쓰네라는 25살의 여자를 찾아냈다. 조금은 세련된 여자였다.

"저도 신문을 보고 혹시나 싶었어요."

라고 지금까지의 여자들과는 달리 이야기하기를 좋아하는 여자인 듯했다.

"짚이는 일이라도 있는 건가?"

"짚이는 일 정도가 아니에요. 그 일을 어떻게 잊을 수 있겠어요. 오노부 씨라는 서른다섯 된 사람과 제가 안채의 하녀로

있었을 때, 초봄의 아직 3시 무렵이었는데 안쪽의 문을 닫는 소리가 들리기에 가보니 문을 닫고 있는 것은 마님이었고 아가씨께서 망을 보듯 복도에 서 계셨었어요. 아가씨께서 저를 노려보시듯 하더니 하나다 선생님을 불러오라고 말씀하셨어요. 하나다 선생님을 모시고 갔더니 부를 때까지 누구도 와서는 안 된다고 엄하게 명령하시고 저녁도 드시지 않은 채 밤 12시까지 쥐 죽은 듯 아무런 소리도 들리지 않았어요. 한밤중에 저희를 한 방으로 불러 모으시더니, 나리께서 나병으로 괴로워하시다 정신이 이상해져서 돌아가셨는데 다른 사람에게는 절대로 말하지 않았으면 한다, 모두 우리 집에서 내보내줄 테니 장례식이 끝나면 떠나도록, 이라며 커다란 돈을 주셨어요."

"시체 처리를 도운 사람은 없었는가?"

"하녀는 한 사람도 안쪽 방으로 불려들어간 사람이 없었지만, 하인인 노구사 씨와 정원사인 진키치 씨가 안으로 불려가서 한참을 나오지 않았어요. 인력거꾼인 우마키치가 관을 실어 왔는데, 실어와서 마루까지만 가지고 갔을 뿐, 그도 일을 돕지는 않았어요. 마사시 도련님, 가즈야 도련님은 아직 어린아이였기에 그분들도 안채에서 쫓겨나 하녀들의 방으로 오셔서는 걱정스럽다는 듯 안채의 상황에 신경을 쓰고 계셨어요. 하인과 정원사는 무슨 일을 하고 있던 건지 장례식이 끝날 때까지 계속 모습을 보이지 않았는데, 비밀이 새어나가면 안 되기 때문이었겠지요. 제가 그 집에서 나오기로 한 날이 되어, 그때는 이미 하녀들의 절반 정도는 집에서 나간 뒤였는데, 노구사 씨가 혼자서만 불쑥 어딘가에서 돌아왔어요. 제가 그 집에서 나왔을 때 정원사는 아직 돌아오지 않았었어요. 하인인 노구사 씨와 하나다 의사선생님이 협박을 하는 것도 당연한 일이에요. 나리는 자살이 아니에요. 누군가가 죽인 거예요."

"누가 죽였다고 생각하지?"

"거기까지는 모르겠어요."

쓰네는 말끝을 흐리고 히죽히죽 웃다가,

"저는 안채의 하녀였기에 알고 있는데, 아가씨는 임신 중이었어요. 거의 외출을 하는 일이 없었던 아가씨가 말이죠. 가족 외에는 남자가 드나들지 않는 안채에 들어앉아 계시던 아가씨가 말이에요. 이 사실을 알고 있는 건 오노부 씨와 저뿐, 다른 하녀들은 몰라요."

라며 뽐내듯 의미심장한 얼굴로 웃었다. 3사람은 이미 오노부라는 하녀를 만났었는데 아사무시 가의 고향 출신으로 나이는 마흔, 매우 냉정하고 말수가 적어서 거의 아무 말도 하지 않았었다.

"아가씨의 뱃속에 있던 아기는 어떻게 됐지?"

"제가 그 집에서 나올 때까지는 아직 그대로였다고 생각해요. 하나다 선생님이 계셨으니 언제든 어떻게라도 했을 거예요."

"태아의 아버지는 누구였다고 생각하지? 생각한 그대로를 말해봐."

"그건 모르겠어요. 하지만 안채에 드나드는 남자라고는 나리, 큰도련님, 하나다 선생님, 이렇게 3분밖에 없었어요."

"히로시 씨의 친구들은?"

"그런 분들은 안채에 드나들지 않았어요."

뜻밖의 사실을 알게 되었지만 가장 중요한 인물인 히로시는 외국으로 가버렸고, 지금 비밀을 알고 있는 유일한 인물인 정원사 진키치는 행방을 전혀 알 수 없었다. 그렇다고 바다 바깥까지 쫓아갈 수도 없는 일이니 무슨 일이 있어도 정원사를 찾아내지 않으면 안 되었다. 다시 정원사의 스승을 찾아가서,

"어떤가, 진키치의 친구라고 할 만한 사람은 없는가?"

"그게 그러니까, 전에도 말씀드린 것처럼 시건방진 놈으로 명인인 양하여 동료들을 화나게 만들 뿐이었기에 친하게 지내던 사람은 한 명도 없었습니다. 정을 통한 여자라면 1명쯤 있었을 법도 하지만, 여기저기 닥치는 대로 돌아다닐 뿐 특별히 이 사람이다 싶은 여자는 없었던 듯합니다. 그놈만은 제가 가정을 꾸려주어야겠다는 마음이 들지 않습니다. 흥, 하는 듯한 얼굴을 해서 말이죠. 저희 마누라는 말입니다, 한 번 친절을 베풀었다가 머리끝까지 화를 낸 적이 있었습니다."

"그런가? 그럼 집사람을 좀 만나게 해줄 수 있겠는가?"

아내는 50줄의 꽤나 품위 있는 여자. 정원사의 아내에 어울리지 않게 교양이 있는 듯.

"글쎄요. 진키치와 친하게 지내던 사람은 제 눈에도 띄지 않았기에 짚이는 사람은 없습니다. 워낙 동료들보다 한 수고 다섯 수고 위에 있다고 생각해서 콧대가 높았기에 친구가 생기지 않았습니다. 동년배들의 시답잖은 잡담에도 섞이지 않아 진키치가 어디서 무엇을 하고 있는지, 무슨 생각을 하고 있는지 그것은 아무도 몰랐습니다. 실제로 솜씨는 좋으니 그것도 어쩔 수 없는 일이라 생각하여 동네에 지금은 몰락했지만 원래는 2백 석을 받던 무사 분의 따님이 품행도 단정하고 야무진 분이어서 그런 분이라면 진키치와 잘 맞을지도 모르겠다고 생각했기에 말을 꺼내본 적이 있었는데 가난한 사무라이의 나이 든 딸이 젊은 정원사의 마누라가 될 수 있을 거라 생각하느냐고 하기에 이 녀석 하며 그때만큼 화를 낸 적도 없었습니다. 그보다 더 시건방진 사람은 본 적이 없었습니다. 그러나 잘난 척하는 데도 이유는 있어서 글도 상당히 읽은 듯했으며, 양학을 배워볼까, 서양 정원사의 비법서를 좀 읽어볼까, 하는 식으로 큰소리를 치는 놈이었습니다."

"아사무시 가에 있었을 때도 종종 놀러 왔었나요?"

"거의 오지 않았지만 가끔 올 때도 있었습니다. 아사무시 가에서 나온 뒤로는 한 번도 오지 않았습니다."

더 이상은 알아낼 방법이 없었다. 신주로도 어쩔 수 없다는 듯 포기한 얼굴,

"이 이상 더는 어쩔 수가 없을 듯합니다. 저희 셋의 여행은

오늘로 마무리 짓도록 하겠습니다."

도라노스케가 꼴사납게 하품을 하며,

"이거 참, 헛수고에 헛수고. 막대한 시간과 노잣돈을 썼는데 쥐새끼 한 마리 나오지 않다니. 심안이 흐려질 때는 그런 법이지. 나는 여행에 나서기 전부터 이렇게 될 줄 다 알고 있었어."

"아니요, 이즈미야마 씨. 결코 헛수고는 아니었습니다. 매우 중요한 사실을 알아내지 않았습니까?"

"기쿠코의 임신 사실을 말하는 것 같은데 그 정도의 비밀은 어느 집의 하녀든 반드시 냄새를 맡는 법이야."

"그리고 진키치의 행방불명이 이번에 알게 된 두 번째 중요한 일이고, 그보다 훨씬 더 중요한 일도 있습니다. 이즈미야마 씨는 잊으셨습니까? 미망인과 기쿠코 씨 모두 그 사건이 일어나기 전까지는 좀도둑질을 한 적이 없었습니다."

라며 신주로가 재미있다는 듯 키득키득 웃었다. 그리고 덧붙였다.

"그럼 내일은 여러분과 함께 아사무시 가에 가기로 하겠습니다. 내일이 이번 사건의 마지막 날이 될 듯합니다."

아직 갈 길이 멀었다고 생각했는데 뜻밖의 말. 도라노스케와 하나노야는 한동안 망연. 그러다 도라노스케가 마침내 고개를 끄덕이며,

"무슨 소리야? 이번에 두 사람을 살해한 범인은 처음부터 알고 있었어. 그건 아사무시 집안사람들 전원이야. 그것만 가

지고는 예전의 비밀을 풀 수가 없잖아. 안 그런가, 신주로?"

"아니요. 아마도 모든 비밀의 마지막 날이 될 겁니다. 그리고 틀림없이 매우 우울한 날이 될 듯합니다. 그럼, 안녕히 가세요."

★

도라노스케의 말을 다 듣고 난 가이슈, 어혈을 뽑으며 침묵하기를 30분여. 아침식사를 마친 지 얼마 되지 않았는지 도라노스케 앞에는 가지고 온 대나무 껍질이 흩어져 있었다.

"그 미망인은 지력과 담력을 겸비한 여장부야. 일을 신속하고 적절하게 처리해서 거의 실수를 범한 적이 없었어. 대장부라 할지라도 역사상 그렇게 침착하고 세심한 사람은 거의 찾아볼 수 없을 정도의 호걸이야."

라고 뜻밖의 커다란 칭찬을 한 뒤, 한숨.

"나병이라는 건 아무런 근거도 없이 만들어낸 거짓말이야. 업병이라는 오명을 감수하면서까지 숨길 수밖에 없는 커다란 비밀이 있었던 거야. 말할 필요도 없이 아사무시 곤로쿠는 자살한 것이 아닐 거야. 살해당한 거야. 범인은 장남인 히로시. 아버지를 살해한 범죄쯤 되면 나병이나 광기로 인한 죽음 등 집안의 이름에 누가 되는 일을 퍼뜨려서라도 숨기고 또 숨기지 않으면 안 돼. 나병과 광기로 인한 죽음이라는 사실을 하인들에게 너무나도 분명하게 들려준 것은 불찰이지만, 그 급박한 상황에서는 그것이 최상의 방법이라 여겨졌을 거야. 영리한 미망인이니 그 불찰은 깨닫고 있었겠지. 아버지 살해를 숨기기 위해 나병이라는 방법을 쓴 건데, 방법이 조금 서툴렀다는 사실을 깨달았기에 이후부터는 그 나병을 숨기는 척하지 않으면 아버지 살해까지 밝혀질 거라 생각했어. 그래서 쓰게 된 방법이 좀도둑질이야. 과오를 과오로 덮는 방법, 범죄를 범죄로 덮는 방법, 이는 사람들이 자연스럽게 흔히 쓰는 방법인데, 그것을 역이용한 거지. 정말 치밀한 사람이야. 공교롭게도 하나다와 노구사가 비밀을 손에 쥐게 되었다는 것이 불행의 시작이지만, 제아무리 뛰어난 사람이라 할지라도 다급하게 일을 처리할 때는 어쩔 수 없는 법이지. 자기 혼자서는 손을 쓸 수가 없었어. 아사무시 가 정도의 부자라면 협박으로 뜯어가는 돈쯤이야 새 발의 피 정도도 아니었을 테지만 아버지 살해라는 비밀을 알고 있다는 게 괴로웠을 거야. 기쿠코를 하나다 집안의 며느리로 삼아 한쪽의 입은 막는다 할지라도 노구사의 입은 막을 수가 없어. 어차피 노구사를 죽일 거라면 하나다도 같이 죽여 두 사람을 한꺼번에 처리하는 것도 괜찮은 책략이라 여겼던 거야. 이 살인에 이용된 것은 가즈야의 취미인 사진이야. 손장난을 해놓은 절벽 위에 두 사람을 동시에 세울 수 있는 건 사진밖에 없어. 1만 평이 넘는 저택이야, 절벽 아래서 사람이 소식을 전하러 올 때까지 속임수의 흔적은 얼마든지 지울 수 있었을 거야."

손바닥을 가리키는 것처럼 수많은 비밀을 남김없이 풀어버렸다.

가이슈의 심안을 빌리러 왔던 도라노스케는 꿈결에서 깨어난 듯 기세 등등, 그렇게 멀지도 않은 시로카네까지 시바산나이를 힘차게 달려 앞질러 가서는 신주로가 도착하기를 아사무시 가의 대문 앞에서, 왜 이렇게 늦는 거야 하며 초조하게 기다렸다. 싱글벙글, 뼈가 녹아내리는 게 아닐까 싶을 정도로 노곤하고 기분 좋은 시간이었다.

"과오를 과오로 덮는다, 범죄를 범죄로 덮는다. 사람들이 자연스럽게 흔히 쓰는 방법인데 그것을 역이용한 거야, 이번 사건은."
이라고 히죽히죽 웃는 얼굴로 입에서 침을 흘려가며 도라노스케가 말하려는 것을 신주로는 제지하고, 안내를 청하여 모두가 아사무시 가의 안채로 들어갔다. 후루타 순사를 복도에 세워 망을 보게 한 뒤, 미망인과 기쿠코 두 사람을 불러 마주 앉은 신주로.

"마님, 창고 안을 안내해주실 수 없으시겠습니까?"
라고 단도직입. 미망인이 엄한 표정으로,

"아니요, 그럴 수 없어요. 사람들에게는 보여줄 수 없는 비밀스러운 물건들이 있어서요."

"그건 알고 있습니다. 하지만 마님, 5년 동안 고생을 해서 도둑질해온 물건이 보고 싶은 건 아닙니다. 그 물건들이 자리잡기 전부터 있었던 것. 상습 좀도둑을 가장하여 그 물건들을 쌓아두고 사람들의 출입을 금한다는 자연스러운 구실을 만들어 모든 사람들의 눈에서 숨기지 않으면 안 되었던 것. 또 이 방에서 다른 가족들과는 따로, 마님과 아가씨만 식사를 하셔야 했던 이유를 갖고 있는 것."

이렇게 말하며 신주로의 눈이 부드럽게 젖어갔다.

"여러 가지로 마음고생을 하신 점, 진심으로 감탄스럽기도 하고 진심으로 동정하고 있기도 합니다. 저희는 경찰이 아닙니다."

신주로가 분위기를 편안하게 만들려고 했다.

"이 댁에 처음 왔을 때부터 창고 속의 인물이 5년 동안 살아있었다는 사실은 짐작을 하고 있었습니다. 알 수 없었던 것은 얼굴의 가죽을 벗기고 어르신 대신 매장한 사람은 누구였을까 하는 점. 그리고 그런 일이 일어난 것은 어째서였을까 하는 점. 그것을 밝혀내기 위해서 어제까지 약간 고생을 했습니다만, 안심하시기 바랍니다. 진스케의 행방불명에 의심을 품고 있는 사람은 이 세상에 아무도 없습니다. 부모형제도 스승도 그의 행방불명을 걱정하고 있지는 않습니다. 또 저희들의 수사에 경찰은 관여하지 않았습니다."

신주로는 분위기를 더욱 편안하게 만들었다. 그가 빙그레 웃으며,

"하지만 마님의 수완은 정말 훌륭했습니다. 제가 무엇보다 감탄한 것은 나병이나 좀도둑질을 생각해냈다는 사실이 아닙니다. 그 정도는 약간의 지혜가 있는 사람이라면 누구나 생각해낼 수 있는 방법입니다. 가장 커다란 묘수는 진키치의 행방불명을 눈에 띄지 않게 처리하셨다는 점. 즉, 사람들에게 진키치도 노구사와 함께 시체의 뒤처리를 도운 것이라 여기게 한 뒤, 그 비밀을 숨기기 위해서 두 사람을 당분간 숨겨둔 것처럼 보였다가 장례식이 끝난 뒤에야 노구사를 훌쩍 집으로 돌아오게 한 바로 그 점입니다. 동시에 하인들 전원을 일주일 안에 집에서 내보낸 것이 이와 관련된 묘수인데, 그렇게 하면 다른 하인들은 집을 나가기 직전에 노구사 씨가 돌아온 것을 보고 진키치도 뒤따라 곧 돌아올 것이라 간단히 믿고 집에서 나갈 게 뻔했기 때문입니다. 저희들의 조사에서도 이 점에 의심을 품고 있는 사람은 아무도 없었습니다."

이 말을 듣자 미망인도 가볍게 웃으며,

"그 지혜는 하나다 선생님께서 빌려주신 거예요. 그 일을 처리하는 데 있어서 하나다 선생님의 도움이 얼마나 컸는지 몰라요. 그 뒤에도 역시 음으로 양으로 저희 집안을 지켜주셨는데, 기쿠코의 혼약이 성사된 것도 하나는 기쿠코를 구해주시

기 위한 고마운 뜻, 또 하나는 선생님의 몸에 만약의 일이 일어났을 경우 젊은 선생님이 대신 저희 집안을 지켜주도록 하시겠다는 고마운 뜻. 왜냐하면 당신도 알고 계신 것처럼 이 창고 안에서는 5년 넘게 태양도 거의 보지 못한 병약한 사람이 의약을 필요로 하고 있기 때문이에요."

미망인이 차분하게 말을 이었다.

"전부 알고 계신 듯하니 이제 와서 무엇을 숨기겠어요. 그저 당시의 슬픈 사정을 들어주셨으면 해요. 기쿠코가 정원 안을 거닐고 있을 때 갑자기 달려든 진키치가 목을 졸라 겁탈했는데 아이가 들어서고 말았어요. 어느 날 밤, 기쿠코가 스스로 목숨을 끊으려 하는 것을, 제가 그 전부터 이상히 여기고 있었기에 사전에 눈치 채고 막았으며, 모든 사실을 알게 되었는데, 아버지가 격노하여 정원을 지나고 있던 진키치를 이 방으로 불러들여 단칼에 찔러 죽이고 말았어요. 달려와주신 하나다 선생님의 친절한 지도에 따라서 진키치의 얼굴 가죽을 벗겨내고 나병, 발광, 자살로 꾸며 장례식을 치렀고, 남편은 그대로 이 창고 속에서 지금도 살아가고 있다는 사실은 꿰뚫어보신 그대로예요. 히로시는 안 그래도 몸이 허약했는데 이 비밀에 드리운 어둠을 견디지 못하는 그 애처로운 모습을 차마 더는 볼 수 없어서 외국으로 보내 그곳에서 일생을 안온하게 보낼 수 있도록 해준 거예요."

"마님, 말씀해주셔서 감사합니다."

신주로가 인사를 한 뒤 자리에서 일어났다.

"오후 3시면 경찰이 와서 하나다, 노구사 두 사람을 살해한 범인을 잡기로 되어 있습니다. 하지만 그 일을 위해서는 현관 옆의 응접실을 빌리는 것만으로도 충분할 듯합니다. 저희들은 물론 경찰도 두 번 다시 이 창고 앞에 다가오는 일은 없을 겁니다. 마님, 오래도록 좀도둑질을 계속하시기 바랍니다. 아가씨께서 결혼하시면 1인분의 식사에서 여분을 만들기에 약간 고심을 하셔야겠지요. 죄송한 말씀입니다만 하나다, 노구사 두 사람을 살해한 범인인 가즈야 씨는 체포하지 않을 수 없습니다."

신주로는 두 사람을 재촉해서, 깊은 감동을 담아 망연히 배웅하는 두 상습 좀도둑을 뒤로한 채 밖으로 나왔다.

"어머니의 마음, 어머니의 고심을 알지 못했던 가즈야. 그도 역시 자기 집안의 평화를 지키려다 사실은 자기 집의 수호신까지 살해해버리고 만 겁니다. 자신의 자식에게도 숨겨야만 했던 비밀이 있었기에 일어난 슬픈 착각, 슬픈 희생자라고 해야 할까요."

신주로가 쓸쓸하다는 듯 중얼거렸다.

"살해당한 것이 살해한 녀석이고, 죽은 녀석은 살아 있다는 말이로군."

가이슈가 보기 좋게 속은 것이 유쾌하다는 듯 웃었다.

"그래, 신주로는 보고도 못 본 척 일을 처리했는가? 이제 천하에 이 비밀을 알고 있는 사람은 신주로, 하나노야와 도라노스케, 그리고 이 가이슈 4사람뿐인데, 노구사를 대신해서 협박을 할 만한 사람은……."

가이슈가 여기서 입을 다물자 도라노스케는 덜컥 가슴에 한 발, 총알을 맞은 사람처럼 깜짝 놀라 부들부들 당장에라도 식은땀이 흐를 것만 같은 불안한 표정.

"허긴, 도라가 그럴 리 없지. 무슨 일 하나 제대로 하지 못하게 생겨먹었으니."

이 말을 듣고 무너져 내리듯 안도하는 모습. 황공하여 어찌할 바를 모르는 도라노스케였다.

독자에게

이 체포록은 대부분 5단으로 구성되어 있습니다. 첫 번째 단은 도라노스케가 가이슈를 찾아가 사건에 대해 설명을 시작하는 부분. (단, 이 단계는 생략된 경우도 있다.) 두 번째 단은 사건에 대한 설명. 세 번째 단은 가이슈가 추리하는 부분. 네 번째 단은 신주로가 범인을 찾아내는 부분. 다섯 번째 단은 가이슈가 져서 분함을 표출하는 부분. 이 가운데 두 번째 단이 전체의 거의 6분의 5를 차지하는데, 전체가 60매라면 두 번째 단이 50매, 다른 부분은 전부를 합쳐도 10매 정도이며, 거기서 사건이 해결됩니다.

체포록이기에 결코 엄밀한 추리소설은 아니지만 체포록치고는 특별히 추리에 중점을 두어 일단 두 번째 단에 추리를 위한 재료를 갖추어놓았으니 재미 삼아 추리를 해가며 읽어보신다면 심심풀이가 될지도 모르겠습니다. 저는 그런 생각으로 이 체포록을 썼습니다. 가이슈가 심안(心眼)을 이용하는 세 번째 단에서 잡지를 덮고 차를 한 잔 마시며 추리해보시기 바랍니다. 가이슈는 매번 70% 정도는 실패를 하는데, 지금까지의 탐정소설에서는 훌륭한 탐정의 상대자로 얼간이 탐정이 등장하여 아주 엉뚱한 추리를 해서 참으로 한심해 보이곤 했습니다. 읽는 분들도 자신의 추리가 빗나가면 얼간이 탐정씨와 똑같은 얼간이로 보여서 스스로가 싫어지는 것이 통례였습니다만, 가이슈라는 메이지 최고의 두뇌가 실패를 하는 것이니, 이 체포록의 독자는 추리가 빗나간다 할지라도, 나도 그렇게 멍청하지만은 않다며 조금은 안심하실 수 있을 것입니다. 그것으로 충분한 것이 바로 이 체포록입니다.

포에서 아가사 크리스티까지
이 한 권이면 끝!

추리소설 속 트릭의 비밀(12,000원)
에도가와 란포 지음

확률을 계산하는 정도까지는 아니라 할지라도 '이렇게 하면 상대방을 살해할 수 있을지도 모른다. 어쩌면 살해할 수 없을지도 모르지만, 그건 그때의 운명에 맡기겠다.'는 수단으로 사람을 살해하는 이야기가 탐정소설에서는 종종 묘사되고 있다. 물론 일종의 계획적 살인이지만, 범인은 조금도 죄를 추궁당하지 않는 매우 교활한 방법인데, 그런 방법으로 사람을 살해했을 경우 법률은 이를 어떻게 다룰까?   —본문 중에서

서양의 추리소설 속 트릭 총정리

지옥의 어릿광대 vs 아케치 고고로의
숨 막히는 지략 대결

지옥의 어릿광대(8,200원)
에도가와 란포 지음

고단샤 『후지』 1939년 1월호부터 12월호까지 연재. 그 이듬해 부근부터 전쟁으로 인한 사상통일정책에 의해 탐정소설은 전혀 쓸 수 없게 되었기에, 이 작품은 『암흑성』, 『유령탑』 등과 함께 전쟁 전의 마지막 연재였다. 변함없이 통속적인 작품이지만, 범인의 의외성이라는 면에서, 얼마간 잘 만들어진 작품이라고 생각한다.

나의 버릇이 그다지 드러나지 않은 '범인은 누구?' 계통에 속하는 작품이다. ─저자에 의한 작품해설

반전에 반전을 거듭하는 범인의 정체는?

옮긴이 **박현석**
대학 졸업 후 일본으로 건너가 유학 및 직장 생활을 하다 지금은
전문번역가로 활동 중이며 우리나라에 아직 소개되지 않은 유명
작가들의 작품을 소개하기 위해서 출판을 시작했다. 번역서로는
『붉은 수염 진료담』, 『계절이 없는 거리』, 『사부』, 『엽기의 끝』,
『추리소설 속 트릭의 비밀』, 『지옥의 어릿광대』, 『혈액형 살인사
건』, 『나쓰메 소세키 단편소설 전집』, 『그럼, 이만…… 다자이
오사무였습니다.』 외 다수가 있다.

신주로 사건수첩 Ⅰ

1판 1쇄 인쇄 2021년 2월 1일
1판 1쇄 발행 2021년 2월 10일

지은이 사카구치 안고
옮긴이 박현석
펴낸이 박현석
펴낸곳 효 人(현인)

등 록 제 2010-12호
주 소 서울시 도봉구 덕릉로 62길 13, 103-608호
전 화 010-2012-3751
팩 스 0505-977-3750
이메일 gensang@naver.com

ISBN 979-11-90156-18-9